# CADÁVERES NO SUEÑAN

Segunda novela de Ethan Bush, protagonista de 'Los Crímenes Azules'

ENRIQUE LASO

Autor con más de 400.000 libros vendidos

**Los Cadáveres no Sueñan**
**Enrique Laso**

*El monstruo vive en cada uno de nosotros. Somos fieras que han aprendido, con el paso de los siglos, a controlarse, a refrenar sus impulsos más básicos y a convivir pacíficamente en sociedad. Somos, a fin de cuentas, bestias bien domesticadas.*
*En contadas ocasiones, el animal salvaje que habita nuestras entrañas se desboca, dando origen a una pesadilla demencial…*

# Capítulo I

Aquel tipo había estado paseando con su perro un par de horas al menos, tratando de hacer tiempo para no incordiar en casa, mientras su hijo y su esposa se afanaban en preparar una cena suculenta a base de pavo bien horneado, puré de patatas, salsa de arándanos, sidra y, de postre, un delicioso pastel de calabaza. Más tarde le tocaría a él recoger la mesa y hacer toda la fregaza. Era un intercambio de labores justo, aunque detestase limpiar platos. Pero merecía la pena. No todos los días era *Acción de Gracias*.

Había recorrido aquellos áridos caminos, endurecidos por las primeras heladas otoñales, cientos de veces, y casi podría decirse que los conocía mejor que cada palmo de su cuarto de matrimonio. En realidad no se cansaba de ellos, pues su belleza silvestre emborronaba un pasado plagado de amplias avenidas, polución y ensordecedor ruido de coches. Seguramente ese fue el motivo que le llevó a percatarse de inmediato de que algunos arbustos ubicados a la derecha de la senda que estaba siguiendo se encontraban levemente aplastados. La curiosidad le hizo adentrarse entre la maleza, imaginando que con suerte se toparía con algún tejón revoltoso, un zorro asustadizo o una mofeta.

Apenas había sacado de uno de los bolsillos de su pantalón de explorador su Smartphone, con la intención de sacar una fotografía medianamente decente de lo que quiera que allí estuviese aguardando, para luego mostrarla ufano a su familia, los ladridos de su perro le sobresaltaron. Se encontraba a sólo unos pasos de él, y parecía haber encontrado algo realmente interesante. El hombre pensó que posiblemente se trataría del cuerpo sin vida de algún pequeño animal, de modo que se aproximó con cierta aprehensión. Cinco años de vida en plena naturaleza aún no habían logrado adaptar al bróker de *Wall Street* que había sido durante dos décadas al mundo salvaje, y ese antiguo *yo* se revolvía en sus entrañas con frecuencia, tratando de volver a dominar una vida que se había vuelto de lo más apacible.

—¿Qué sucede, Duke? —inquirió, como si su pequeño Beagle pudiera contestarle o comprendiese el inglés.

El tipo se acercó con una sonrisa en los labios, mofándose de su propia inocencia, y recordando las cientos de *charlas* que ya había mantenido con Duke. Pero de súbito una imagen horrible le arrebató la dicha y la tornó de inmediato en una mezcla malsana de repugnancia y pánico. Su Beagle olisqueaba un puñado de huesos que, sin lugar a dudas, y pese a que él no era ningún experto ni en medicina, ni en paleontología, ni mucho menos en antropología, eran humanos.

—¡Vamos, Duke, vámonos de aquí!

El hombre regresó corriendo hasta su casa, mortificado por el recuerdo de aquellos restos, sin tener muy claro cómo habían llegado hasta allí, pero con la certeza de que alguien los había dejado en aquel lugar hacía como mucho unos pocos días. ¿Quién podía haber perturbado aquel paraje idílico? ¿Qué clase de engendro había estado a apenas una milla de su hogar deshaciéndose de aquello? Su maravillosa noche de *Acción de Gracias* acababa de convertirse en una pesadilla.

Así imagino que comenzó todo. Jamás pude mantener una conversación con aquel hombre, porque entró en una profunda depresión antes de mi llegada a Nebraska que, por prescripción de su psiquiatra, hacía inviable cualquier entrevista. Hay personas que reaccionan de esta manera frente a la inmensidad del mal, mucho más cuando su

pasado se ha visto sacudido por el estrés permanente.
Y lo imagino así, aunque los informes a los que tuve acceso desde luego fueran mucho más pulcros y asépticos en lo referente a este primer suceso, porque trato de injertarme en la piel de aquel hombre que había creído encontrar el lugar ideal para descansar al fin y disfrutar de unos más que merecidos años de paz en mitad de la nada, rodeado de robles y en compañía de su esposa y su hijo. Pero el infierno puede cruzarse por casualidad en nuestras vidas, y trastocarlas para siempre.
Yo, como agente de la Unidad de Análisis de Conducta del FBI había sido entrenado a conciencia para poder convivir con los monstruos sin llegar a convertirme en uno de ellos; pero como experto en sicología sabía bien que en una persona normal enfrentarse de forma directa y personal con la barbarie deja una marca indeleble en el alma, una muesca que en ocasiones es imposible reparar ya nunca jamás.

## Capítulo II

Había dejado un asunto pendiente y esperaba con paciencia la oportunidad para abordar a Peter Wharton, mi superior en las oficinas centrales de Quántico, y obtener de él el permiso y los recursos necesarios para zanjar una cuestión que se había convertido en algo personal. El paso de los meses no había calmado en absoluto mi ansiedad, y consideraba, con la suficiencia de un niñato, que me había ganado el derecho de poder afrontar un caso a mi conveniencia, aunque estuviera fuera de mis competencias. Así de engreído e inmaduro era aún por aquel entonces.

Había intentado, no lo niego, y siguiendo el consejo de las personas que me querían bien, que las heridas cicatrizasen y poder dejar atrás el pretérito, como se deja atrás una señalización mientras avanzamos con rapidez por una autopista. Por desgracia en la carretera que es nuestra vida hay señales que salen a nuestro encuentro una y otra vez. De modo que estaba plenamente seguro de que nadie sería capaz de impedirme saldar las cuentas con el pasado.

Pero el destino juega con el tiempo que se nos ha dado a su antojo, y fue Peter el que me llamó a su despacho una tranquila y sorprendentemente cálida mañana a finales de enero de 2016.

—Ethan, tenemos un asunto realmente desconcertante entre manos. De lo peor que nos ha llegado en los últimos años.

—Entiendo —respondí con educación, pensando erróneamente que trataba de obtener una impresión mía que pudiese arrojar un punto de vista diferente sobre una investigación ya en marcha. Era algo que mi jefe hacía con cierta asiduidad, y que formaba parte de mis atribuciones.

—¿Conoces Nebraska?

Me quedé en silencio, meditando no ya la respuesta sino la pregunta. Calibraba qué podía suponer, especialmente en lo referente a mis planes de futuro.

—No he pisado ese estado en toda mi vida.

Wharton se rascó el mentón, pensativo. Estaba dándole vueltas a una idea, pero yo no lograba intuir qué diablos pasaba por su cabeza.

—Han aparecido los restos de tres cuerpos. En apenas dos meses…

—¿Imagino que presentan un mismo patrón? —pregunté, pues de otro modo no tenía ningún sentido apuntar aquel dato. En

Estados Unidos aparecen cadáveres igual que crecen setas a principios de otoño en cualquier bosque tras la lluvia.

—Así es. Un *modus operandi* muy singular.

Peter había remarcado las palabras, estirándolas de una manera que en absoluto era frecuente en su forma de expresarse. Fue la primera vez que me puse a la defensiva, y que mi intuición, aunque tardía, comenzó a vislumbrar lo que se avecinaba.

—¿Singular?

—Sólo son esqueletos. Esqueletos incompletos. Siempre faltan los mismos huesos, luego siempre encontramos los mismos restos. Presentan cortes muy extraños, y en el fémur izquierdo de todos ellos hay una inscripción tallada.

—¿Una inscripción?

Mi jefe me tendió una fotografía de alto contraste de un fémur. Sobre el limpio hueso podía apreciarse con nitidez, en un tono rosáceo irreal, una serie de insólitos símbolos grabados. No supe relacionarlos con nada conocido.

—La patrulla estatal de Nebraska ha solicitado formalmente nuestra colaboración.

Dejé la instantánea sobre la mesa de mi superior, de la misma manera que hubiera soltado un pesado fardo que hubiera tenido que llevar a la espalda durante millas por el

desierto. Ahora ya no cabía la menor duda de qué pintaba yo en aquel despacho.
—Peter… —titubeé, temblando como un chiquillo al que sus padres anuncian que van a tener que mudarse de ciudad.
—Se presenta un caso endiablado. Esto no es obra de un cualquiera, y creo que tú ya te lo estás imaginando. Te conozco.
Pero mi jefe no me conocía tan bien. Yo en realidad estaba pensando en mis propios proyectos e intenciones, pensando en que el andamiaje que creía era sólido como el acero se estaba desmoronando bajo mis pies.
—Yo, la verdad, ahora mismo no sé qué decir —musité, con la inútil esperanza de que mi famélico tono pudiera cambiar las cosas.
—Ethan, hemos pensado en ti. Creo que esa gente necesita a alguien especial. En realidad creemos que te necesitan *precisamente* a ti.

## Capítulo III

El segundo cuerpo fue encontrado en plenas Navidades. La mañana del día 26 de diciembre de 2015 un par de chiquillos jugaban en una explanada a lanzarse una pelota de fútbol americano recién estrenada: había sido uno de los regalos que Papá Noel había dejado a los pies del árbol de la casa de uno de ellos.
Animado por las risas, y azuzado por el frío, el más fornido de los chavales había realizado un lanzamiento asombroso que había impulsado el balón hasta un campo de maíz reseco y congelado.
—¿Qué diantres has desayunado esta mañana?
—Ha sido bueno, ¿eh?
—Ha sido malísimo, la has mandado fuera del Memorial Stadium. Ni el mejor quarterback en toda la historia de los Nebraska Cornhuskers hubiera realizado un lanzamiento tan bestia.
—Venga, deja de lloriquear y vamos a por ella, que me estoy quedando helado.
Los dos críos fueron corriendo hasta el lugar en el que intuían había ido a parar el balón.

Lo hicieron entre risas, empujándose, confiados, seguros de hallarse en un condado en el que jamás sucedía nada. Pero ambos se detuvieron en seco antes de llegar hasta él. Justo en el punto en el que el demacrado maizal comenzaba a extenderse asomaban un puñado de huesos pulcros, blanquecinos y relucientes.

—¿Qué es eso?

—No lo sé, pero algo malo, algo muy malo seguro.

—Pueden ser de un animal muerto…

—No lo sé, tío. Esos huesos están muy limpios. Alguien los ha tenido que dejar ahí, porque hace unos días no estaban, te lo puedo jurar.

—Entonces tenemos que irnos.

—¿Y la pelota?

—¡Al diablo la pelota! ¿Quieres que nos maten? ¡Corre!

La policía del condado había acordonado la zona apenas una hora después del hallazgo de los dos chavales. Un forense determinó, sin lugar a dudas, que se trataban de restos humanos, aunque faltaba una buena parte del esqueleto. De hecho echaba en falta lo que más le hubiera ayudado en su labor de identificación del cadáver: el cráneo.

—¿Puede hacerse una idea de cuánto tiempo llevan aquí estos huesos? —preguntó el sheriff, desconcertado. Por su cabeza ya circulaba el terror que en unas horas sabía se iba apoderar de toda su comunidad.

—No mucho. Además, uno de los chicos dice que suele pasear por aquí y que no estaban hace unos días.

—Pero este fiambre la palmó hace ya algunos años, ¿no cree? —inquirió el sheriff, señalando lo que parecía una tibia. Jamás en su vida había visto nada semejante, y eso le turbaba.

El forense miró el cielo grisáceo, donde algunos nubarrones se apelmazaban y amenazaban con desprender una buena cantidad de agua. Quizá aquella tormenta fuese sólo un juego de niños al lado de lo que se cernía sobre el condado del que él mismo formaba parte.

—No lo sé —respondió lacónico.

—¿Cómo que no lo sabe? —preguntó el sheriff, al que le pareció haber recibido una contestación carente de cualquier lógica. Eran los restos de un esqueleto, por lo que no hacía falta ser una eminencia en medicina para deducir que aquel sujeto, fuera quién diablos quiera que fuese, había dejado de respirar hacía ya mucho tiempo.

—Estos huesos han sido limpiados a conciencia. Han sido manipulados. Sin un estudio en profundidad de los mismos en este momento no puedo decirle si falleció ayer o hace más de diez años.

## Capítulo IV

Peter Wharton prefirió que llegase yo primero a Lincoln, la capital de Nebraska, para reunirme con el equipo de investigadores y detectives de la patrulla estatal sin levantar reticencias ni suspicacias. Aunque yo le manifesté que me inclinaba por aterrizar desde el principio con Liz, Mark y Tom él me aconsejó que antes me ganase a aquella gente. Ya habría tiempo para solicitar la colaboración de mi equipo.
Durante el vuelo de línea regular había repasado los aspectos más importantes del caso, aunque sin profundizar demasiado. Mientras lo hacía no pude evitar pensar en Liz y en que ella me advertiría, con una mirada de reproche, que los estudiase a conciencia. Pero de momento preferí seguir actuando según mis propias, y en la mayoría de las ocasiones equivocadas, reglas.
Desde el primer instante tuve la convicción de que nos aguardaba una batalla sin cuartel contra un sujeto extremadamente inteligente y diabólicamente organizado. No pude evitar esbozar una media sonrisa, pues ya estaba configurando un perfil preliminar cuando

apenas sabía nada. En mi anterior caso había sido absolutamente incapaz de hacerlo. «Esto es más parecido a lo que ya viviste en Detroit», me dije, tratando de infundirme ánimos y de ganar confianza para el duro trabajo que sabía me aguardaba.

En el aeropuerto me recibió el detective Randolph Phillips, un tipo con aspecto agradable y mirada profunda.

—¿Ha tenido un buen viaje, agente Bush?

Aquella educada pregunta tras las preceptivas presentaciones me resultó demasiado formal. Pensé que el detective o era una persona muy burocrática o se había criado en el seno de una familia bastante conservadora.

—Randolph, creo que me voy a pasar aquí una buena temporada. Cuanto antes nos tuteemos antes seremos colegas —respondí con mi mejor sonrisa.

—¿Has tenido un buen viaje, Ethan?

Ambos nos reímos. Al menos ya había conseguido romper el hielo.

—Más o menos. He estado repasando los informes. Creo que este caso es para perder la cabeza.

—Bienvenido al manicomio, colega.

Para mi sorpresa Phillips me llevó en su coche particular hasta las oficinas que la patrulla estatal de Nebraska tenía en Lincoln.

En el asiento de atrás pude ver algunos peluches y de inmediato imaginé una vida plácida en familia en alguna bonita casa unifamiliar ubicada a las afueras de la capital del estado. Apenas había tenido tiempo para forjar mi ensoñación y ya nos encontrábamos estacionado al lado de un sencillo y modesto edificio de una altura, plagado de austeras ventanas rematadas con una franja azul en su parte superior.

—¿Ya hemos llegado?

—Así es, Ethan. Estamos pegados al aeropuerto.

—Genial. Pero, disculpa Randolph, ¿estás son las oficinas centrales?

Traté de no resultar ni soberbio ni demasiado escrupuloso, pero imagino que no fue esa la impresión que debí causar en el detective.

—Son algo sobrias, es verdad. Así somos por aquí. Tenemos más edificios en los alrededores, pero respondiendo a tu pregunta: sí, estas son.

Phillips me condujo hasta el interior. No pude evitar pensar que había estado en instalaciones de la oficina del sheriff de condados pequeños mejor pertrechadas que aquel lugar. Lo seguí a través de un largo y estrecho pasillo que terminaba en una puerta. Durante el trayecto el detective fue

saludando a distintas personas e inferí que el ambiente que se respiraba allí era agradable y familiar.
Abrimos la puerta sin llamar antes, algo que me sorprendió, y sentado tras una mesa majestuosa parecía aguardarnos desde tiempo inmemorial un tipo grande y canoso.
—Capitán, le presento al agente especial del FBI Ethan Bush. Ethan, el Capitán Frank Cooper.
Cooper se incorporó lentamente y cuando llegó a mi altura me estrechó la mano con fuerza. Por su mirada interpreté que había esperado toparse con alguien de mucha más edad.
—Bienvenido, hijo. Estamos metidos en un buen atolladero. Estamos de mierda hasta las orejas, ya me entiende. Espero que nos ayude a resolver este asunto con rapidez.
Me extrañó que el Capitán me hablase, de buenas a primeras, en un tono tan coloquial y amigable. Pese a todo, traté de no mostrarme sorprendido.
—Eso voy a tratar de hacer con todas mis fuerzas.
—¿Conoce ya los pormenores del caso? —preguntó Cooper, mientras regresaba al refugio de su mesa.
—He estado hojeando los informes que enviaron a Quántico. Pero la verdad,

prefiero siempre tener una información más cercana, poder hablar directamente con la gente implicada en la investigación.

—Los papeles son demasiado fríos, ¿verdad?

Sabía que aquella pregunta tenía truco, pero no tenía demasiado claro qué respuesta esperaba aquel hombre que parecía salido de una vieja película sobre la guerra de Corea o Vietnam.

—Se echan en falta los matices, los gestos, los tonos, la emoción…

—Hablé con tu jefe, Peter Wharton. Le supliqué que me enviase a uno de sus mejores hombres. Cuando te he visto entrar en mi despacho he pensado que seguramente ese maldito burócrata de Washington me había mandado a un pipiolo. Parece usted un crío, hijo, pero ya sé que no lo es. Ya tengo claro que detrás de ese rostro joven y bronceado se esconde sagazmente una mente brillante. Soy algo viejo, bastante brusco y algo desordenado, pero no tengo una pizca de tonto. Bienvenido a nuestro equipo, Ethan.

## Capítulo V

Me alojaron en The Cornhusker, un elegante hotel de la cadena Marriot situado en la calle 13 de Lincoln, en pleno centro de la ciudad. Por un lado agradecí aquella deferencia, pero por otro entendí que deseaban mantenerme bien alejado de sus oficinas, pues resultaba poco menos que imposible llegar hasta ellas a pie, algo que me hubiera gustado.
Tras presentarme a los investigadores y detectives asignados al caso, habían repasado por encima algunos detalles sobre las pesquisas que estaban llevando a cabo. De momento se habían centrado en ir descartando a los criminales fichados que residían en los condados en los que habían sido hallados los restos. A los profanos estos formalismos les pueden parecer demasiado obvios y quizá hasta innecesarios, pero una buena parte de los homicidios y delitos menores se resuelven mediante esta técnica tan sencilla como efectiva. Por desgracia, y aunque un gran número de presos se reinsertan con éxito en la sociedad y dejan atrás su tormentoso pasado, muchos delincuentes reinciden una y otra vez, como

si llevaran escrito en su código genético que no son capaces de hacer otra cosa en la vida. Me había traído hasta el hotel un buen puñado de fotografías de los lugares en los que habían sido hallados los restos. Muchas de ellas se centraban en los extraños símbolos que había tallados en el fémur izquierdo (el derecho nunca había aparecido, como muchos otros huesos de las víctimas). Uno de los investigadores, un joven algo friki y con las típicas gafas de pasta que estaban de moda por aquellos años, me insinuó que podía tratarse de una variación de alguna de las lenguas *élficas*, ya que las inscripciones le recordaban vagamente a la escritura *tengwar*, y que el asesino podía ser un adicto a 'El Señor de los Anillos'. Por lo que deduje el que era un auténtico fanático de Tolkien y toda su obra era él. Sin que yo se lo pidiera, me hizo una inscripción en un papel y la asoció de inmediato con lo que había tallado en los fémures. Yo en realidad no encontraba tantas semejanzas, pero anoté la observación en una de las cuatro libretas *Moleskine* que había traído en la maleta. Nunca se sabe dónde puede haber una pista que conduzca hasta una mente absolutamente perturbada.

Que el sujeto que buscábamos, y esto era algo que ya tenía bastante claro (que luchábamos contra una sola persona), repitiese un patrón tan manifiesto ya nos revelaba algunos datos interesantes de su personalidad obsesiva. La cuestión era saber qué diablos significaban aquellas inscripciones, y qué trataba de transmitir con ellas. Aquello era algo que me había obsesionado desde el principio, y ahora que ya estaba metido en faena mi obstinación por revelar ese misterio no había hecho otra cosa que acrecentarse. En ocasiones un asesino en serie realiza actos para enviar un mensaje, que puede ir dirigido a los propios investigadores o no; pero otras veces en realidad lo hace como parte de un ritual que le proporciona alivio o satisfacción. Aún era precipitado sacar conclusiones sobre cuáles eran sus intenciones.

Después de pasarme cerca de una hora analizando con minuciosidad cada instantánea sentí una punzada en algún lugar recóndito de mi cerebro. Había algo más entre aquellas fotografías, y mi subconsciente ya se había percatado de ello, y por eso me lanzaba señales de alerta. Tras cavilar un buen rato coloqué sobre la cama del hotel tres instantáneas cenitales de los restos hallados de cada uno de los cadáveres. Y entonces sentí una enorme paz y alegría. Ya me había reconciliado con la parte más

ingobernable de mi cerebro, y por primera vez iba a aportar algo a la investigación en lo que, hasta ese instante, nadie se había fijado.
Los forenses habían reflejado en sus informes qué huesos habían sido hallados en cada una de las tres ocasiones, y también, aunque la lista era mucho más extensa, qué huesos faltaban. Los detectives habían remarcado mucho este aspecto, pues resultaba indudable que era un modus operandi que definía a la persona que buscábamos y que nos sería de la máxima utilidad a la hora de crear un primer perfil de la misma. Pero en ningún informe, en ninguna anotación, en ninguna parte, alguien había anotado un hecho tanto o más importante que aquel: los huesos siempre eran abandonados en idéntica posición. Era un rasgo más que sumar a la *firma* del indeseable que estaba detrás de aquellos macabros hechos.
Medité si cabía la posibilidad de que alguna persona hubiera modificado las escenas, pero de inmediato la descarté. Los restos habían aparecido en condados bastante alejados los unos de los otros, y habían sido hallados por personas diferentes, y por cuerpos de policía distintos. No, aquello lo había hecho *él*. Y habíamos tenido la suerte de que nada ni nadie hubiese descolocado su representación.

Aquel tipo dejaba los huesos de esa forma a propósito, y detrás de aquella obsesión había una explicación.
Me acerqué hasta la ventana de mi habitación y la abrí. El aire era seco y muy fresco. Yo no estaba acostumbrado a la aridez del clima de Nebraska, pues me había pasado toda la vida en San Francisco y desde hacía unos pocos años residía a las afueras de la apacible Washington. Aquella brisa invernal refrescó de golpe mi mente y mis ideas. Ya casi había anochecido, pero pude divisar claramente la maravillosa iglesia católica de St Mary's y la imponente torre del Capitolio del estado de Nebraska. La estampa resultaba reconfortante, y por un segundo pensé que vivir en aquella ciudad debía de ser bastante agradable.
Tras despejar la mente regresé junto a la cama, donde me aguardaban las tres fotografías tomadas desde una perspectiva perpendicular al suelo. Y entonces me di cuenta de algo más. Aquel sujeto no sólo dejaba los huesos siempre de idéntica forma; aquel tipo formaba con los restos más sólidos de lo que en su día había sido una persona un símbolo. Ahora nos tocaba desentrañar qué diantres significaba este nuevo desafío.

# Capítulo VI

Los terceros restos fueron hallados por una mujer soltera que solía frecuentar los alrededores de su localidad, Wayne, para estirar las piernas y hacer algo de ejercicio. Aquella tarde fría de finales de enero había optado por tomar la avenida 576 y salir a paso ligero en dirección al *Dog Creek*, disfrutando de las agradables vistas del *Wayne Country Club*.

Aunque soplaba un ligero viento del norte, el aire era seco y provocaba una placentera sensación de cosquilleo en el rostro. Por lo demás, la tarde era apacible e invitaba a dar un paseo más largo de lo normal. Si deseaba quitarse de en medio esos kilos que le sobraban tenía que esforzarse un poquito más con el ejercicio y con la dieta. Todavía quedaban algunos meses para disfrutar de una vacaciones de ensueño en Florida.

Dejó a su izquierda las últimas viviendas de la ciudad y la tienda de descuento, pintada de aquel verde que a ella le parecía demasiado elegante para un local que ofrecía los productos más baratos del condado. Siguió caminando por el arcén sin temor, pues apenas pasaba un coche por la 576. Era mucho más cómodo que transitar por la irregular vereda de los campos de cultivo a un lado y a otro de la carretera.

Cuando llegó al *Dog Creek* algo, no supo bien el qué, la animó a ignorar los carteles de 'prohibido pasar' y con enormes dificultades bajó la escarpada ladera hasta llegar al arroyo. El cauce era tan exiguo como siempre, y un olor penetrante no invitaba precisamente a pasear por allí; pero aquel día se sentía especialmente aventurera. Quizá la imagen de las inmensas playas de Miami o el recuerdo fugaz de los Cayos, con sus preciosas tiendas de recuerdos de madera pintadas de llamativos colores, habían espoleado su carácter naturalmente reservado y poco dado al riesgo.

Siguió el curso del riachuelo, pensando que podía llegar hasta Centennial Road y luego regresar a casa dando un bonito rodeo. Pero apenas llevaba dados unos cuantos imprecisos pasos, temiendo torcerse un tobillo y sufrir un previsible esguince, cuando se topó con lo que parecían un puñado de relucientes huesos, de esos que se ven en las aulas de medicina en los documentales o en las películas. Su primera idea era que debían de tratarse de una imitación de plástico, pues estaban demasiado blancos y limpios. Pero, ¿quién demonios podría dejar aquello allí? La curiosidad le hizo aproximarse un poco más, hasta que los tuvo a apenas tres palmos de distancia. Un escalofrío sacudió su cuerpo, alertándola de que algo no andaba bien. En realidad, avisándola de que lo que acababa de encontrar estaba relacionado con algún suceso horrible. Había sido como una visión. Subió como pudo la pronunciada pendiente ayudándose de las manos y las rodillas. Lo hizo de forma precipitada, como si huyera de algún peligro inminente. Se hizo un rasguño en un dedo índice pero no le importó, tenía que escapar de aquel lugar cuanto antes. Se dio de bruces con una plantación de trigo con tallos altos y resecos y la atravesó corriendo, en dirección a la parte noreste del *Wayne Country Club*. Mientras avanzaba todo lo rápido que su sobrepeso y sus piernas (hacía siglos que no corría) le permitían no quiso mirar atrás y sólo mantenía los ojos clavados en las bonitas copas de los árboles que delimitaban el campo de golf.

Apenas tardó unos minutos en plantarse jadeante en mitad de la calle del hoyo más largo. Allí al fin pudo sentirse a salvo y se dejó caer sobre el mullido césped recién cortado.

—Claire, ¿qué te ha pasado? ¿Te encuentras bien?
Se sentía mareada, pero pudo reconocer la voz amable y ruda de Malcolm, el encargado de mantenimiento del club.
—No, no estoy bien. Me acabo de llevar un susto de muerte —respondió ella, todavía con el aliento entrecortado.
—Te he visto venir corriendo desde lo lejos y creía que alguien te perseguía. Estás pálida. Pareciera que te acabaras de topar de bruces con el mismísimo diablo.
—Algo así. Malcolm, tenemos que avisar al jefe de policía. No llevo mi teléfono móvil. Tenemos que avisarlo cuanto antes. Creo que he encontrado los restos de un cadáver en el *Dog Creek*.

Más o menos así me relató Claire Thomson su terrible experiencia. Al menos con ella tuve la oportunidad de mantener una conversación cuando apenas habían transcurrido dos semanas de su macabro hallazgo. Era una mujer fuerte, y pese a la impresión que le había causado en un primer momento la vivencia, fue amable y colaboradora. No todo el mundo se sobrepone tan rápidamente frente a un trauma de semejantes características.

## Capítulo VII

La diminuta sala de reuniones de las oficinas centrales de la patrulla estatal de Nebraska estaba atestada de investigadores, detectives y policías de los condados implicados en la investigación. Aquel lugar me pareció poco operativo, pero me guardé de expresar mi opinión. Apenas llevaba 24 horas en Lincoln, estaba solo y no era cuestión de comenzar a granjearme enemistades con tanta rapidez.
El Capitán me había reservado un lugar cómodo y destacado, a su derecha. A su izquierda había una enorme pizarra en la que alguien, con notable habilidad, había dibujado un sencillo plano del estado con las ciudades más importantes y las poblaciones en cuyas cercanías habían sido encontrados los restos de las víctimas.
A mi lado estaba sentado John Kemper, que era profesor de psicología en la Universidad de Lincoln, según me informaron más tarde. Tenía estudios de leyes y de psicología criminal, y solía asesorar a la patrulla estatal de Nebraska cuando se enfrentaban a posibles asesinos en serie, violadores o

pederastas. En definitiva podía considerarlo, bajo cualquier punto de vista, un colega.
—Chicos, un poco de silencio —exclamó Cooper, para que todo el mundo le prestase atención—. Esto se ha puesto serio de verdad. A partir de ahora vamos a contar con un experto del FBI que ya ha participado en la resolución de varios casos, el agente de la UAC Ethan Bush.
El Capitán me señaló y me indicó con un gesto que diera un paso adelante. Aquello me pareció fuera de lugar, pero acepté participar en la pantomima. A fin de cuentas no conocía a aquellos tipos, ni sus costumbres ni su modo de trabajar. Incliné levemente la cabeza, a modo de saludo, y casi todos los policías me respondieron alzando la mano o guiñando un ojo.
—Supone para mí una gran responsabilidad participar en esta investigación. Espero poder echar una mano. Gracias —musité, algo inseguro.
—Gracias, Ethan. También he invitado a John Kemper, profesor de la Universidad de Lincoln, y al que muchos ya conocéis. El malnacido al que nos enfrentamos no es un delincuente común, de modo que toda ayuda que recibamos es poca, ¿entendido?
Los distintos agentes asintieron sin mucha ilusión. Ya sabía por mis pasadas

experiencias que no sentían demasiado afecto por aquellos que jamás habíamos pateado las calles y que, sin embargo, nos atrevíamos a formular hipótesis y a valorar sus pesquisas desde la comodidad de un despacho con asientos de cuero.

—Encantado de poder colaborar con vosotros. Al igual que el agente Bush, espero poder aportar algo que os sea de utilidad —dijo Kemper, al que noté sorprendentemente desenvuelto en aquel ambiente.

—Os he reunido a todos porque deseo repasar algunos aspectos y también quiero un agente de enlace en cada uno de los condados. Me da igual quién sea, vosotros lo elegís de la forma que consideréis oportuna. Será el responsable de informarnos de cualquier avance en su zona y la única persona que acudirá a las reuniones de seguimiento —continúo Cooper, con su voz ruda y contundente—. Aquí tenéis un mapa con las poblaciones en cuyos alrededores fueron hallados los restos. Halsey el primero, Geneva el segundo y Wayne el último. Están separadas las unas de las otras por unas 200 millas, y si os fijáis forman un triángulo.

—Capitán, ¿perseguimos a un solo tipo? —peguntó uno de los policías.

—Sí, eso pensamos. Alguien que actúa en solitario. Y todos esos crímenes han sido obra de un mismo desalmado. Hay una firma demasiado evidente, y también lo suficientemente intrincada como para imitarla. Además, de momento la prensa no sabe demasiado. Y espero que las cosas sigan así.

—¿Y sabemos algo ya de él? No podemos buscar una aguja en un pajar…

John Kemper se aproximó a la pizarra, lo que me hizo comprender que se había movido por aquella sala en muchas ocasiones anteriores. Podríamos decir que ya era uno de ellos.

—Sabemos algunas cosas, pero no demasiadas. Como ha dicho el Capitán los tres lugares forman un triángulo, y dentro del mismo tenemos dos grandes núcleos de población: Columbus y Grand Island.

—¿Está sugiriendo que vive en una de ellas? —inquirió otro agente desde el fondo de la sala.

—No, no tengo la menor idea. Pero estoy convencido de que vive en una ciudad —respondió el profesor, sin dudar.

—Entonces nosotros pintamos poco en el asunto —manifestó uno de los detectives, del condado de Wayne.

—En absoluto. Su colaboración es muy importante para la investigación. Este sujeto se ha movido por condados pequeños, tanto a la hora de elegir a sus víctimas como cuando se ha desprendido de los restos. Tiene que haber llamado la atención de alguien. Es un forastero. Seguro que encontrarán testigos.

—¿Cómo sabe lo de las víctimas? Hasta la fecha sólo hemos identificado a una.

Miré el plano. Las grandes ciudades de Nebraska tenían un punto negro. Las poblaciones en las que habían hallado los huesos un punto azul. Y sólo había un punto rojo, en Burwell, lugar de residencia de la única víctima que habían podido concretar los forenses hasta el momento.

—Porque es una persona tremendamente obsesiva —me atreví a intervenir—. No estamos frente a un loco que actúa sin más. El sujeto es alguien muy inteligente, organizado, que por alguna razón encuentra satisfacción o alivio en estas terribles acciones. Pero lleva una vida completamente normal. Puede que incluso esté casado y tenga hijos. Puede que tenga una buena profesión. Y, lo que es seguro, es que siempre hará lo mismo. Repetirá las mismas pautas de secuestro, asesinato y abandono de esos huesos de sus víctimas. Pero, para nuestra desgracia, cada vez lo hará mejor.

## Capítulo VIII

Conseguí, no sin tener que lidiar con Frank Cooper, que me asignaran un despacho en las oficinas centrales de la patrulla estatal de Nebraska. No era gran cosa, pero al menos disponía de un espacio propio en el que trabajar y en el que poder tener reuniones con discreción. Lo único que me pidió Cooper es que lo mantuviese al tanto de mis avances y que no diera ningún paso sin consultarle antes. Lo primero que hice fue precisamente no comentarle que pensaba telefonear a mi superior para ver cómo proceder.

—No empecemos, Ethan. Sigue las instrucciones de ese buen hombre y no te metas en líos —dijo Peter Wharton nada más expresarle mis dudas.

—Peter, no conoces a Cooper. Es un tipo chapado a la antigua. Parece salido de una serie policíaca de mediados de los setenta.

—A mí me chiflaban aquellas series.

—Pero tú has evolucionado. Aquí es como si se hubiera detenido el tiempo —traté de argüir a la desesperada.

—Eso no es verdad. Me han comentado que hasta tienen a un asesor que es profesor en la universidad. ¿Qué es lo que realmente quieres?
—A mi equipo. Lo quiero aquí conmigo. Sin ellos valgo menos que una moneda de medio dólar.
—Lo primero de todo: no es *tu* equipo. Lo segundo: eso de momento no es posible, y lo sabes. Trata de apañártelas como puedas.
Desde el último caso en Kansas había madurado, pero no tanto. El niño mimado que habitaba en mis entrañas todavía se agitaba con fuerza.
—Aquí estoy completamente solo. Este caso va a ser jodido de verdad, Peter. Necesito a Liz, a Mark y a Tom a mi lado.
Se abrió un largo espacio de silencio. Sabía que Wharton estaba meditando, y aquello sólo podía traer buenas noticias para mí.
—Haremos una cosa. Te dejaré que, extraoficialmente, consultes con ellos cualquier aspecto que consideres imprescindible. Nada más. Si el caso se complica entonces podrás hablar con el Capitán y expresarle tu deseo de contar con un equipo más amplio, ¿de acuerdo?
—Me parece perfecto.
—En tal caso, dejemos de perder el tiempo y ponte a trabajar. El sujeto que buscamos ya

estará, si no lo ha hecho ya, buscando a su siguiente víctima.

Peter tenía razón. Nada más colgar me puse a revisar los montones de folios que me habían dejado sobre la mesa. Aquel despiadado había abandonado los restos con un mes de diferencia casi exacto, aunque era complicado estimar las fechas concretas. Finales de noviembre, finales de diciembre y finales de enero. Según esa cadencia, en tres semanas alguien encontraría en algún lugar apartado pero no demasiado escondido un puñado de huesos.

Necesitaba establecer un vínculo especial con un agente, tener un hombre de confianza en la patrulla. Así había actuado en Kansas y en Detroit, y me había funcionado. Como no tenía alternativas, decidí que esa persona iba a ser el detective Randolph Phillips. Si erraba el tiro ya lo solventaría sobre la marcha.

Lo llamé por línea interna a mi recién estrenado despacho y no tardó ni diez segundos en llamar a la puerta. Su extremado tacto me producía una mezcla de admiración y desazón difícil de explicar.

—Vaya, Ethan, has conseguido que Cooper te trate como a un rey.

—¿Por este despacho?

—No llevas con nosotros ni dos días. Te aseguro que es un detalle por su parte. Valóralo.

Phillips me guiñó un ojo y comprendí que, efectivamente, tenía que estar agradecido por aquel gesto del Capitán. A fin de cuentas estaba en su terreno, en su oficina y con su gente. Yo no era más que un extraño que se suponía que podía sacarle las castañas del fuego.

—Randolph, no me andaré con rodeos. Necesito a alguien en quien depositar mi confianza, y he pensado en ti.

El detective se sonrojó un poco. Sabía que me tenía cierta admiración, más que nada por ser un federal venido desde Washington. Su reacción me agradó.

—Será todo un honor. Pero, ¿qué vas a necesitar de mí?

—Voy a necesitar tu opinión en todo momento. Y tu ayuda. No conozco este estado, ni sus costumbres, ni sus carreteras ni sus poblaciones. No conozco a la policía de cada condado, ni he colaborado jamás con la patrulla estatal de Nebraska. Necesito una mano derecha.

Randolph se agitó levemente. Estaba asimilando la información recibida, y repasando qué pros y qué contras podía acarrearle aceptar mi propuesta.

—Pues así será. Siempre contando con la aprobación del Capitán, claro está.

—No tengas la menor duda —mentí, como solía hacer con asiduidad por aquella época.

El detective tomó asiento frente a mí, con una amplia sonrisa dibujada en el rostro. Se enfrentaba a un gran reto profesional y poder trabajar codo con codo con un agente especial del FBI era la guinda del pastel.

—¿Qué opinas, Ethan? —inquirió, señalando con su barbilla los papeles que tenía sobre la mesa.

—Estoy elaborando un primer perfil. Me gustaría hacer dos cosas, después de repasar todo este material.

—Te escucho.

—Si es posible, esta tarde me encantaría poder mantener una reunión con Kemper. Él ya tiene mucho avanzado, y será de gran ayuda.

—Es muy listo, y ya ha participado en otras investigaciones. Sus aportaciones siempre nos han sido de gran utilidad.

—Genial, era justo lo que deseaba escuchar. Poder crear un perfil con la ayuda de otro psicólogo, acostumbrado a estudiar la mente criminal, de alguna manera podía suplir mis profundas conversaciones con Liz y el sentido común tan de agradecer de Tom.

—¿Y lo segundo?

—Quiero visitar al padre de la única víctima que ha sido identificada, esa chica de Burwell.
—¿Estás seguro, Ethan?
—Absolutamente —respondí, algo sorprendido por la pregunta que Phillips me había formulado.
—Ese hombre ya ha tenido que vérselas con la policía local primero y con la patrulla después. Tienes por ahí seguro los informes.
—Los leeré, pero tengo que ir. Tengo que hablar con él, visitar su casa y conocer el lugar en el que esa chica vivía y trabajaba.
—Ethan, ese padre está completamente destrozado. No sé si es buena idea. Han pasado más de dos meses y tiene la sensación de que no estamos haciendo bien nuestro trabajo. Ya sabes…
—Pero ver que el FBI se ha implicado en el caso le reconfortará —aduje, con seguridad.
Randolph se rascó la coronilla mientras negaba lentamente con la cabeza. No era capaz de mirarme a los ojos, y eso me preocupó.
—A ese hombre ya no le reconfortará nada. Sólo cuando pillemos al desgraciado que mató a su hija podrá descansar un poco. He estado con él, Ethan. Jamás había visto a alguien tan roto por dentro. ¿De verdad es preciso volver a ir a molestarle?

—Es indispensable. Cuando conoces en profundidad a las víctimas de un asesino en serie, acabas conociéndolo a él.

## Capítulo IX

Tener que solicitar la aprobación de Cooper para cada movimiento me resultaba incómodo, pero tenía que atenerme a las reglas. Además, era lo normal y lo correcto. ¿Hubiera yo actuado sin el consentimiento de Peter? Sólo excepcionalmente. Por otro lado, el Capitán tampoco es que discutiera en exceso; sólo deseaba saber qué demonios se cocía en una investigación en la que se jugaba algo más que su reputación y no deseaba que se le desmadrase el ganado ahora que había crecido debido a las circunstancias.

John Kemper nos recibió en su despacho en la Universidad de Lincoln. Desde que Randolph lo telefoneara para anunciarle nuestra visita no había perdido el tiempo y tenía preparados un puñado de apuntes que seguro había trabajado a conciencia a lo largo de las últimas semanas.

—Es muy reconfortante poder crear un perfil de la mano de un colega —manifesté con sinceridad, mientras tomaba asiento.

—Por favor, Ethan. Aunque nos unan unos hechos terribles, supone para mí un gran honor poder colaborar con un agente especial de la UAC. Hace años estuve en Quántico para impartir unos cursos a un grupo de policías de diversos condados y tuve la sensación de haber entrado en el paraíso.

No pude evitar lanzar una sonrisa irónica. Desde luego que las oficinas centrales del FBI impresionaban, y si tenías la suerte de estar situado en un escalafón alto la vida podía ser agradable allí. Pero no todo era, ni muchos menos, de color de rosa.

—No es lo mismo pasar allí unos días que aquello sea tu lugar de trabajo, te lo aseguro. Yo veo este despacho, tan bonito y tan magnífico, y siento envidia.

Kemper echó un vistazo a su propio habitáculo, plagado de diplomas y fotografías personales fabulosamente enmarcadas, y con muebles de recia madera noble, como si fuera la primera vez que se fijaba en él.

—Pues tienes razón. Esta universidad es un lugar fantástico —replicó, entre carcajadas.

—Señores, disculpen, ¿nos ponemos a trabajar? —preguntó Phillips poniéndose serio, con toda la razón del mundo.

Tanto el profesor como yo dejamos aparcadas las chanzas para mejor momento y nos hicimos un gesto asumiendo que la cosa no estaba precisamente para bromas.

—¿Qué tienes, John?

Kemper desplegó sus apuntes sobre la mesa y comenzó a señalar parte de sus escritos, que había resaltado con un rotulador de tinta fluorescente.

—Como ya comenté en la reunión, creo que nos enfrentamos a un sujeto que actúa en solitario. Alguien que reside en una ciudad más o menos grande y que tiene una profesión de cierto nivel. Su cociente intelectual es alto, muy por encima de la media.

—Estamos en absoluta sintonía —dije, animándole a que siguiera con sus reflexiones.

—Creo que vive en familia. Seguramente tiene doble personalidad, aunque no desde un punto de vista patológico: lo hace intencionadamente y controla a su antojo cuando es el Doctor Jekyll y cuando es Mr. Hyde.

—John, sabes perfectamente que esos son la clase de asesinos en serie que más tememos en Quántico.

El detective asistía ensimismado a nuestras cavilaciones. Aunque desde luego los términos que usábamos le eran familiares, la supuesta agilidad con la que sacábamos conclusiones le causaba cierta confusión.

—Lo sé. Lo sé perfectamente. Pero creo que es peor.
—¿Peor? —inquirí, como si ya sólo quedase el fin del mundo como alternativa.
—Esta es sólo una hipótesis sin demasiado fundamento, pero intuyo que es un sociópata controlado.
Me eché hacia atrás en mi asiento y lancé un resoplido hacia el techo de la estancia. Me caía bien aquel profesor con pinta de no haber roto un plato en su vida, pero quizá se había pasado de frenada a la hora de hacer conjeturas.
—¿Qué diablos significa eso de *sociópata controlado*?
—Ethan, me lo he inventado, porque no hay un término para clasificar este tipo de comportamiento tan infrecuente y anormal. Me da cierto pudor, teniendo delante a un agente de la UAC, pero creo que debo contarte todo lo que pienso.
—Te escucho.
—Opino que su extrema inteligencia le ha permitido adaptarse al entorno con habilidad, desde la adolescencia. Controla sus impulsos y sus emociones, de modo que ha sido muy complicado que en el pasado hayan podido detectar sus problemas psicológicos, que indudablemente le atormentan.

—Entiendo. ¿Has tenido tiempo de hacerte una idea de qué edad tendrá?

—Sí. Rondará los treintaicinco a cuarenta. Puede que lleve unos diez años casado y que tenga dos hijos. Trabaja a media jornada; se lo puede permitir porque su mujer también tiene un buen empleo, posiblemente en la administración. Le deja mucha libertad a ella, y así a cambio él también la tiene.

—Has trabajado duro, John —reconocí, asombrado.

—No me hace demasiada gracia que un tipo así ande suelto por Nebraska. Yo también soy padre de familia.

—Comprendo. Voy a necesitar pasar a mis notas lo más relevante, si no te importa —sugerí con sutileza, mientras sacaba de mi chaqueta uno de mis cuadernos *Moleskine*. Consideré que de aquel encuentro iba sacar mucho más petróleo del que había imaginado.

—Ethan, trabajamos en equipo. Aquí las medallas y otras chorradas semejantes están de más —replicó con buen juicio, aunque desde una perspectiva ética que estaba muy lejos de la mía. Envidié su talla moral, aunque sabía que pocos esfuerzos iba a hacer yo por elevar la que poseía.

—En definitiva, estamos frente a un auténtico chiflado —dijo Phillips, golpeando

con suavidad, pero enrabietado, la mesa con la palma de su mano.
—En absoluto, Randolph. No es un pirado al que uno identifica de buenas a primeras. Ojalá fuera tan sencillo. Cuando te topes con él, cuando lo arrestes, te quedarás de piedra —manifesté, con pesadumbre, aunque intentando resultar positivo y esperanzador. Hablar de su segura captura era una manera ingeniosa de transmitir confianza.
—No lo entiendo. Tal y como habláis de él seguro que será fácil encontrarlo. Es un perfil único, ¿no?
Kemper carraspeó y se echó levemente hacia adelante, como para que el detective pudiera mirarle directamente a los ojos.
—Amigo, podríamos tenerlo delante y ni enterarnos. Podría ser perfectamente yo.

## Capítulo X

Al día siguiente por la mañana tenía una cita en la División de Identificación Criminal, cuyo edificio quedaba justo al otro lado del aeropuerto de donde estaban ubicadas las oficinas centrales de la patrulla estatal de Nebraska. Pese a todo, pensé que era una buena idea charlar a primera hora con Cooper y hacerle partícipe, aunque fuera sesgadamente, de mis planes.

—¿Por qué quiere ir a ver a ese hombre?

—En realidad no se trata sólo de hacerle una visita y un puñado de preguntas. Necesito conocer de primera mano el ambiente en el que se movía la víctima y saber algo más de ella.

—Tiene un informe bastante abultado. Mis chicos han trabajado duro, ¿sabe?

Nuevamente moviéndome en el fango. En aquella época, debido a mi insolencia y también, debo señalarlo como disculpa, a mi juventud, tenía la peculiar habilidad de incomodar a cualquiera que se me cruzara en el camino. Tardé años en aprender a sumar a los implicados en una investigación desde el principio, en lugar de situarlos en un plano casi de confrontación.

—Y yo no pongo eso en duda, señor. Pero es crucial para elaborar un buen perfil ver al padre y poder moverme por los espacios que transitaba la chica —argumenté, sabiendo que estaba acorralando a Cooper y que sólo le quedaba una salida.

—Está bien, hijo. Pero tenga mucho tacto con ese hombre. Si no es hábil, además de meternos en un lío, estará empeorando la situación de alguien que ya está en el fondo de un pozo.

Salí eufórico del despacho del Capitán y le comuniqué a Randolph que tratara de concertar una cita lo antes posible. El detective me lanzó una mirada que yo interpreté estaba inundada de perplejidad y tristeza. En el fondo hubiera deseado que Cooper rechazara mi iniciativa.

Junto a la entrada ya me esperaba el investigador Matthew Conway, al que había conocido el día anterior. Era un hombre alto y con el pelo ensortijado y pelirrojo. Tenía las mejillas sonrosadas y los ojos de un azul singularmente claro. Parecía un escocés recién llegado a los Estados Unidos, pero en verdad su familia hacía generaciones que se había establecido en Lincoln.

—Tenemos por delante una mañana bastante cargada —dijo, nada más estrecharme cálidamente la mano.

—¿Y eso? —pregunté, desconcertado.

—Además de darle un repaso a los sospechosos que hemos ido analizando, me he tomado la libertad de quedar con el único forense que ha estudiado los tres restos que hemos hallado. Esos huesos tienen mucho que contarnos, ¿no cree?

—Así es —respondí, pensando ya en que aún no había recurrido a una persona que bien podía echarnos una mano. No tardaría en contactar con él—. De momento es casi lo único que tenemos.

—Pues vamos a ver qué nos cuenta *el pellejo*.

—¿El pellejo? —inquirí, sin saber bien a quién se estaba refiriendo y pensando que desde luego era como poco un apodo bastante singular.

—Lo siento. Quería decir al doctor Taylor. El forense del que le hablaba.

—Y, disculpe la indiscreción, ¿por qué le llaman *el pellejo*?

—Bueno, ya lo verá. Creemos que nació en el mismo año que Benjamin Franklin, si no antes. Y además siempre anda entre cadáveres, quitando pellejos de aquí y de allá, ya me entiende.

—Comprendo —repliqué, sin demasiado entusiasmo. Aunque, en cierto modo, me alegraba de empezar a conocer los motes de aquellos hombres con los que imaginaba iba a tener que pasar algún tiempo.
—Ethan, ¿no?
—Sí, Ethan —respondí, sonriente.
—Dejamos los formalismos para el Capitán y esa gente, ¿le parece?
—De acuerdo, Matthew.
—Matt, mucho mejor Matt. Mathew me hace parecer más mayor de lo que en realidad soy, y además no termina de convencerme como nombre.
—Está bien, pues, Matt. Encantado de poder colaborar contigo.
—Te aseguro, Ethan, que los que estamos encantados, y muy esperanzados, somos nosotros.
Conway me llevó hasta el edificio de la División de Identificación Criminal dando un largo rodeo para salvar el aeropuerto. Las instalaciones, ubicadas en la calle 12, eran mucho más bonitas y modernas que las de las oficinas centrales. Era una construcción también de una sola altura, pero el exterior, de ladrillo rojo oscuro y con amplias ventanas de efecto espejo, resultaba muchísimo más agradable a la vista.
—Matt, esto tiene mucha mejor pinta.

—Sí, pero Cooper está encantado con su triste y sobria oficina central. Dice que así la comunidad sabe que no dispendia el presupuesto en otra cosa que no sea atrapar a los malos.

No cabía la menor duda de que el Capitán era un hombre chapado a la antigua, de esos que a mí tantos escalofríos me provocaban y por los que Liz, y en cierta medida mi jefe, Peter Wharton, tanto respecto y admiración sentían. Yo, que ahora me he convertido en uno de esos cascarrabias que trata de inocular en los jóvenes la importancia de la experiencia en la tarea de investigar un crimen, me recuerdo en aquellos tiempos y pienso de mí mismo que era un auténtico cretino. Sólo el paso de los años ha podido enmendar lo que en un principio estaba averiado y tenía pocos visos de ser arreglado.

Matthew me condujo hasta una sala en la que nos esperaban dos chicos muy jóvenes, incluso para mí, que sólo contaba por aquel entonces 31 primaveras. Aquellos chavales parecían llevar aguardando nuestra llegada desde primerísima hora de la mañana. Los notaba inquietos y algo excitados.

—Peter, Norm; el agente especial de la UAC del FBI Ethan Bush —dijo Conway, como si estuviera anunciando la llegada de la Reina de Inglaterra a la Casa Blanca.

—Hola —me limité a decir, mientras alzaba la mano cortésmente.

—Buenos días, señor Bush —respondieron ambos a la vez.

—Ethan, os lo ruego.

Invertimos las siguientes dos horas en repasar decenas de expedientes de delincuentes fichados y sobre los que se habían iniciado investigaciones. Era una tarea agotadora y tremendamente aburrida, pero necesaria. Me sorprendió ver la emoción con la que Perter y Norm me iban mostrando las fichas de los sujetos que consideraban más peligrosos o con más probabilidades de haber cometido los crímenes.

—Este se orinaba en la cama hasta los doce años. A los quince estuvo realizando labores para la comunidad porque se había dedicado a arrancarles los ojos a todos los gatos del vecindario. Los encontraron pudriéndose en una caja en su propio dormitorio. Finalmente, a los 19 fue condenado por allanamiento de morada e intento de violación de un ama de casa, que tuvo la fortuna de que llegase el repartidor de comida a domicilio mientras el tipo le estaba rasgando la ropa con un cuchillo de cocina de 15 centímetros de hoja —expuso Norm exaltado, mientras se ajustaba unas gafas sin

montura que se habían deslizado hasta la punta de su nariz.
—¿Y por qué tendría que ser él? —pregunté, intentando descubrir de qué manera habían cribado aquellos expedientes.
—Fue condenado a cinco años, pero salió a los tres, hace escasamente unos meses. Su comportamiento en la cárcel fue calificado como intachable. Pero ya sabemos que esta gente no cambia, que esta clase de personas, salvo en muy contadas excepciones, vuelven a las andadas. Y, lo más importante, reside a las afueras de Wayne.
Traté de tranquilizarme. Echaba de menos no ya sólo a mis compañeros de Quántico, no sólo ya a todo mi equipo; echaba de menos a Kemper, al que apenas conocía de nada. No me extrañaba que recurriesen a él con frecuencia. Analizar expedientes es un trabajo *de chinos*, que puede agotar mentalmente hasta al más duro de los investigadores, de modo que suele delegarse en críos recién salidos de la academia. Y eso es un grave error, un error que a día de hoy sigue sin estar solventado. Nadie con experiencia desea asumir esa tarea. Y aunque los programas informáticos son de gran ayuda, todavía son incapaces de realizar las interpretaciones que hace un ser humano.
—¿Cociente intelectual?

Norm me miró sorprendido, como si la última pregunta que esperaba de mí fuera precisamente la que le había formulado. Revisó con agilidad los papeles que tenía en la mano.

—92.

—¿Estudios?

—No ha terminado la secundaria. Fue precisamente cuando empezaron sus problemas y abandonó.

—Pues ya no me hace falta más. No es nuestro hombre. ¿Os habéis reunido con Kemper?

—No, nosotros nunca vemos a asesores civiles. Bueno, nunca vemos a civiles de ninguna clase. Aquí dentro, quiero decir.

Dirigí una mirada de incredulidad a Conway, que se limitó a encogerse de hombros, como si aquello no fuera con él.

—Está bien —dije, tratando que mi voz saliera de mis labios de una forma suave y monótona—. Todavía no tenemos un perfil, pero ya estamos trabajando en él. Y desde luego no se corresponde con lo que me estáis presentando. Lo siento, pero vais a tener que tamizar estos expedientes de nuevo.

—¿Cómo? —inquirió Peter, lanzando una especie de bufido.

—¿Qué tenemos que buscar? —preguntó Norm, que estaba más preocupado por resultar útil que por tener que volver a empezar casi desde cero.

—No tengo la menor idea de si estará fichado, pero es posible que no. Pero imaginemos que sí lo está y lo dejamos pasar por alto, sería imperdonable, ¿no? —pregunté, dirigiéndome especialmente a Peter, que era el más desanimado—. Vuestro trabajo es trascendental. Buscamos a alguien de mediana edad, culto, con formación universitaria, alto cociente intelectual y posiblemente casado y con hijos. Lo más normal es que resida en una ciudad media, no en un pueblo pequeño.

—Aquí no hay nadie con ese perfil —dijo Peter señalando con desidia los papeles que descansaban sobre la amplia mesa. Seguía contrariado por el tiempo que había invertido y que él consideraba había sido en vano.

—Eso significa que habéis aprendido mucho —manifesté, tratando de elevarles la moral.

—¿Algún dato que pueda servirnos de guía para la criba? —inquirió Norm, que seguía tan comprometido como si nada hubiera sucedido. Me gustaba aquella actitud y le recompensé lanzándole mi mejor sonrisa.

—El maltrato animal en la adolescencia y pre-adolescencia es interesante. Pero debemos encontrar conductas antisociales, aislamiento o conflictos con el resto de la comunidad; incluso con sus propios padres. Ahora mismo ya es un adulto, sabe controlarse y estará perfectamente integrado. Pero cuando sus problemas de interrelación comenzaron a aflorar debía de tener entre 12 y 16 años, y desde luego era incapaz de manejarlos, de modo que cualquier cosa que encontréis al respecto puede ser un hilo del que empezar a tirar.
—Pero, señor Bush…
—Ethan, te lo ruego. Llámame Ethan —interrumpí a Peter, aun sabiendo que era un gesto descortés por mi parte. No deseaba que nos distanciásemos más.
—Está bien, Ethan. Esos datos seguramente no van a figurar, a menos que sean muy graves, en estos expedientes. Aquí sólo hay recogidos actos violentos de cierta relevancia.
Peter acababa de dar en el clavo. Era algo a lo que yo llevaba dándole vueltas desde el día anterior, pero que no me había atrevido aún a manifestar. Escarbar en el pasado de estos sociópatas con alto nivel intelectual no es una tarea en absoluto sencilla. Sabía que lo que iba a proponer no era ya un trabajo *de*

*chinos*, en realidad era similar a levantar las pirámides de Giza.
—Así es —expuse con afectación, intentado que ellos comprendiesen que aunque tenían por delante una labor titánica era crucial para el conjunto de la investigación—. Me temo que va a tocar recurrir a los expedientes de miles de alumnos conflictivos de la escuela primaria y secundaria de los años noventa en todo el estado de Nebraska.

# Capítulo XI

*El pellejo* hacía verdadero honor a su apodo. Era un hombre extremadamente delgado, con la piel reseca y flácida, ojos algo vidriosos y aspecto de tener muchos más año de los que seguramente en verdad contaba. Pese a todo, resultaba agradable su presencia. Su voz melodiosa y su apariencia de hombre bonachón y desvalido contribuían a que uno casi se apiadase de él.

—¿Está agotado? —me preguntó el doctor Taylor, al poco de sentarme junto a él a revisar las anotaciones que deseaba compartir conmigo.

—Pues sí, la verdad. No he descansado demasiado bien y llevo toda la mañana revisando expedientes —respondí con sinceridad.

—Un poco de cafeína no le vendría mal a su cerebro, ¿no cree?

Conway nos hizo un gesto y se fue a buscar por algún lado una cafetera que nos surtiese a los tres del preciado estimulante.

—Gracias —respondí, como si llevase días perdido por el desierto y me acabase de alcanzar una cantimplora con agua fresca.

—¿Qué opinas?

—¿Qué opino? Esperaba que fuera usted el que me diera sus valoraciones —repliqué, absolutamente perplejo.

—Llámame Douglas, por favor. O si lo prefieres *pellejo*, como hacen todos por aquí, a mis espaldas.

—Doctor, yo…

—Ethan, ¿qué opinas de todo esto? Nunca he tenido la posibilidad de charlar con un agente especial del FBI en todos mis años de carrera. ¿Piensas que vamos a estar a la altura? No recuerdo algo semejante en cuatro décadas que llevo trabajando.

Seguía algo turbado por las preguntas que me estaba formulando el forense. No estaba preparado para un primer encuentro como aquel.

—Claro que sí.

El doctor Taylor puso varias fotografías de los huesos delante de mí. La mayoría ya las había visto, pero algunas, tomadas muy de cerca, o quizá ampliaciones de otras, no.

—El bárbaro que ha hecho esto no es un cualquiera, Ethan. Nos va a costar pillarlo, eso creo. Sólo el cielo sabe cuántas almas se llevará por delante hasta que lo consigamos. Mira los huesos. Míralos con atención: no tienen ni un solo rasguño, comprendes, ¡ni un solo rasguño!

Observé las imágenes y me fijé en que efectivamente los huesos, además de tener un blanco antinatural, presentaban un aspecto incólume.

—Disculpe, Douglas, no soy ni médico ni mucho menos experto en osteología, de modo que tendrá que explicarme qué está queriendo señalar.

—Desmembrar un cuerpo humano no es algo sencillo. Requiere de fuerza, conocimientos y paciencia. Hacerlo sin provocar algún tipo de lesión al sistema óseo es casi una labor de virtuosismo, propia de un cirujano o de un carnicero de primera categoría.

Cogí una de las instantáneas. Era la de un fémur, con aquellas inscripciones tan singulares, que a un agente le habían recordado la escritura preciosista de Tolkien. Casi parecía de plástico, con aquel fulgor níveo. Indudablemente llamaba la atención de cualquiera, hasta del más neófito en anatomía. Era algo, por tanto, que el asesino había realizado con todo la intencionalidad del mundo. Lo odié, aborrecí que en mi interior surgieran las sensaciones que él seguramente había previsto en sus demenciales ensoñaciones.

—Entonces, ¿sólo un profesional de esos campos podría hacer algo así?

—Lo dudo…

La respuesta del forense me trastocó nuevamente. Parecía que deseaba sugerirme una cosa y la contraria. No sabía si estaba jugando conmigo, pero su tono de voz no era el de alguien que está pasando precisamente un buen rato.

—¿No entiendo?

—Unos huesos tardan muchos meses en llegar a ese estado, ¡incluso años! Todo depende del clima y de otras circunstancias, como la fauna y el tipo de suelo en el que sean abandonados o enterrados. Pero jamás tendrían ese aspecto. Presentarían un color mucho más oscuro. Además, casi siempre quedan restos resecos adheridos, especialmente ligamentos y algunos cartílagos.

—Sin embargo, esa chica, la única víctima que hemos identificado, desapareció apenas un mes antes de que fuesen hallados sus vestigios —dije, sin tener muy claro a dónde quería llegar el doctor Taylor, pero mostrándole que tenía puestos en él mis cinco sentidos.

—Exacto, Ethan. Esto es obra de alguien que trabaja o ha trabajado para alguna universidad, o también es posible que para algún museo. Quizá puede tratarse de un taxidermista, pero lo veo menos probable. No suelen trabajar con esqueletos.

En ese instante Conway regresaba eufórico con una bandeja con tres tazas bien colmadas de café.

—¡Ya tenemos lo que nos hacía falta para arrancar con fuerza! —exclamó, animoso.

—Gracias —respondí lacónico.

Matthew tomó asiento a mi lado y dedujo por nuestras expresiones que en realidad ya habíamos avanzado bastante sin estar él presente. No se lo tomó a mal, y comprendió que no estábamos para perder el tiempo.

—Quizá eso hace más efecto que el más cargado de los cafés —dijo, señalando las fotografías—. Continuad, yo me engancho.

—En tal caso, ¿sabe cómo ha hecho esto? —pregunté, dirigiéndome nuevamente al forense.

Taylor se pasó la mano delicadamente por el mentón y meneó la cabeza. Parecía algo disgustado consigo mismo.

—No, no tengo la menor idea. Tendrás que buscar a un especialista en la materia. Existen diversos procedimientos, pero soy incapaz de determinar cuál ha usado. Aunque creo que en las tres ocasiones ha sido exactamente el mismo.

—Eso encaja perfectamente con su mentalidad obsesiva. De alguna forma, seguimos avanzando.
—¿Estás seguro? —preguntó el forense, que parecía no tenerlas todas consigo y estaba realmente preocupado.
—Douglas, no sé cómo darle las gracias. Esta información es de suma importancia para el perfil que estoy elaborando. Gracias a usted vamos a estrechar el cerco con más rapidez —manifesté, verdaderamente satisfecho y tratando de animar la moral del aquel hombre que tanta empatía despertaba.
—Eso no es todo, Ethan. Hay otro aspecto que debes estudiar en profundidad, tú que eres experto en la psique humana.
—Le escucho.
El doctor Taylor tomó tres fotografías cenitales, que de inmediato pensé eran las mismas que yo había estudiado en la habitación del hotel, y que había intuido formaban un símbolo.
—Tan importantes son los huesos que faltan, muchos, como los que no faltan.
—Sí, es verdad. Siempre son los mismos. Parece una especie de mensaje.
—No lo sé. Pero me llama la atención que no esté el cráneo ni ningún hueso del tronco, incluida la cadera. Tampoco las manos ni los pies.

—¿Es importante?
—Ahora con el ADN no tanto, pero dificulta la identificación de las víctimas enormemente. Por otro lado…
—¿Sí?
—Por otro lado nos deja el fémur izquierdo y los húmeros, que son los dos huesos que más nos facilitan la labor de inferir la altura de un sujeto y que, después de los dientes, son las piezas de un esqueleto que más material genético contienen.
—Y usted piensa que eso tiene una razón de ser.
El forense se aproximó a mi oreja, como si fuera a contarme un secreto que nadie más, incluido Conway, que estaba a nuestro lado, pudiera conocer.
—Ethan, tú eres el psicólogo y el especialista. Pero a mí no me cabe la menor duda. Ese malnacido es listo como nadie, pero también sus traumas y sus obsesiones le están traicionando y terminarán por llevarnos hasta la puerta de su madriguera.

# Capítulo XII

Tras un almuerzo rápido con Matthew en una hamburguesería del centro de Lincoln, en el que estuvimos repasando todo lo que habíamos hecho aquella mañana, le pedí al investigador que me acercase a The Conrhusker, pues deseaba descansar un rato y poner en orden mis ideas.

Ya en la soledad de mi habitación lo primero que hice fue mandar un mail con las imágenes escaneadas de los restos hallados. Acto seguido telefoneé a Mark, la persona de mi equipo experta en informática, hacking y un motón de cosas más relacionadas que a mí se me hacían ininteligibles. Tenía la suerte de poder acudir a aquella especie de genio cada vez que se me antojaba, y ese era un privilegio que pocos en Quántico sabían valorar en su justa medida.

—¿Cómo te va la cosa por Nebraska?

—Bueno, regular. Os echo de menos. Ya sabes que sin vosotros no soy nada.

—No exageres.

—Ojalá estuviera exagerando. La buena noticia es que mientras os consigo unas vacaciones pagadas en Lincoln Peter me ha

dado permiso para ir consultando con vosotros algunos temas. Te acabo de mandar un mail.
Se abrió un espacio de silencio en la línea. Imaginé a mi colega abriendo mi mensaje en alguno de los mil dispositivos electrónicos que poseía.
—Ya lo tengo. ¿Qué son estos huesos?
—Son los restos de tres víctimas. Hasta la fecha sólo hemos logrado identificar a una, las otras dos son un misterio.
—¿Qué necesitas?
—Necesito que indagues en el ViCAP para ver si encuentras un modus operandi semejante. Es muy particular, de manera que debería sonarme, pero yo no soy una maldita base de datos y tampoco es que tenga una memoria prodigiosa.
—Lo de la memoria es verdad, lo de que no eres una base de datos es algo que aún está por demostrar.
A diferencia de Tom, que hacía gala cada vez que podía de un humor negro de dudoso gusto, Mark era una persona más bien reservada y que espaciaba sus bromas con una cadencia de una cada dos o tres meses. Aquello sólo podía significar que estaba contento.
—Me acabas de recordar a Tom —dije, entre carcajadas.

—Eso me ha dolido, y lo sabes.
—Volviendo a lo que necesito. También me gustaría que hicieras labor de especialista en simbología y criptografía.
—Ethan, 'El Código Da Vinci' está ya muy pasado de moda —replicó Mark, con algo de sorna. Dos chanzas en una misma conversación por su parte era un suceso tan extraordinario como un eclipse completo de Sol.
—En serio. En los fémures de esos restos hay una inscripción muy rara. Un friki de por aquí me ha comentado que le recuerda a Tolkien, y me habló de una de las lenguas *élficas*, o algo por el estilo. Quizá tú te entenderías bien con él.
Otra vez un breve espacio de silencio. Imaginé a Mark ampliando la zona tallada de uno de los fémures y analizando aquellos extraños símbolos que vete a saber qué podían significar.
—No le falta algo de razón.
—Me lo imaginaba. Pero hay más cosas que quiero que estudies. Es un detalle que de momento no he compartido con nadie.
—Propio de ti. Te escucho.
—Si te fijas, el miserable al que nos enfrentamos siempre deja los mismos huesos. Pero es que además los deja siempre en la misma posición. No sé, pero me ha

recordado a algún símbolo o emblema. Quizá no sea nada, pero te ruego que lo investigues un poco. Tú te manejas muy bien con estas cosas.

—Está hecho.

—¿Tienes mucha faena?

—Sí, pero para ti siempre puedo sacar un rato extra. Ya encontrarás la forma de compensarme.

—Te debo una más. Ya me mantienes al tanto. No hace falta que te diga lo importante que es. Posiblemente este tipo ya tendrá fijado su próximo objetivo, si es que no hemos vuelto a llegar tarde.

Tras colgar revisé las llamadas perdidas de mi teléfono y descubrí que mi madre y Liz habían tratado de contactar conmigo esa mañana. No habían dejado ningún mensaje, de modo que consideré que no era urgente. Aunque mi relación con ambas había mejorado sustancialmente, yo no dejaba de ser la misma persona que hacía unos pocos meses. En ese momento deseaba concertar una cita con Kemper para comentarle mis avances y para ver si en la universidad había algún experto en huesos y en su tratamiento y conservación.

—Estás de suerte, Ethan —me dijo cuando le expuse el tema.

—¿Y eso?

—Tenemos entre nosotros, pese a su juventud, a un eminente antropólogo y paleontólogo. Seguro que podrá satisfacer tu curiosidad.

Estuve en un tris de lanzar un alarido de satisfacción, pero contuve mi alegría. Al menos la suerte parecía ponerse de mi parte.

—¿Cuándo puedo ir a veros? —pregunté precipitadamente, casi con ansiedad.

—Bueno, déjame hablar con él. Tengo que explicarle de qué va todo esto. Es un profesor, nada más, y no está acostumbrado como yo a colaborar con la policía. Diablos, ¡hasta yo mismo es la primera vez que lo estoy haciendo con el FBI! —exclamó John, sin poder disimular algo de entusiasmo.

—Lo comprendo. Pero no lo demores mucho. Es importante.

—Descuida.

Nada más despedirme del psicólogo noté que mi pulso estaba acelerado. Ya me había metido de lleno en el caso y mis neuronas comenzaban a desentumecerse y a desplegar su energía. Las iba a necesitar, pero también requería de la implicación al 100% de un montón de personas más. Consulté el reloj, como si me marcara una cuenta atrás hasta la siguiente víctima. Aunque hallar unos nuevos restos ampliaría la información disponible para terminar de definir el perfil, era una circunstancia que sólo imaginarla me provocaba escalofríos. De súbito la vibración de mi Smartphone, que descansaba sobre la mesa de trabajo de la habitación del hotel, me hizo dar un respingo. Era el detective Phillips.

—Ethan, tengo buenas noticias.

—Estas son las llamadas que uno desea recibir, Randolph —dije, intentando mostrarle que estaba agradecido por la confianza que estaba depositando en mí sin apenas conocerme.

—¿Cómo lo tienes mañana por la mañana?

Pensé en Mark, en Liz, en Cooper, en mi madre y en Kemper; pero al segundo todos aquellos compromisos quedaron relegados en un segundo plano. Si Phillips me estaba apremiando desde luego no se trataba de una menudencia.

—Seguro que es importante. Libre para lo que me propongas.

—He conseguido que el padre de esa pobre chica nos atienda mañana mismo. Tenías razón. Cuando le he comentado que le visitaría acompañado de un agente especial del FBI su voz ha cambiado de tono. Espera mucho de tu visita.

## Capítulo XIII

Aunque los restos del cadáver de Jane Harris fueron hallados a las afueras de Halsey, la joven de 22 años había residido, hasta el día de su desaparición, en Burwell, a unas 180 millas de Lincoln.
El detective Phillips y yo habíamos salido bien temprano, pues Adrian, el padre de la víctima, nos había citado a las diez de la mañana. Mientras conducíamos por la interestatal 80, en busca del desvío a la derecha que nos haría ascender hacia el norte de Nebraska, nos dedicamos a repasar un poco la historia que teníamos. Como era costumbre en mí, apenas había echado un vistazo a los interrogatorios, pues no deseaba que influyesen en mi manera de enfocar la entrevista.
—¿Jane Harris trabajaba en una estación de servicio?
—Así es. Allí fue el último lugar en el que la vieron con vida. Un vecino del pueblo fue a repostar cerca de las once de la noche.
—¿Siempre hacía el turno de noche?
—Salvo excepciones, sí. Era el único trabajo que había encontrado. Estudiaba diseño de

moda a distancia, pero no era muy aplicada. Durante un tiempo fue bastante rebelde, hasta que sentó la cabeza y se dio cuenta de que no podía seguir toda la vida viviendo del cuento.

—¿Residió sola alguna vez?

—Creo que no. Al menos es seguro que los últimos años los pasó con su padre.

—¿Y la madre?

Randolph llevaba el coche, y mi pregunta creo que le sorprendió tanto que no pudo evitar dar un leve bandazo, afortunadamente sin consecuencias.

—Ethan, ¿de verdad te has mirado los papeles?

—Más o menos —respondí, huyendo de su mirada de reproche.

—No lo entiendo, ¿por qué actúas así?

Pensé en Liz. Pensé que ella me preguntaría algo similar y la eché de menos. Aún no la había telefoneado, y seguramente consideraría que estaba demasiado ocupado como para tener un mínimo detalle. Ella me conocía, y aunque le dolía esa forma mía de ser había aprendido a aceptarla.

—No quiero, digamos, *contaminarme.*

—¿Contaminarte?

—Sí, bueno, es una forma de expresarlo. En Quántico me enseñaron que es algo que suele suceder, y que tenemos que evitarlo en la medida de lo posible. Lees un informe, un interrogatorio, un expediente… ¡y ya está! Es inevitable que te cause cierta influencia. Ya vas condicionado por las impresiones que otra persona, con una formación distinta, y habitualmente no experta en perfiles criminales, ha dejado reflejadas en un puñado de papeles. Lo siento. Sólo he hojeado por encima lo que tenéis sobre el asunto.

—Tú eres el agente especial del FBI, tú sabrás mejor que nadie lo que te haces —manifestó el detective, con un deje de duda en sus palabras.

—Está bien. Asumo que soy un gilipollas. Te ruego que me hables de la madre —supliqué.

—La madre falleció cuando la chica tenía 10 años. Puede que parte de sus problemas de indisciplina tenga ahí su origen. Pasó la adolescencia bastante sola.

—Mierda —murmuré, en cierta medida acosado por mis propios fantasmas.

—¿Qué?

—Pues eso. La vida en ocasiones es demasiado injusta. No sé. Huérfana de madre desde niña y luego asesinada, vete a imaginar cómo, con tan solo 22 años. Es una mierda.

Durante el resto del trayecto apenas hablamos. Ambos nos habíamos quedado sumidos reflexionando acerca de la triste existencia de Jane Harris. Teníamos varias fotografías de la joven tomadas poco antes de su desaparición. Una de ellas era la que el padre había usado para imprimir carteles de «se busca» para repartirlos por todo el condado de Garfield. En la misma aparecía sonriente, radiante. No era guapa, pero sí tenía un rostro agradable y la expresión propia de alguien que no tiene maldad alguna en su interior.

—Ethan, estamos llegando —dijo Phillips, imagino que con la intención de arrancarme de mi ensimismamiento.

—Acabo de terminar de empatizar con ese hombre —señalé, con algo de pudor.

—Y eso, ¿es bueno o es malo?

—En mi caso es relativamente negativo. Prefiero conservar los nervios templados y mantener la mente fría.

—Hemos elegido mal nuestra profesión. Pero alguien tiene que ir a buscar a los malos y encerrarlos.

—Sin duda —manifesté, pensando en el desaprensivo que había atropellado a mi padre y se había dado a la fuga mientras él se dejaba el último aliento sobre el asfalto.

Llegamos a Burwell por la estatal 11 y de inmediato giramos a la izquierda para tomar la calle L, que era poco más que un camino de tierra bien aplastada. A un lado había plantaciones de cereales y al otro bonitas casas prefabricadas de madera, la mayoría de una sola altura. El detective, que ya había estado allí, estacionó frente a una de las más cuidadas. Estaba pintada de un blanco resplandeciente, y tenía ventanas de estilo francés que la hacían aparentar mucho más valiosa de lo que en verdad era. En el porche ya nos esperaba un hombre alto, fornido, con escaso pelo y la expresión de alguien que ha sido derrotado y no tiene la menor intención de seguir batallando.

—Detective Phillips, me alegro de volver a verlo por aquí.

—Adrian, el agente especial del FBI Ethan Bush. Ethan, el señor Harris.

El padre me estrechó la mano con confianza, y tardó en soltarla. Tuve la sensación de ser para él un pedazo de madera al que se aferraba tras un terrible naufragio.

—Señor Harris, no sabe cómo le agradezco que nos reciba en su casa. Su colaboración es muy importante.

—Usted, se lo ruego, encuentre al que me arrebató a mi pequeña. Todo lo demás carece de interés.

El señor Harris nos llevó hasta el interior de su vivienda. Era una persona reservada, y comprendí que la entrevista iba a plantearme dificultades, más allá de las que el propio Randolph o el Capitán me habían expuesto.
—Trataré de no importunarle demasiado tiempo. Ya ha tenido que contestar a demasiadas preguntas —dije, intentando hacerle ver que yo no era uno más que pasaba por allí.
—Así es. Y, la verdad, agente Bush, no tengo muy claro que estén haciendo correctamente su trabajo. Han pasado más de tres meses desde que mi hija desapareció, y más de dos desde…
El señor Harris no acabó la frase. Como yo no había leído los informes y las transcripciones como debía, no sabía si había visto o no los huesos de su hija, o cómo le habían informado de la terrible noticia. El hombre miraba ahora una fotografía que descansaba sobre la repisa de la chimenea, y en la que aparecían él y Jane cogidos de la mano. Ella aparentaba tener en esa instantánea unos 15 o 16 años. Conservar los recuerdos del ser querido tan a la vista durante la etapa de duelo no es lo más apropiado, pero me guardé mis comentarios para mejor momento.

—¿Qué hizo Jane el día de su desaparición? —pregunté, obviando sus observaciones acerca de nuestro desempeño.

—Más o menos lo de siempre. Por la mañana me estuvo ayudando. Yo reparo maquinaria agrícola, y aunque ella no tenía mucha idea de eso le gustaba echarme una mano. Por la tarde estuvo estudiando. Soñaba con ser algún día diseñadora, y yo la animaba a trabajar duro para lograrlo.

El padre hizo una nueva pausa. Yo notaba que estaba haciendo un gran esfuerzo. También sabía que era parco en palabras y algo áspero, por lo que expresar sus sentimientos le costaba más de lo habitual.

—¿A qué hora salió de casa?

—Poco antes de las diez menos cuarto. Apenas lleva unos minutos andando llegar hasta la estación de servicio.

—¿Siempre iba sola?

—La mitad de las veces. Este es un pueblo tranquilo. Aquí nunca pasa nada…

—¿Y la otra mitad?

—La acompañaba yo, y en ocasiones su novio.

—¿Y a la vuelta?

—Salía a las seis de la mañana. Aunque le parezca temprano, a esas horas aquí medio pueblo está ya despierto. Siempre volvía dando un paseo.

—¿Le habló alguna vez de alguien?

—No entiendo qué quiere decirme.

—Si le habló semanas o días antes de su desaparición de alguna persona extraña, de alguien que le hubiera llamado la atención. Quizá algún cliente de la estación de servicio.

—No. Ella sólo tenía una amiga. Y desde hacía casi un año ese chico, Spencer, un pedazo de pan, su novio.

—¿Le gusta Spencer?

—Sí, me gusta. Está destrozado. Ya se lo comenté al primer agente que vino, y después al detective Phillips: pueden tachar de la lista al chaval. No pierdan el tiempo investigando a la persona equivocada.

Pero la patrulla estatal de Nebraska había hecho bien su trabajo y sí que había invertido tiempo investigando a Spencer, y también al propio Adrian. Sólo tras la aparición de los segundos restos y la elaboración del primer esbozo del perfil del asesino fueron descartados ambos.

—Entonces, ¿no le habló de nadie desconocido o que hubiera tenido un comportamiento extraño?

—No. No me comentó nada. Todo iba normal. Bueno, en realidad todo marchaba mejor que nunca.

—¿Salía mucho por ahí su hija?

—Siendo adolescente sí, pero en los últimos años apenas. Fue una época complicada. Pero ahora estaba muy centrada. Quedaba de cuando en cuando con su amiga, casi siempre aquí, en casa. Alguna vez sé que iban a Omaha, a Gran Island o a Lincoln, a divertirse. Y cada dos semanas hacía alguna excursión con Spencer a los alrededores, pero siempre estaban de vuelta temprano.

—Entiendo. ¿Me deja echar un vistazo a la casa?

—Haga lo que quiera. Lo que sea necesario.

Randolph y Adrian se quedaron en el salón, de modo que pude inspeccionar toda la vivienda a solas. Había algo en el ambiente que denotaba que allí había vivido una mujer joven hasta no hacía mucho: el orden, el olor en el ambiente, la decoración modesta pero con gusto de cada una de las estancias de la casa… Imaginé al señor Harris tratando de mantener su vivienda tal y como Jane la había dejado el último día que la vio con vida. Es algo que suelen hacer las personas que han perdido a un ser querido, especialmente los padres. Dejar las cosas tal cual es una manera de amarrar a la persona que se ha perdido para siempre a este mundo.

Cuando llegué a la habitación de la chica no me cupo la menor duda de que era la suya. Me pareció ligeramente infantil para una joven de 22 años, pero el que fuera huérfana de madre y el haber tenido una adolescencia algo turbia podían ser la explicación. Con el rubor que me caracterizaba, rebusqué entre sus cosas tratando de encontrar un diario o un cuaderno en el que hubiese podido reflejar algún hecho anómalo. Pero sabía que los agentes de policía no lo habían hallado, y esta vez, al contrario de lo que me sucediera en Jefferson, yo tampoco fui capaz de hacerlo.

Antes de regresar al salón aspiré profundamente varias veces, intentando recomponerme de mi breve paseo por los espacios íntimos de una pequeña familia que ahora había sido asolada definitivamente.

—No le robamos más tiempo, señor Harris.

—¿Ya está? —preguntó, posiblemente decepcionado.

—Aún nos queda trabajo por hacer, pero ya no es necesario molestarle. Tenemos que dar una vuelta por el pueblo, ya me entiende.

—Si es preciso puedo acompañarles, no tengo nada mejor que hacer.

—No es necesario. De verdad, le estamos infinitamente agradecidos.

—¿Ha encontrado algo útil?

—Puede ser. No puedo entrar en detalles. Esta es una investigación complicada —mentí. Mentir era la única salida que encontraba en muchas ocasiones frente a una realidad que se me presentaba como hostil e invulnerable.

—Adrian, le mantendremos informado de cualquier novedad relevante —dijo Randolph, acudiendo en mi auxilio.

Nada más abandonar la casa salí en busca de la calle L y miré a izquierda y derecha de la misma. Por allí no pasaba un alma.

—¿Sabes llegar hasta la estación de servicio? —pregunté, mientras contemplaba mis zapatos, que ya estaban cubiertos por una fina capa de tierra blanquecina.

—Claro —respondió Phillips, llegando hasta donde me encontraba.

—Pues iremos hasta allí caminando, tal y como lo hubiera hecho Jane un día cualquiera.

# Capítulo XIV

El detective Phillips y yo fuimos dando un breve paseo hasta la estación de servicio en la que había estado trabajando Jane Harris hasta el día de su misteriosa desaparición. Algo menos de una milla separaba su hogar de la gasolinera. La polvorienta calle L tenía a un lado decenas de casas con jardines más o menos modestos, sin embargo al otro se extendían campos de cultivo, muchas veces ocultos tras una línea de árboles y matorrales que eran el lugar ideal para acechar a cualquiera.
—¿Peinasteis toda la zona? —pregunté, señalando una empalizada que apenas podía distinguirse entre la espesa vegetación.
—Dos veces. Primero los chicos de la oficina del sheriff del condado, y luego ya nosotros.
—¿Y no encontrasteis absolutamente nada?
—Nada de nada.
Recordé mi último caso en Kansas y pensé que allí habíamos tenido que recorrer casi cada palmo de terreno para dar con las pistas más importantes.

—Está bien —concluí, aunque no muy convencido.

En el cruce de la L con la estatal 11 descubrí una enorme y cuidada estación de servicio, con una tienda incluida, en la que increíblemente no me había fijado al llegar, obsesionado como estaba por atisbar los campos de cereales en los que creía podía haberse ocultado el secuestrador de la víctima. La gasolinera estaba pintada de color blanco y los techos de un llamativo tono verde. Anexa a la misma había un pequeño motel con el mismo nombre e idéntico diseño.

—¿Es aquí? —pregunté, extrañado, porque no habíamos andado más que un pequeño trecho.

—No, desgraciadamente no es aquí.

—No comprendo…

—En esta el turno de noche lo hacen dos personas, y cuenta con medidas de seguridad. Donde trabajaba la chica es, digamos, un poco más modesta.

Alcanzamos la estatal 11, que cruzaba Burwell tangencialmente, por su extremo este. Me aproximé hasta la zona de aparcamiento del motel y eché un vistazo a los alrededores. Phillips me observaba con los brazos en jarras, esperando muy poco de mis pesquisas.

—¿Contamos con un listado de las personas que se alojaron aquí el día de la desaparición?
—Ethan, te he tomado cariño, y creo que eres inteligente, de verdad. Pero resulta frustrante descubrir constantemente que no te has tomado la molestia de leer como debieras los informes que hemos realizado. Los federales os ganáis en ocasiones a pulso la mala fama que tenéis.
Asentí, aunque en realidad de momento no pensaba cambiar mi forma de actuar. En ocasiones siento una especie de punción en algún lugar de mis entrañas, un dolor que me recuerda que en el pasado fui un auténtico estúpido.
—Tienes toda la razón, Randolph. No tengo disculpa.
—No la tienes.
—Entonces… ¿nadie resultó sospechoso?
—En principio están todos descartados. Un viajante, un agente de seguros y un funcionario que trabaja para la administración en Lincoln y que estaba aquí para revisar no sé qué historia del padrón. Los investigamos, aunque con el tiempo vimos que no había mucho que rascar. Luego cuando Kemper se sumó a la investigación nos indicó que dudaba mucho que encajasen con el perfil que estaba esbozando.

—Entiendo —manifesté, decepcionado.

Continuamos hacia el norte por la estatal 11. Atrás dejamos los boscosos campos de cultivo, en los que era fácil para un depredador acechar, y fuimos dejando a un lado y a otro de la carretera distintos edificios y una nueva gasolinera, con un Subway adosado en un lateral, por lo que entendí que tampoco podía tratarse de aquella.

—Ethan, esa no es la que estamos buscando. Ya casi hemos llegado —dijo el detective, como si hubiera de alguna manera accedido a mis pensamientos.

—¿Cuántos habitantes tiene Burwell?

—Poco más de un millar.

—¿No son demasiadas estaciones de servicio seguidas en una misma calle?

—Bueno, en realidad como estamos en la estatal 11 estas gasolineras viven del tránsito de vehículos que cruzan el estado por esta carretera. Además, estamos muy cerca de la reserva Calamus, un lugar idílico, que recibe muchos turistas. He estado allí un par de veces. Te recomiendo ir a visitarla con la familia.

Pensé en mi madre y en Liz. Ellas eran, de algún modo, mi familia. La primera residía en California, en la otra punta de los Estados Unidos, y apenas me hablaba con ella. La segunda era mi novia, pero mantenía con ella una relación torpe y algo distante que cualquier día podía terminar, por segunda vez, en ruptura. Decidí que lo mejor era mantenerme callado y no responder al amable comentario de Phillips.

Por fin, tras dejar a un lado un restaurante típico de la zona, llegamos a la gasolinera. No hizo falta que el detective esta vez me hiciera el menor comentario, y un ademán fue más que suficiente. Dos surtidores anticuados y sin techumbre y una pequeña construcción de madera eran todo lo que ofrecía aquella estación de servicio.

—Randolph, te quedaste corto al definirla como modesta.

—Las otras dos son prácticamente nuevas. Esta es la de toda la vida. Sobrevive con los clientes del pueblo y los alrededores y vendiendo algunas baratijas en la pequeña tienda.

Recordé mi reciente encuentro con Adrien, el padre de la víctima, y pensé que si yo hubiera tenido una hija jamás la hubiera dejado trabajar por la noche en un lugar así. Pero yo no era más que un forastero, y no tenía la menor idea de nada.

—¿Hay mucho movimiento por aquí a partir de las 10 de la noche?

—Apenas. El propietario mantenía ese turno porque las otras dos gasolineras lo hacían, y me imagino que le salían las cuentas porque pagaba una miseria a la chica.

—¿Mantenía?

—Desde que desapareció Jane Harris no ha vuelto a abrir por la noche. Y no creo que lo haga ya nunca más.

—¿Hay cámaras? —pregunté, sin muchas esperanzas, pero tentando a la suerte.

—No. De hecho no hay una maldita cámara en los alrededores, no digamos ya en la calle L. La estación con el motel sí las tiene, pero están enfocadas hacia los surtidores y hacia el aparcamiento, de modo que las grabaciones no han servido de mucho.

—¡Joder! —exclamé, sin poder reprimir mi desolación.

—¿Esperabas mucho más de este viaje?

—Sí, Randolph, esperaba mucho. Pero nunca se sabe, de modo que no doy el tiempo por mal invertido. Necesito pisar por los mismos lugares por los que lo han hecho las víctimas. Necesito descubrir por qué diablos el asesino se fijó precisamente en ellas.

La vibración de mi Smarphone en el bolsillo de mi chaqueta interrumpió mi discurso. Era Mark, y aunque no tenía la menor idea de lo que iba a decirme sólo escuchar su voz ya supuso un alivio.

—Ethan, creo que tengo algo respecto a ese símbolo que crees que forman los huesos.

—¿Estás de broma?

—Ya sabes que casi nunca, de modo que mucho menos con algo tan serio.

—Mark, ahora mismo necesito un empujón. Dime qué es lo que has descubierto.

—Pienso que ese tipo hace una especie de representación de satanás.

# Capítulo XV

Le rogué a Mark que me diera hasta la tarde para terminar de explicarme qué significaba aquello. Todavía quería visitar el lugar de trabajo de Jane Harris y mantener un breve encuentro con su mejor amiga y con su exnovio, Spencer. Desgraciadamente ninguna de las pesquisas me reportó demasiada información, de modo que el regreso hasta Lincoln fueron poco más de dos horas y media en las que el detective Phillips y yo apenas cruzamos tres palabras, sumidos como estábamos en la decepción.
Al llegar a la capital de Nebraska le pedí a Randolph que me dejara en The Cornhusker, pues deseaba trabajar en mis apuntes y realizar algunas llamadas a Quántico para contrastar impresiones. Como ya la tarde se nos había echado encima aceptó mi propuesta, e imagino que consideró que él lo mejor que podía hacer era irse a casa con su familia a descansar.
—Ethan, no te nos vengas abajo. Te necesitamos bien motivado —me espetó Phillips, cuando me despedía de él frente a la entrada del hotel.

—Tranquilo, estoy acostumbrado a lidiar con estas montañas rusas de alegrías y desengaños. Pero Randolph, el viaje de hoy no ha sido en balde, te lo aseguro. No sé cuándo, pero en algún momento nos daremos cuenta de que este día fue crucial para la investigación. Ya me ha sucedido en el pasado —dije, más esperanzado que convencido.

Nada más llegar a mi habitación me puse cómodo y telefoneé a Mark, casi desahuciado por las circunstancias y esperando que él me proporcionara algún punto de vista o apreciación de valor.

—Ya estoy a solas. Te ruego que me expliques bien eso de la representación de satanás.

Mark tardó algo en responder, porque yo ni tan siquiera le había saludado y me había limitado a abordarlo con la impaciencia de un drogadicto en pleno síndrome de abstinencia. Precisaba de pistas o indicios con urgencia.

—Es sólo una idea, Ethan. ¿Tienes delante alguna de las fotografías que me enviaste de los huesos?

—Sí, las tengo todas sobre la cama.

—Te he enviado a tu mail una cruz satánica, y verás que las semejanzas son más que razonables. Lo que sucede es que los huesos están colocados de forma inclinada, y la cruz de Lorena parece en realidad un signo de desigual mal montado. Debajo está el símbolo del infinito, que completaría con la anterior la cruz satánica. La cuestión es que al estar conformada por huesos rectos o ligeramente curvos también es complicado darse cuenta, hasta que terminas de dar con la tecla. Pero seguro que ahora que te lo he explicado te resulta tan evidente como a mí me lo parece.

Miré aquel símbolo que acababa de recibir en mi correo y contemplé las instantáneas que descansaban sobre el colchón, y efectivamente no tardé en encontrar la conexión entre ambas imágenes. Era espeluznante y asombroso.

—Tienes razón Mark, ¡eres un maldito genio! —exclamé, como si acabara de encontrar una veta de oro después de meses excavando en una mina inmunda.

—No, Ethan, no te quites el mérito. Has sabido intuir algo donde todos, incluido yo, sólo veíamos un puñado de huesos mal repartidos.

—¡Déjate de historias! ¿Cómo lo has hecho?

—Primero limpié las imágenes y dejé sólo los huesos. Después intercalé las tres, pues aunque parecen idénticas existen pequeñas variaciones. Les di un color intenso y las

coloqué sobre un fondo blanco. Luego permití a mi ordenador realizar ajustes automáticos a esa amalgama con el fin de que se acomodasen a algún símbolo disponible de los más de tres mil que ya había localizado en la Red. Y, ¡bingo! Como puedes apreciar, en realidad ha sido un juego de niños. Me lo he pasado bomba.
Mark le restaba importancia a su habilidad. Yo, sin embargo, me alegraba de que el FBI contara con aquel prodigio que de no haber sido por la fortuna ahora mismo estaría hackeando vete a saber qué desde algún lugar apartado del planeta.
—Esto es muy importante. Nos dice mucho acerca del carácter del asesino.
—También puede tratarse de un símbolo alquímico.
—¿Alquímico? ¿De qué narices me estás hablando? Suena a la Edad Media…
—Bueno, técnicamente estaríamos ubicándonos en la Edad Moderna, pero mejor no perder el tiempo con ello. La cosa es que un tal LaVey, que en los años sesenta escribió la Biblia Satánica, usó uno de los símbolos alquímicos del azufre como representación de la cruz satánica.
—Esto no parece real. Estoy acostumbrado a estudiar la mente de auténticos dementes, pero siguen sorprendiéndome.

—Lo sé, pero yo te tengo que contar todo, para que tú valores las diferentes alternativas. A lo mejor el tipo no quiere representar una cruz satánica, aunque sería lo más lógico. Quizá está obsesionado con la alquimia, vete a saber, y lo que vemos no es otra cosa que el símbolo del azufre.

Me quedé unos segundos reflexionando. Era precipitado sacar conclusiones en aquel instante, de modo que lo más acertado era seguir avanzando para poder atar cabos.

—Lo que has conseguido es increíble. Ya sé que te pido demasiado, pero, ¿has podido avanzar con el resto? —pregunté, sabiendo que estaba tensando demasiado la cuerda y que ya había logrado mi principal objetivo: acabar el día con una buena noticia.

—Con la inscripción de los fémures nada de nada. Esa búsqueda es mucho más compleja, no hay un patrón sencillo que identificar. Sólo te puedo asegurar una cosa: no es *tengwar*, aunque lo parezca. De modo que nos podemos ir olvidando de nuestro adorado Tolkien.

—¿Un lenguaje críptico de invención propia?

—Pudiera ser. Estoy trabajando con un par de programas de desencriptación, pero no tengo demasiada fe. Están más orientados al uso de claves conformadas por los caracteres que podemos encontrar en cualquier ordenador.

—Está bien. Si obtienes algún resultado me lo comentas, pero voy a buscar ayuda por otro lado. Y, finalmente, ¿qué tienes del ViCAP?

—Pues como bien suponías no hay registrado un modus operandi idéntico, o que se le parezca demasiado. Pero he encontrado un sujeto que está condenado a perpetua en una cárcel de máxima seguridad en Illinois y que se llevó por delante a seis mujeres antes de que lo cazaran, hace unos cuatro años.

Conocía a Mark y sabía que no me estaría hablando de aquel recluso si no era por una buena razón, de modo que sentí cómo se aceleraba mi pulso mientras escuchaba su voz.

—¿Y bien? —apremié.

—Pues que despedazaba a sus víctimas y abandonaba sólo parte del cuerpo, siempre reducido a un puñado de huesos. El resto se lo quedaba en casa, metido en un arcón congelador que tenía en el sótano.

—¡Y dices que el modus operandi no te recuerda a este caso! —exclamé, exultante y un poco perplejo.

—Espera, que no me has dejado terminar. En primer lugar era un asesino desorganizado. En segundo digamos que limpiaba los huesos cocinando parte del cadáver de sus víctimas en el horno y comiéndose la carne. En tercero que se desprendía de lo que no le gustaba de cualquier manera. Y en cuarto y último lugar, que era errático en su selección.

—Te ruego que te expliques mejor —dije, un tanto desalentado y horrorizado sólo de imaginar toda aquella parafernalia.

—Pues que salvo la cabeza, que siempre conservaba intacta en su congelador, los huesos de los que se deshizo fueron distintos en cada una de las seis ocasiones. Tampoco ahí existe un patrón común.

—En cualquier caso has realizado un trabajo fabuloso. Te ruego me pases todo lo que tengas sobre ese tipo. Voy a intentar que Peter me consiga una entrevista personal con él.

—¿Has perdido el juicio, Ethan?

—No, sé lo que me hago. Y tienes razón; el perfil de ese salvaje no tiene demasiado en común con el que estamos creando aquí, pero hay algunos detalles que me gustaría conocer, si es que se presta a colaborar.

—Wharton se va a negar.

—No pierdo absolutamente nada por intentarlo.

Me despedí de Mark dándole mil y una veces las gracias. Aquel cerebrito me acababa de alegrar el día. Me quedé un rato contemplando las fotografías y la cruz satánica, y cada vez tenía más claro que estaban relacionadas. Pero no era algo demasiado evidente, hacía falta tener la referencia delante de los ojos para darse cuenta, como cuando te explican un truco de magia y todo se vuelve de repente absurdamente manifiesto. Eso me llevaba a pensar que quizá el asesino lo hacía de una manera inconsciente, y que con la excitación del momento no se daba cuenta de que estaba dejando ver parte de su carácter, de sus miedos y/o de sus obsesiones. Era algo completamente diferente a las inscripciones que realizaba en los fémures, que estaban hechas a conciencia, y con un objetivo todavía no desvelado pero desde luego expuesto con absoluta transparencia. Tras mucho demorarlo, había llegado el momento de contar con Liz.

—No te has dado demasiada prisa en contestar a mis llamadas.

—Ya me conoces, Liz, he estado bastante ocupado con esta gente. Se presenta un caso verdaderamente complicado.

—¿Ese es el único motivo de tu llamada?

—No, en absoluto. Te echo de menos. Pero no te puedo mentir: es el principal. También te necesito profesionalmente.

Liz tardó en contestar. Oía su respiración, que se había acelerado levemente. Estaba intentando controlarse, y yo sabía que lo iba a conseguir.

—No estoy asignada a la investigación.

—Lo sé. Pero le pedí permiso a Peter para consultar con vosotros.

—¿Nosotros?

—Bueno, ya me entiendes. Me refiero a Mark, a Tom y, claro, a ti —respondí, pillado en falta.

Yo a ellos tres los llamaba «mi equipo», pero era una desfachatez por mi parte. Había tenido la suerte de trabajar con ellos en los dos únicos casos en los que había estado directamente implicado: primero en Detroit y después en Kansas. Técnicamente no eran mi equipo, de hecho yo no contaba con ningún agente o forense asignado y/o bajo mi supervisión.

—Ya veo. Creo que hablaré con Wharton.

—Liz, puedes hacer lo que consideres, pero en serio preciso de tu colaboración.

—No tengo nada del caso. No tengo la menor idea de qué pruebas, indicios o perfiles estás manejando. ¿Has olvidado que no tengo noticias tuyas desde que te fuiste al aeropuerto?

—Te acabo de mandar un mail.

—¿Has leído todos los informes que han elaborado los agentes de Nebraska?

—Más o menos.

—¿Cuándo piensas madurar?

—Lo estoy haciendo, en gran parte gracias a ti —respondí, intentando resultar lo más cortés posible, dada la incómoda situación.

—No soy tu madre, Ethan. Simplemente estoy enamorada de ti, y ni yo misma me aclaro. En ocasiones me cuesta reconocer tu nivel intelectual.

—Ya sabes los problemas de toda índole que tenemos los *genios*, no hace falta que te lo explique —intenté argüir en mi defensa.

—Lo único que sé es que a veces resultas apabullantemente brillante y sin embargo en otras sencillamente…

—¿Me vas a echar una mano?

—Ya estoy leyendo tu mail. ¿Qué necesitas exactamente?

—Tu punto de vista. La patrulla estatal de Nebraska cuenta con un buen asesor, un tal Kemper, que es profesor aquí, en Lincoln. Pero estamos, no sé cómo expresarlo, en demasiada buena sintonía. Quiero a alguien más crítico.

—Entonces yo soy idónea —dijo Liz, no sin utilizar un tono sarcástico.
—Ojalá estuvieras aquí —murmuré, sinceramente. Escuchar su voz había avivado mis sentimientos hacia ella, agazapados bajo toneladas de trabajo y mi particular manera de relacionarme con el resto de las personas de mi entorno.
—Gracias. Era justo lo que me hubiera encantado que dijeras nada más descolgar el teléfono. Yo no dejo de pensar en ti ni un solo minuto del día. Esta ciudad se vuelve mucho más gris cuando tú no estás en ella.
Liz no sólo era una profesional excepcional, también era una mujer maravillosa y de una belleza serena muy singular. Tener la suerte de estar a su lado era algo que en aquel entonces no valoraba en su justa medida.
—Lo lamento. No tengo remedio.
—Yo quiero pensar que sí lo tienes, Ethan. Ahora ya puedes contarme todo —susurró ella, como si acabáramos de firmar una tregua o nos hubiéramos reconciliado tras una larga discusión.
—El sujeto que buscamos tiene un patrón muy extraño. En principio eso facilita las cosas, pero no deseo dar un paso en falso. El tiempo, como siempre, corre en nuestra contra. Y, lo que es peor, corre en contra de la siguiente víctima.

—¿Me has mandado el perfil que habéis elaborado?

—Un esbozo. Está incompleto, pero te servirá.

—¿Cómo son las víctimas?

—Eso quisiera saber yo…

—No te sigo.

—Hasta la fecha sólo hemos identificado a una. De las demás sólo tenemos algunos huesos, siempre los mismos. Hemos obtenido el ADN, sabemos que ambas son también mujeres, pero de momento no hay coincidencias. Ya sabes que las bases de datos de desaparecidos suelen estar incompletas, y que en ocasiones la gente tarda semanas o meses en denunciar una desaparición. Luego está todo el embrollo de cotejar las muestras.

—¿Qué huesos abandona?

—Lo tienes todo en los papeles que te he enviado. Siempre son los mismos: el fémur izquierdo, sobre el que realiza una kafkiana inscripción, y los húmeros, los radios, los cúbitos, las tibias y los peronés.

—Podemos hacernos una idea de la altura de las víctimas. Y con el ADN tendréis un montón de información. Pero se ha quedado con lo más importante.

—El cráneo.

—Exacto. ¿Tenéis ya determinadas las fechas aproximadas de los crímenes?
—Imposible. Sólo suposiciones.
—¡Cómo! Por favor, son pocos huesos, pero son más que suficientes para establecer un rango razonable.
—La primera víctima desapareció un mes antes de que sus restos fueran hallados a las afueras de Halsey el *Día de Acción de Gracias*. Te ruego que mires cualquiera de las instantáneas tomadas a los huesos.
Liz tardó algunos segundos en responder, pero pude percibir su sobresalto al otro lado de la línea. Como forense ella mejor que nadie comprendía lo que en ese momento estaba viendo.
—Es increíble —musitó.
—Los limpia. Y lo hace a conciencia. No hay manera de usarlos para establecer una fecha.
—Ya. Es un degenerado, pero es listo y tiene cierta formación.
—Yo creo que es algo más que listo y que cuenta con una educación más que sobresaliente. Liz, es un auténtico monstruo. Espero que ahora comprendas mejor por qué te necesito.
Ambos nos quedamos un instante en silencio, cada uno realizando sus propias reflexiones. Era cierto que la echaba de

menos como compañera, pero la añoraba mucho más como colega de trabajo.

—Vas a tener que trabajar muy duro, Ethan.

—Lo sé. Le solicité a Peter que vinieseis los tres aquí, como en las anteriores ocasiones. Me ha pedido que esta vez primero colabore intensamente con la patrulla estatal de Nebraska y que luego ya veremos. Al menos me permite comentar los pormenores del caso con vosotros.

—¿En qué fechas aparecieron los otros dos restos? —preguntó Liz, como si no hubiera escuchado nada de lo que le acababa de comentar. En realidad para mí supuso una enorme satisfacción: ya estaba implicada al 100%.

—Fueron hallados por casualidad, por gente corriente. Pero mantienen una cadencia casi exacta: el 26 de noviembre, el 26 de diciembre y el 27 de enero.

Me pareció que Liz ahogaba un lamento. Tardó algunos segundos en hablar.

—Eso significa que lo más probable es que ya haya acabado con la vida de su cuarta víctima, y que esté enfrascado buscando a la quinta.

## Capítulo XVI

Al despertar por la mañana me sentí agotado, como si no hubiera podido descansar en toda la noche. Creí haber tenido una pesadilla, pero no recordaba nada; aunque había indicios claros de que mis sueños no habían sido precisamente agradables: estaba sudoroso y las sábanas se apelmazaban en un extremo de la cama.

Consulté el correo y tenía un mail de Kemper en el que me comentaba que podía ir por la tarde a hacerle una visita a la universidad y que nos veríamos con su colega experto en paleontología y antropología. Buenas noticias.

En el móvil había una llamada perdida de Conway, pero sin mensaje, de modo que lo telefoneé de inmediato.

—Matt, acabo de ver tu llamada. Creo que he pasado una mala noche y me ha costado más de lo habitual despertarme.

—Tranquilo, Ethan, todavía es temprano. ¿Cómo tienes el día?

—Acabo de quedar con Kemper para ir a verle esta tarde, pero eso puede esperar. ¿Hay algo urgente?

—Los chicos de la División de Identificación Criminal han trabajado duro, y quieren vernos. Si tienes libre la mañana, puedo pasarme en media hora por tu hotel y nos acercamos a visitarles.
—Con media hora tengo tiempo de sobra para darme una ducha y vestirme. Te estaré esperando en la entrada.
A pesar de sentirme un poco fatigado, las palabras de Conway y el correo de Kemper me habían inundado las entrañas de adrenalina y estaba deseando afrontar la jornada, con la confianza de que el día me iba a deparar muchas buenas noticias. Las necesitaba.
Cuando llegué al vestíbulo del hotel pude ver a través de las cristaleras el vehículo de Matt mal estacionado encima de la acera con los *blinkers* puestos, de modo que aceleré el paso.
—Buenos días. Vas a tener que ponerte una multa —dije, bromeando.
El investigador estaba tanto o más animado que yo, y durante el trayecto comentamos pormenores acerca de mi excursión a Burwell en compañía de Phillips. Eso sí, me guardé de manifestar mis pesquisas con la ayuda de Mark y la reciente incorporación, a distancia, de Liz. Siempre jugando con las cartas marcadas, como en Detroit y como en Kansas.

Llegamos al bonito edificio de la División de Identificación Criminal y en la misma sala que en nuestro primer encuentro nos estaban esperando Peter y Norm. El primero tenía una expresión relajada y un tanto despreocupada, mientras que el segundo tenía el rostro sonrojado y parecía eufórico, como si acabara de ganar un premio de la lotería.

—Buenos días Ethan —dijo Norm nada más verme aparecer. Me gustó esa camaradería.

—Buenos días Norm, buenos días Peter —respondí, mientras tomaba asiento. Sobre la mesa había dos carpetas marrones que supuse contendrían una selección de expedientes, aunque no tenía muy claro qué criterios habrían seguido y si de allí saldría con las manos vacías, como la primera vez.

—Podéis hablar entre vosotros, yo en realidad vengo a aprender —musitó Matthew, que era muchísimo más perspicaz de lo que dejaba translucir.

—Hemos hecho lo que nos pediste, pero cerrando un poco más el círculo —dijo Peter, tratando que su voz sonase segura y contundente.

—Interesante. Te escucho.

—Pensamos que buscar entre los expedientes de miles de alumnos de todo el

estado era una tarea que podría llevarnos semanas o meses. Y no disponemos de tanto tiempo. Limitamos la búsqueda a las cuatro grandes ciudades de Nebraska, pues asimismo es algo que se ajusta al perfil. Además, los colegios de Omaha, Bellevue, Lincoln y Grand Island suelen ser más grandes y también llevan un control más exhaustivo que en las poblaciones pequeñas.
—Bien pensado. Corremos el riesgo de dejar fuera del objetivo a nuestra presa, pero estadísticamente la criba está fabulosamente razonada —expresé, con satisfacción.
Peter no fue capaz de disimular su alegría. Parecía que al fin nos estábamos reconciliando, y que después de todo yo no era tan mal tipo.
—Cubrimos casi la mitad de los estudiantes del estado, que no es poco.
—Ya veo que habéis hecho todos los cálculos.
Si Liz hubiera estado a mi lado ya me habría pegado un puntapié disimuladamente bajo la mesa. Yo, con mi mente cartesiana, siempre intentaba dejar fuera lo inusual, para centrarme en lo más corriente. Funcionaba en muchas ocasiones igual que un programa de ordenador. Ella siempre decía que aquello era un grave error, y muchas veces acertaba. Pero de alguna manera hay que acelerar las

investigaciones. Si lo frecuente no funciona, habrá que dejarse la vida escarbando en lo insólito.

—Los criterios de selección que usamos fueron: niños, nacidos entre 1975 y 1980, con un cociente intelectual superior a 120, introvertidos, buenas calificaciones en general, pertenecientes a familias desestructuradas y con antecedentes de algún tipo de demencia, clase media y que hubieran mostrado actitudes violentas o comportamientos extraños dignos de ser reseñados.

Me quedé de piedra al escuchar a Peter detallando los pormenores de su trabajo de búsqueda. Realmente se habían puesto las pilas aquellos dos chavales.

—Pero, ¿habéis sido capaces de obtener todos esos datos? —inquirí, incrédulo.

—No ha sido nada sencillo. Y no siempre ha sido posible tener todos los detalles, obviamente.

—Además —intervino Norm—, los colegios no nos lo han puesto nada fácil. Que si son datos confidenciales, que si los expediente tienen muchos años y vete a saber dónde están, etc… Menos mal que llamamos a la oficina del FBI en Omaha.

Al escuchar la última frase no pude evitar dar un respingo y golpearme las rodillas contra el borde de la mesa.

—¿Os habéis puesto en contacto con el FBI?

—Sí. Ya hemos colaborado con ellos anteriormente. Además, tú eres un federal, ¿no? Llamamos y le explicamos al coordinador la situación y solicitamos una autorización por fax. Eso sí, antes pidió hablar con el director de la División. Me imagino que no terminaba de fiarse.

Me sentí un poco mareado. Aunque Wharton era, digamos, el jefe supremo, en ocasiones las oficinas estatales no llevaban bien que le asignasen a alguien de Quántico el seguimiento de un caso, saltándose el área natural de acción que les correspondía. No era algo infrecuente, y dependía mucho del tipo de investigación en curso, pero yo hasta la fecha había preferido mantener a las oficinas estales al margen de mis actuaciones. Una forma de manejarme que, con el paso de los años, descubrí era una torpeza imperdonable.

—No me lo puedo creer…

—¿Han hecho algo malo? —preguntó Conway, desconcertado y ajeno a mis resquemores burocráticos.

—No, en absoluto —mentí, pues sí creía que habían actuado a la ligera y se habían

extralimitado—. Es sólo que me han sorprendido.
—Genial entonces —manifestó el investigador, sonriente, mientras daba una palmada sobre la mesa.
—Y… ¿conseguisteis que os enviasen el fax?
—Sí. Es un poco largo y tiene muchos términos legales, pero surtió efecto. Los colegios se pusieron a colaborar de inmediato. Eso sí, no vamos a poder hacer uso de esta información sin una autorización judicial —respondió Peter, ufano.
—Entiendo —dije, con la cabeza bulléndome con cientos de suposiciones.
Norm me acercó una de las carpetas. La abrí y me encontré con que se habían molestado en hacer por ordenador, con bastante buen gusto, sus propios expedientes de cada uno de los sujetos que habían considerado sospechosos.
—Estos son los treinta que hemos entendido más se corresponden con el perfil que nos sugeriste.
—Chicos, ¿habéis dormido estos días?
Peter y Norm se miraron y se lanzaron sonrisas de complicidad. Entendieron que aquel comentario sólo podía significar una cosa: ¡buen trabajo!
—Apenas dos horas. Suficiente. Nunca habíamos estado involucrados en un caso de

este tipo. Queremos ser útiles y cumplir bien con nuestra tarea.

Eché un vistazo a los tres primeros. Rostros de adolescentes risueños, que en modo alguno reflejaban que años después alguno de ellos podía haberse transformado en un monstruo. El asesino en serie comienza a actuar, habitualmente, pasada la veintena, pero la bestia se forma en la infancia y se desarrolla en la adolescencia. Normalmente vuelca su ira o sus obsesiones a través de actos violentos contra objetos o animales pequeños e indefensos. Pero poco a poco sus fantasías se van desarrollando, su patología va creciendo, como un globo que se inflara en sus entrañas, hasta que un día da el paso definitivo y se transforma irremediablemente en un ser salvaje que da inicio a una pesadilla demencial. Yo estaba convencido, ya entonces, que con programas de actuación temprana en las escuelas muchos de esos comportamientos desviados y depravados podían evitarse, aunque para eso hacía falta primero voluntad política y después fondos. Como es algo que no da resultados a corto plazo, ninguna administración se plantea el tema con un mínimo de rigor. Ahora dedico gran parte de mi tiempo a intentar enmendar este gravísimo fallo del sistema de prevención de actos violentos.

—¿Puedo quedarme con los expedientes?

—¡Claro! —exclamó Peter.

—Efectivamente, concuerdan a la perfección con el sujeto que buscamos —dije, mientras repasaba los datos que increíblemente aquellos dos chavales habían conseguido reunir.

—Gracias. Sin tu ayuda, Ethan, seguiríamos perdidos y estaríamos buscando en la dirección equivocada —replicó Norm, mientras ladeaba un poco la cabeza—. Animados por la emoción, nos hemos atrevido a ir un poco más lejos.

—¿Cómo?

Peter me tendió la segunda carpeta. Las manos le temblaban ligeramente.

—Uno no se convierte en asesino en serie de la noche a la mañana.

—Y no necesariamente por haberse criado en unas determinadas circunstancias tiene que acabar matando a un puñado de inocentes —añadió Norm, mientras agitaba su dedo índice en el aire, como si aleccionara a un alumno invisible.

—¿Adónde queréis ir a parar? —sondeé, pues ya me tenían un tanto abrumado e intuía que las sorpresas no iban a tener límites.

—Analizando los expedientes buscamos cuáles eran los más proclives a sufrir en el futuro, es decir, ahora, una situación de estrés que pudiera desembocar en un acto tan violento como es un asesinato —expuso Peter, con la calma y la profesionalidad de alguien que llevara décadas metido en menesteres semejantes.

—Y nos hemos tomado la libertad de seleccionar a cinco en particular. En la carpeta tienes nuestros argumentos. Puedes tirar a la basura ese trabajo, pero nos apetecía hacerlo —concluyó Norm, acabando la frase con un guiño.

Leí con rapidez la primera página del primero de los informes que habían elaborado. No estaba nada mal. Pero me resultaba absolutamente inconcebible: aquellos dos críos habían tratado de hacer lo que se suponía era precisamente mi trabajo.

—No sé qué decir. Me habéis dejado impresionado, la verdad. Felicidades.

—Bien hecho, chavales —dijo Conway, mientras les chocaba las manos, como si formaran parte de un equipo de baloncesto y hubieran completado una jugada extraordinaria.

—Ahora Matt voy a necesitar que repasemos toda esta información con calma y que de manera discreta algunos agentes sepan qué ha sido de cada uno de estos chicos. Seguro que la mayoría llevan una vida normal y están perfectamente integrados en la sociedad, pero a lo mejor entre ellos se encuentra nuestro hombre —dije, mientras agitaba las dos carpetas en el aire.

—Eso no supone ningún problema. Todos estamos deseando acabar cuanto antes con esta pesadilla.

Seguimos elucubrando entre los cuatro un rato y para celebrar el éxito de la reunión los invité a comer en un restaurante del centro de la ciudad. Matthew, Peter y Norm charlaban animosamente, pero yo no deja de reflexionar acerca de los siguientes pasos que debía dar. Ya había implicado a Mark en el caso, acababa de meter en el asunto a Liz y ahora creía que le había llegado el turno al último integrante del que yo denominaba, petulante, *mi equipo*: Tom. Me fiaba de los agentes estatales, pero no tenía demasiado claro si iban a tener las habilidades que Tom poseía de forma innata, y que mejoraban con el paso de los años, para indagar en la vida de los sospechosos, descubriendo hasta los aspectos más íntimos de cualquiera. Era un agente que en muchos sentidos me provocaba cierta antipatía, y jamás lo elegiría como amigo, pero tenía que reconocer que sus capacidades eran únicas, y muy necesarias en casos como el que tenía entre manos en aquel momento.

Nada más terminar de comer me dirigí dando un agradable paseo hasta la Universidad de Lincoln, cuyo campus estaba bastante próximo al centro de la ciudad, a apenas cinco manzanas del hotel en el que estaba alojado. Todavía animado por los avances conseguidos a lo largo de la mañana, esperaba mucho de la reunión que iba a mantener con los dos profesores universitarios. Kemper me había impresionado, y no consideraba que su colega pudiera decepcionarme.
Los edificios de la universidad me sorprendieron por su belleza. Las amplias calles peatonales y los bonitos jardines que salpicaban el campus hacían de aquel lugar un sitio en el que uno deseaba quedarse a pasar una larga temporada. Traté de encontrar por mis propios medios el lugar en el que había quedado con Kemper, pero finalmente unos alumnos tuvieron que echarme una mano. Cuando al fin llegué allí estaba él junto a un hombre joven, de rostro atractivo y sonrisa amplia que iba en una silla de ruedas. Como le sucede a casi todo el mundo sentí de inmediato por él una

compasión que sabía era una de las cosas que más podía molestarle. Incluso los expertos en psicología no podemos evitar controlar nuestros pensamientos y apreciaciones inmediatas, aunque aprendamos a manejar nuestras emociones a medio y largo plazo. Yo esperaba que mi rostro no hubiera trasladado mi sorpresa. Las personas con algún tipo de discapacidad evidente (todos tenemos discapacidades, aunque la mayoría no son tan fáciles de distinguir en un primer encuentro) suelen ser especialmente sensibles, porque habitualmente llevan media vida teniendo que soportar una conmiseración que lejos de ayudarles les perjudica, porque dicha condición muchas veces ciega la mayor parte de sus incontables aptitudes y talentos.

—¡Ethan, qué alegría! Estaba a punto de telefonearte. ¿No te habrás perdido? —preguntó John, mientras se carcajeaba.

—Pues sí, debo admitirlo. Menos mal que un grupo de estudiantes aplicados me han ayudado, en lugar de burlarse de mí mandándome al otro lado del campus.

—Aquí no tenemos esa clase de alumnos, ¡al menos no demasiados! Te presento al profesor Martin, nuestro experto en antropología y paleontología. Que no te

engañe su juventud, va camino de convertirse en una eminencia.
El profesor hizo un ademán con su mano, como tratando de restarle importancia al comentario de su colega. Su mirada era calculadamente seductora.
—No le haga caso, por favor. Me sobreestima. Imagino que el roce y el cariño nublan la razón.
—Profesor Martin, es un placer contar con su colaboración. Le estamos muy agradecidos —dije, usando un plural que resonó con toda su pedantería en la sala. Deseaba impresionarle, y hablar en plural era hacerlo en nombre del FBI. La mayoría de las veces se consigue justo el efecto contrario. Aún era demasiado inexperto como para saberlo.
—Ya le he hablado de ti. Ethan es uno de los agentes con más futuro de la Unidad de Análisis de Conducta. Ya ha pillado a tres asesinos. De modo que aquí estoy yo, ¡un pobre diablo en mitad de dos mentes brillantes y con todo el futuro por delante!
No pude evitar sonrojarme, aunque en realidad las palabras de Kemper me sonaban a gloria.
—Profesor Martin, dudo que en su caso haya exagerado. En el mío le aseguro que sí. Además, yo no he arrestado en mi vida a

nadie. Yo sólo intento colaborar con los agentes de la policía, que son los que de verdad se juegan la vida atrapando a esos individuos para proteger a la sociedad.

—Ethan, ¿nos tuteamos?

—Te iba a proponer exactamente lo mismo…

—Richard. Mi nombre de pila es Richard —dijo el antropólogo, al tiempo que se aproximaba para tenderme de manera afable su mano.

—Encantado, Richard.

Nada más terminar de pronunciar su nombre, nada más sentir el contacto de su mano con la mía, una sacudida perturbó todo mi interior. Algo no marchaba bien, y no sabía qué narices era. Me quedé en blanco algunos segundos, ante la estupefacción de los dos profesores. «Richard Martin, Richard Martin…», pensé, tratando de indagar en las profundidades de mi memoria. Aquel nombre me sonaba, era como si ya lo hubiera escuchado en otras ocasiones. Y no era precisamente por algo digno de elogiar. Pero no alcanzaba a recordarlo. No sabía si se trataba de algún caso que habíamos estudiado en Quántico, o de alguno de las decenas de expedientes que repasaba mensualmente como parte de mis tareas de asesoramiento. En todo caso, Richard

Martin no era un nombre en absoluto singular, de modo que bien podía tratarse de una absurda coincidencia sin importancia. Pero yo era de los que nunca creía demasiado en las casualidades. Han pasado muchos años, y es de las pocas cosas en las que mi carácter apenas se ha visto modificado.

—¿Va todo bien? —preguntó Kemper, intrigado ante mi lividez.

—Sí, disculpad. En ocasiones me viene a la cabeza un pensamiento repentino y es como si desconectara de mi alrededor. ¿Seguimos?

John había traído consigo diferentes fotografías de los huesos, tomadas desde diferentes ángulos y distancias. Se las fue mostrando a su colega, para que pudiera hacerse una idea concreta antes de emitir un juicio al respecto.

—¿No tenéis la menor idea de cuándo fueron asesinadas las víctimas? —inquirió el profesor Martin, mientras sostenía delante de sus ojos la instantánea de uno de los fémures tallados.

—Sólo tenemos la certeza de que la primera de ellas, Jane Harris, desapareció un mes antes de que un hombre encontrara sus restos a las afueras de Halsey. De las otras dos no tenemos todavía ni tan siquiera los nombres. Jane Harris pudo ser la primera de la que se hallaron parte de los huesos, pero a lo mejor no necesariamente la primera en ser asesinada o secuestrada —respondí, meditabundo.

—Interesante…

—¿Quién y cómo ha podido hacer esto?

—Esas preguntas admiten múltiples respuestas. La verdad es que estoy intrigado. El quién me desconcierta, porque esto no es posible que lo haya hecho un cualquiera. Para hacer un trabajo tan meticuloso y digno de elogio hace falta mucha práctica, y seguramente haber tenido algún buen maestro.

—Y el cómo…

—Sin ver los huesos, sin un análisis concienzudo de los mismos, es arriesgado por mi parte emitir un juicio. Pero hay varios métodos para lograr que un hueso presente este aspecto tan limpio y radiante —dijo el antropólogo, mientras señalaba con su dedo una de las fotografías que Kemper había traído.

—¿Cómo cuáles? —insistí, nervioso.

—Todos resultan algo desagradables para un profano, pero los que estamos acostumbrados los vemos casi como un ritual divertido. Hay diversas técnicas de osteotecnia, que pasan desde acelerar el proceso normal de putrefacción hasta cocer los esqueletos durante horas. También se suelen usar cepillos duros y otras herramientas para terminar de retirar cartílagos y otras adherencias. Pero, teniendo en cuenta el poco tiempo transcurrido entre que la joven desapareció y sus restos fueron encontrados, creo que se usó la técnica de los derméstidos, acompañada de algún proceso final de blanqueamiento. En apenas un par de días, con pericia, se logran resultados espectaculares.

—¿Desméstidos?

—Disculpa, Ethan. No deseo ponerme demasiado técnico ni resultar aburrido o pomposo. Son una familia de los coleópteros, es decir, de los escarabajos, que se alimenta de carne muerta o en proceso de putrefacción. Conozco una empresa que se dedica a la osteotecnia y que tiene bastante prestigio. Si lo deseas puedo concertarte una entrevista con ellos y así conoces el proceso de primera mano.

Miré a Kemper, sonriente, para mostrarle mi agradecimiento por haber conseguido que se celebrase aquel encuentro. Él me devolvió una mueca que significaba algo así como *no tiene la menor importancia, amigo.*

—Richard, ¡eso sería fantástico! No tengo palabras, la verdad…

—Lo importante es que des cuanto antes con ese canalla, Ethan. Si yo he podido aportar mi granito de arena, ya estaré más que contento.

Pasamos dos horas más hablando de insectos, huesos, museos y restos humanos de nuestros antepasados encontrados en los últimos tiempos y que podían significar un avance importantísimo para la comprensión de la evolución de nuestra especie. Tanto Kemper como yo escuchábamos al profesor Matin embaucados por su verbo ágil y su manera efusiva de explicar las cosas. Era un hombre fascinante, y no me extrañaba que sus alumnos, según supe, lo adorasen.

Regresé paseando hasta mi hotel cuando la noche ya se había cerrado sobre la ciudad de Lincoln, y la caminata me resultó tanto o más agradable que la de la tarde. El aire era mucho más fresco, pero ese hecho lejos de contrariarme me animó más, pues permitió que mi cabeza pudiese comenzar a pensar con agilidad.

Nada más llegar a mi habitación en The Cornhusker me dejé caer sobre la cama. Mi mano derecha aferraba aún las dos carpetas que Peter y Norm me habían entregado por la mañana. Fue en ese instante de inmensa paz y felicidad cuando negros nubarrones volvieron a atormentar a mi cerebro. Como un animal que hubiera estado horas acechando a una presa y al fin la tuviera a su alcance, me lancé sobre los expedientes. Una turbia y desagradable intuición impulsaba mis agresivos movimientos. Y por desgracia no estaba equivocado. Entre los treinta expedientes se encontraba uno de un chaval con un cociente intelectual de 141, rostro angelical y bello, parapléjico desde los seis meses de edad debido a una inyección mal puesta y de nombre ***Richard Martin***.

## Capítulo XVII

Apenas pude conciliar el sueño durante la noche. Me había pasado hasta altas horas de la madrugada buscando información en Internet acerca del eminente profesor de paleontología, y sólo había encontrado reconocimientos, elogios y vaticinios de un futuro prometedor. Sin embargo Peter y Norm habían hecho bien en seleccionar su expediente, aunque no se encontraba entre los cinco que ellos habían considerado más sospechosos. Richard Martin se había criado en un ambiente hostil, con un padre alcohólico y una madre que lo había maltratado hasta por lo menos los 10 años. Los profesores de su escuela en Omaha, donde había nacido y crecido, habían llegado a denunciar a la familia. Era el pequeño de tres hermanos, y no fue hasta cumplidos los 8 cuando su inteligencia empezó a destacar, al mismo tiempo que sus primeros actos de rebeldía: mantenerse toda la jornada lectiva en absoluto mutismo. Con 12 años un alumno dijo que Richard le había pegado porque había hecho una broma acerca de su discapacidad. Con 13 se había hecho con una pistola de aire comprimido y llegó a disparar a las piernas a otro compañero de clase por motivos similares. Imaginé aquella infancia plagada de obstáculos (ahora han mejorado mucho los centros educativos en cuanto a accesibilidad se refiere, pero a principios de los noventa las cosas no eran precisamente fáciles para alguien que tenía que manejarse todo el día con una pesada sillas de ruedas) y además con la losa de tener que aguantar a una madre maltratadora y a un padre borracho y posiblemente ausente. Hay que estar muy centrado y tener mucha ayuda psicológica para no terminar odiando a media humanidad. Yo, como niño que había sido con altas capacidades intelectuales, sabía bien las enormes desventajas que eso suponía en la infancia. La inteligencia tarda mucho en reportar algún beneficio, y en los primeros años de vida bien podríamos decir que todo son inconvenientes. Si a eso le añadimos una minusvalía física y una familia absolutamente disfuncional nos hallamos ante un cóctel casi explosivo. Aunque insuficiente. El más que meritorio expediente no llegaba a concretar si había antecedentes de demencia en la familia Martin. Pero sí que apuntaba un motivo más para haber desarrollado una profunda actitud sociópata: la paraplejía de

Richard se había debido a un lamentable error médico. A los seis meses una inyección mal puesta por una enfermera había lesionado para siempre su espina dorsal. ¿Podía haber estado en algún momento Jane Harris relacionada con algún hospital o centro de rehabilitación de discapacitados? ¿Habría desarrollado el profesor Martin una antipatía patológica contra las enfermeras y algún estresor había desatado una ira asesina en la actualidad? Aquellas y otras mil preguntas me habían impedido pegar ojo, pero al menos aquella mañana salí de entre las sábanas con el cerebro carburando a toda máquina.

Antes de tomar alguna decisión juzgué que lo más indicado era telefonear a mi jefe y hacerle una propuesta descabellada, que contaba con todos los visos de ser rechazada de plano. Pero no podía dejar de intentarlo.

—Ethan, sigues obcecado en que mande para allá a todo un ejército. Bueno, a *tu* ejército.

—Necesito a Tom. Mark y Liz, en cierto modo, me pueden echar una mano desde la distancia; aunque los preferiría ahora mismo a mi lado. Pero Tom, lo sabes bien Peter, es un hombre ideal para moverse sobre el terreno. Es un agente de acción y que sabe indagar como no he conocido a nadie.

—Todavía has conocido a muy poca gente. Ni siquiera te relacionas con tus colegas de las oficinas del FBI en cada estado en el que has tenido que aplicarte. El otro día me llamaron desde Omaha, ¡por Dios!

Wharton estaba completamente cerrado, y no encontraba la manera de abordarlo adecuadamente para conseguir mis fines. En esta ocasión el *niño mimado* se estaba dando de bruces contra un muro.

—Sí, ya me he enterado. Lamento el incidente. Y Peter, me conoces mejor que nadie: no me gusta implicar a gente que quizá se sienta molesta o a las que no me unen estrechos lazos.

Mi jefe contuvo el aliento. Sentí desde las más de mil millas de distancia que nos separaban su capacidad de control apaciguando unos nervios que seguramente estaban a punto de quebrarse.

—Ethan, no he conocido en los últimos veinte años agente de la Unidad de Análisis de Conducta más brillante que tú. Pero tampoco me he topado con otro más indisciplinado e irresponsable. Sólo la confianza que tengo en esas neuronas que el Señor te regaló en su día, y que sé perfectamente pueden salvar las vidas de muchos inocentes, ha hecho que hasta la fecha no haya adoptado las medidas disciplinarias que ante cualquier otro no me hubiera temblado la mano. No rebases el umbral de mi tolerancia, ¿comprendes?

—Pero Peter, hay que investigar a fondo al profesor Martin. ¿Cómo puedo fiarme de cualquiera de la patrulla estatal de Nebraska? No sé qué clase de relación mantienen con Kemper, y a su vez no sé qué relación mantienen él con su colega. Imaginemos por un momento que, tal y como de vez en cuando sucede, llega a oídos de Martin que está siendo escrutado con lupa por agentes de la policía, ¿qué pasaría?

—Habla con Cooper antes de nada —fue la respuesta de Wharton, tras una larga pausa. Había *mordido el anzuelo*, porque los dos sabíamos de sobra que no era la primera vez que cosas así, por desgracia, ocurrían.

—¿Cómo?

—Habla con el Capitán Cooper. Si él te da su visto bueno, entonces no me opondré a que Tom se implique en el caso. Ya has conseguido mucho más de lo que pensaba concederte, de modo que no fuerces más las cosas. Al menos por hoy.

No me quedó más remedio que darle las gracias a mi jefe, e intentar ponerme en su pellejo, algo que por otro lado me costaba horrores. Yo vivía pegado permanentemente al mío, y sólo cuando pensaba en el asesino al que tenía que acechar era capaz de meterme en el de otra persona. Tales eran mis extraordinarias limitaciones.

Como no había tiempo que perder, me dirigí a mi despacho provisional en las oficinas centrales de la patrulla estatal de Nebraska. Busqué a Cooper pero me dijeron que no regresaría hasta el mediodía, de modo que preparé un mail para Liz, antes de llamarla. Todo aquel trasiego de comunicaciones a distancia me exasperaba, pero tenía que conformarme.

—¿Cómo estás? —pregunté lo primero de todo, para evitar herir, por enésima vez, los sentimientos de Liz.

—Bien, aunque echándote mucho de menos. Lo que más detesto es no tener demasiado claro cuánto va a durar tu estancia en Lincoln.

—Estoy peleándome con Peter para traeros a todos aquí, aunque de momento sin demasiado éxito.

—No hagas el tonto, te lo ruego.

—Te acabo de mandar un mail. Dos chavales de aquí han hecho un trabajo estupendo. Me gustaría que echases un vistazo a esos expedientes y me dieras tu punto de vista.

—De acuerdo. Esta noche lo repaso todo. Tengo una jornada terrible por delante. Me toca hacer una tercera autopsia con Graham a dos cuerpos que acaban de ser exhumados por segunda vez.

—Suena fantástico —dije, bromeando. No llegaba a entender cómo los forenses tenían estómago para aquellas cosas.

—No te burles. Ethan, ¿me echas de menos?

—Más de lo que puedas imaginar —respondí, aunque mi añoranza tenía múltiples aristas.

—Gracias. Te dejo, me tengo que marchar. Esta noche sin falta te mando algo.

Tras hablar con Liz puse en orden todas las notas que había tomado los últimos días en la *Moleskine* que usaba para resumir los avances en la investigación. Como tantas otras veces sucede cuando te enfrentas a un asesino en serie sentí que necesitaba imperiosamente que las otras dos víctimas fueran identificadas cuanto antes. Terminar un puzle cuando faltan la mitad de las piezas es una tarea imposible, y esa era exactamente la situación en la que me encontraba. Miré el reloj aterrorizado, otra vez como si marcase una cuenta atrás hacia el siguiente asesinato. De los tres anteriores no me sentía en absoluto responsable, pero a partir de ahí si el cómputo seguía creciendo cada vida perdida pesaría como una losa en mi conciencia. Ya era mediodía.

Me acerqué al despacho de Cooper y lo encontré hablando agitadamente por teléfono. Con un gesto me pidió que tomara asiento. Hablaba a gritos con el que suponía era el sheriff un tanto corto de miras de algún condado perdido en las llanuras infinitas de Nebraska. Al terminar la conversación lanzó un largo suspiro.

—Hijo, hay días en los que desearía haberme quedado en la cama y no levantarme. ¿Qué tienes?

—Seré directo: me gustaría contar con un agente especial del FBI venido desde Washington para realizar con discreción determinadas pesquisas.

—A eso lo llamo yo ir directo al grano. ¿Qué sucede? ¿No te sirve mi gente?

—No, señor. Pero hay un sospechoso con vinculaciones indirectas con esta patrulla y no me gustaría que se filtrara ningún tipo de información.

El Capitán dejó caer sus dos enormes manos sobre la mesa y dirigió una larga mirada a través del ventanal de su despacho. Afuera una fina capa de nieve había cubierto el césped y el blanco resplandeciente resultaba apaciguador.

—¿Puedo saber de quién se trata? —inquirió, sin girar la cabeza.

—Sólo son suposiciones, pero encaja con algunos aspectos del perfil y se encuentra entre un reducido número de expedientes que nos ha proporcionado la División de Identificación Criminal —manifesté, tratando de incluir a parte de sus hombres entre los agentes que habían logrado avances en la investigación.

—Eso está muy bien, Ethan. Pero no ha contestado a mi pregunta —dijo Cooper, ahora sí mirándome directamente a los ojos.

—Es un profesor de la Universidad de Lincoln.

—¡Kemper!

—No, no, por favor. Es un colega suyo. Espero que se haga cargo de la delicada situación.

—Ya, ya comprendo. ¿Qué le ha dicho su jefe?

El Capitán no era un dechado de virtudes intelectuales, pero era listo como un zorro y daba por sentadas cosas que a su entender resultaban más que evidentes. En cierto modo me resultó grato que me formulase aquella pregunta.

—Que hable con usted. Que le pida su autorización. Y eso es lo que ahora mismo estoy haciendo.

Frank se pasó las manos por el rostro con suavidad, acariciando una incipiente barba de dos días, seguramente debida a que no había tenido ni un minuto para afeitarse en las últimas 48 horas.

—Hijo, por alguna razón que sólo en el cielo conocen me cae usted bien. Tengo depositadas muchas esperanzas en su capacidad de análisis y deducción. Mi intuición, por llamar al olfato de viejo sabueso de alguna manera, no suele fallarme desde hace tiempo. Por otro lado, y disculpe mi lenguaje, es un tocapelotas al que no me importaría mandar de vuelta a Quántico en cuanto me sea posible.

—¿Qué está queriendo decir, señor? —pregunté, por si quedaba todavía alguna duda de mi absoluta insensatez.

—Que está autorizado. Este paso que está dando quedará entre su jefe, usted y yo. ¿Comprendido?

—Muchas gracias, señor.

—Siga colaborando con mis hombres, son extraordinarios. Y siga manteniéndome al corriente de cualquier progreso.

—No le quepa la menor duda —mentí, mientras me retiraba como el que abandona un consejo de guerra tras haber sido eximido de todos los cargos en su contra.

Eufórico, escribí de inmediato a Wharton para ponerle al corriente de mi conversación con el Capitán, aunque ahorrándole los detalles. También aproveché para solicitar su permiso para ir a visitar al preso cuyo modus operandi se asemejaba, aunque como Mark había señalado, muy someramente, al de los crímenes acaecidos en Nebraska.

Recuerdo pasar las siguientes dos horas escribiendo en mis cuadernos, haciendo cábalas e intentando jugar una partida de ajedrez en la que mi oponente tan sólo había ejecutado su primer movimiento. Necesitaba a Tom ya, de modo que no demoré más pedirle auxilio.

—¿Estás seguro de que Wharton ha autorizado esto? —preguntó, nada más explicarle por encima mis planes.

—Puedes hablar con él si quieres estar seguro. ¿Estás muy atareado o puedes coger un avión mañana mismo?

—¡Mañana! Jefe, el aire gélido del medio oeste te está perturbando. Dame al menos un par de días.

—Joder, Tom, no me llames jefe.

—Yo no puedo cambiarte, jefe; de modo que no trates de cambiarme a mí a estas alturas. Además, ¡no puedes vivir sin mí!

En cierto modo Tom tenía razón. Yo era incapaz de hacer su trabajo. Incapaz de mezclarme con la gente de los bajos fondos, incapaz de pasar horas hablando con ancianitas amables para sacar algo de información, incapaz de sobornar a un aparcacoches para saber qué diablos había pasado en un restaurante o en el interior de un casino... Sí, no podía vivir sin él, aunque detestara muchos de los aspectos de su carácter.

—¿Sabes? Me rindo. Y sí, te necesito. No habría movido cielo y tierra si no fuera así. Pero esto va a ser muy diferentes a Kansas y a Detroit.

—¿Qué quieres decir?

—Tendrás que investigar sobre esa joven, Jane Harris, y sobre el profesor Martin, y posiblemente sobre más gente. Pero vienes de incógnito. Sólo el Capitán de la patrulla estatal de Nebraska, Wharton y yo sabemos que estás aquí. Bueno, seguramente también se lo cuente más pronto que tarde a Liz y a Mark.

—¡Eso suena genial! —exclamó, entre risotadas.

Así era Tom. Y así tenía que quererlo. Ya me había *sacado las castañas del fuego* en dos ocasiones, y tenía la certeza de que en esta oportunidad no iba a defraudarme. Era único.

—Me alegro. No te haces una idea de lo que me complace que estés ilusionado. Así es como mejor funcionas.

Terminamos de establecer los pormenores de su estancia en Nebraska: se alojaría en algún motel discreto no muy alejado de la capital. Tendríamos que extremar las precauciones y fijar un protocolo de comunicación lo más reservado posible.

Al terminar la conversación me sentía extenuado pero en cierto modo feliz. Estaba logrando que el caso avanzase según mis propias normas, y eso era algo que yo valoraba mucho en aquellos tiempos. Sin embargo el rostro de Phillips, que había irrumpido de sopetón en mi despacho, cargado de inquietud, me hizo temer lo peor.

—Acaban de identificar los restos que fueron hallados en Wayne. Tenemos ahora mismo una reunión de urgencia.

# Capítulo XVIII

Poder ponerle un nombre a otra de las víctimas supuso un alivio para los que nos dedicábamos a investigar el caso, porque tendríamos acceso a nuevos indicios y porque nos revelaría aspectos acerca de la mentalidad del asesino que sólo con Jane Harris resultaba imposible obtener. Sin embargo estaba la otra cara de la moneda: una nueva familia destrozada, un puñado de amigos desconsolados y un grupo de allegados aterrados. Por no hablar de la opinión pública. La prensa, a la que hasta el momento se había podido controlar y manejar con cierta comodidad, se había lanzado ahora a realizar sus propias indagaciones, suposiciones y entrevistas. Un problema más con el que tener que lidiar, y que además normalmente suele estimular el ego del asesino organizado y por tanto incrementa las posibilidades de que su siguiente crimen sea mucho más elaborado. No es en absoluto extraño que uno de esos enajenados siga por la televisión, Internet, la radio y los periódicos las evoluciones de su caso. Habitualmente guardan recortes,

pantallazos y grabaciones en las que se les menciona por su apodo criminal, o en las que sencillamente se relatan lo que para él son hazañas dignas de ser recreadas en su imaginación perturbada una y otra vez. Así de crudas son las cosas. Así de compleja y abisal es la mente del ser humano.
La segunda víctima, Melinda Clark, que en realidad se correspondía con los restos hallados en Wayne, es decir, los encontrados en tercer lugar, era una joven de 22 años, exactamente los mismos que Jane Harris. Dos mujeres de idéntica edad. ¿Qué más tendrían en común? Conoce a las víctimas y conocerás al verdugo.
Melinda era natural de Norflok, donde seguía residiendo el día de su desaparición. Vivía en un lóbrego edificio gestionado por un arrendatario que alquilaba habitaciones por semestres. Sus padres estaban divorciados y apenas mantenía contacto con ellos. Su madre se había mudado a la costa este y hacía años que no se hablaba con su hija. Su padre se había quedado en la casa familiar, y de cuando en cuando se veía con ella, básicamente para entregarle algo de dinero y para saber un poco de su errática existencia. La joven siempre había sido una niña rebelde y se había marchado de su hogar con tan sólo 16 años, para unirse a un

grupo de amigos que habían ocupado un local abandonado a las afueras de Omaha. Y así fue dando tumbos de un lado para otro, hasta que su padre, Robert, ante las reiteradas negativas a su invitación para que volviese a vivir con él, decidió hacerse cargo del alquiler de un modesto apartamento no muy lejos de su casa. Con esa medida albergaba la esperanza de tenerla controlada. Por desgracia su retoña se encontraba más cerca, pero seguía tan descarriada como siempre. Según me informaron hacía poco tiempo que estaba tratando de dejar el alcohol, aunque las recaídas eran constantes y le estaba suponiendo un esfuerzo casi titánico sobreponerse de su drogodependencia.

Fui a Norfolk acompañado de Phillips unos días después de conocida la noticia, para entrevistarme con el padre, pero se hallaba todavía demasiado afectado y nos pidió una semana. Ya había tenido que atender montones de preguntas de la policía local y de un investigador estatal. Me mostré comprensivo y como Wayne quedaba a poco más de 30 millas le dije a Phillips que deseaba aprovechar el día y verme con Claire Thomson, la mujer que encontró los restos en el lecho reseco del *Dog Creek*. Fue una entrevista muy productiva, porque ella recordaba muchos detalles. Aún estaba impresionada, pero había superado el shock inicial.

Mientras regresaba a Lincoln en el coche de Randolph no dejaba de meditar y de hacer suposiciones de toda índole.

—En esta ocasión abandonó los restos relativamente cerca del lugar de residencia de la víctima —reflexioné, en voz alta.

—Y eso te extraña…

—No lo sé. No lo tengo demasiado claro. Melinda fue vista por última vez justo un mes antes de que sus huesos fueran encontrados, al igual que sucediera con Jane Harris.

—Luego ya tenemos otro patrón: las rapta y al mes se deshace de lo que queda de sus víctimas.

—Exacto. Si nos ceñimos a eso, para localizar a la segunda, podemos centrarnos en mujeres jóvenes, de unos 22 años, desaparecidas a finales de noviembre o primeros de diciembre.

—Es horrible —musitó Phillips, golpeando con rabia el volante.

Randolph tenía razón, pero yo estaba demasiado centrado en aquel instante en seguir hacia adelante, en poder estrechar nuevamente el cerco, y apenas me veía afectado por las terribles circunstancias que rodeaban el caso.

—La cuestión es que normalmente un asesino organizado, incluso en ocasiones pasa con los desorganizados si tienen un mínimo nivel intelectual —algo, por otro lado, yo sabía era bastante inusual—, mejora con cada nuevo crimen. Tras cometer uno reflexiona, repasa lo que salió bien y lo que salió mal. Recuerda que quizá dejó una pista, que seguramente alguien pudo verle, o identificar su matrícula. Muchas veces toman notas y repasan su manera de proceder para tatar de alcanzar la perfección.

—Ethan, no sé adónde quieres ir a parar…

Miré a Phillips y comprendí su grado de consternación. Eché de menos nuevamente a Liz, poder mantener en ese mismo instante esa misma conversación con ella. También añoré al profesor Kemper, que seguramente seguiría el hilo de mis divagaciones sin mayor dificultad.

—Pues que me resulta inaudito que, de alguna forma, seguramente con mucho tacto y habilidad, secuestre a una joven en Norfolk, acabe con su vida en algún instante y transcurrido un mes abandone sus restos a sólo 30 millas.

—Puede que conozca la zona; incluso que él mismo viva en alguna de esas poblaciones o en las proximidades —argumentó el detective, sin dejar de mirar hacia la carretera que nos conducía de regreso a la capital del estado.

—Randolph, es una conclusión fantástica... siempre que estuviéramos hablando del primer crimen. Pero ya sabemos que, al menos, fue el segundo. Y con toda probabilidad estemos hablando del tercero.

—¿Y?

—Pues que los asesinos normalmente, en casi todos los casos, cometen su primer crimen en una zona que conocen bien. Puede ser su lugar de residencia habitual, el sitio en el que trabajan o donde pasan las vacaciones. Pero precisan manejarse en un entorno en el que se sienten seguros. Luego, con el paso del tiempo, van cogiendo confianza y experiencia y se atreven a llegar más lejos. Y desgraciadamente hablo tanto de distancia como de la violencia empleada.

Phillips se pasó varios minutos meditando. Era una persona extraordinaria, con más sentido común que yo, pero le costaba algo de tiempo asimilar las cosas. Además, no estaba habituado a enfrentarse a crímenes de tal magnitud y complejidad.

—¿Y si este tipo fuera más listo?

—Te ruego que seas más explícito —dije, interesado e intrigado.

—Has comentado varias veces que cuenta con una excelente formación y que además es muy inteligente. Quizá él ya sabe cómo piensa un agente de la Unidad de Análisis de Conducta y esté modificando el patrón convencional.

Yo, que apreciaba a Phillips y había depositado en él mi confianza, pero que en cierto modo lo subestimaba, me quedé sorprendido con aquella reflexión quizá tan obvia.

—Es complicado. Realmente complicado. Casi siempre hay un estresor que precipita en estos sujetos pasar de la fantasía a la acción, y aunque planifican sus maniobras no suelen ser tan meticulosos en el primer crimen. Por eso es tan importante para nosotros saber cuál fue la primera víctima. De hecho resulta vital para tener éxito en la investigación.

El detective por primera vez apartó por un instante la mirada de la carretera y fijó sus ojos en los míos. Su expresión era la de alguien que se siente especialmente útil, y que se alegra de estar metido en la caza sin desaliento de una alimaña despreciable.

—Pero Ethan, ¿estás completamente seguro de que estos tres crímenes son los primeros que ha cometido en toda su vida ese degenerado?

## Capítulo XIX

Estábamos a finales de febrero y en las oficinas centrales de la patrulla estatal de Nebraska el ambiente se había ido tornando denso y asfixiante. En los rostros de cada agente, de cada detective, de cada investigador, incluso del personal administrativo, se vislumbraba el temor: más pronto que tarde alguien telefonearía diciendo que unos nuevos restos habían sido hallados a las afueras de alguna pequeña población. La tensión que esperar una noticia así genera es indescriptible. Más cuando te sientes responsable de que esa persona, sea quien quiera que sea, haya perdido la vida. Y yo, que estaba graduado en psicología, que se suponía era un experto en la psique humana, no encontraba herramientas para combatir esa percepción tan aberrante de la realidad. Sólo cuando logras dar caza al asesino reflexionas acerca de las vidas que has salvado, pero entretanto cada nueva muerte es como el golpe despiadado de un martillo inmenso sobre un clavo endeble. Una herida que no sana jamás; una lesión en lo más profundo de las entrañas que sólo con el paso de los años te das cuenta que sigue supurando su inmundicia, contaminando el subconsciente, tiñendo del color más oscuro los recuerdos de toda una vida.

Tom ya estaba realizando sus indagaciones sobre el terreno. Se alojaba en un modesto motel a las afueras de Waverly, una población a poco más de 10 millas del centro de Lincoln. Aquella distancia razonable me animó a calzarme nuevamente las zapatillas y acercarme hasta allí realizando un suave rodaje. Llevaba tiempo sin entrenar y mis piernas y mi cerebro pedían a gritos su dosis de endorfinas. Además, era una manera perfecta de no levantar sospechas y de evitar que algún curioso pudiera descubrir la estrategia a dos bandas que estaba manteniendo. Lo único malo era que tenía que madrugar bastante para luego poder aprovechar el resto de la jornada.

—¿Quieres darte una buena ducha, jefe? —fue lo primero que me preguntó Tom nada más verme. Aunque hacía un frío considerable, diez millas son una distancia más que suficiente como para entrar en calor y romper a sudar.

—No, déjalo. Cuando regrese.

—Será mejor que te acerque al menos hasta la parte de atrás de la universidad. Perderás

menos tiempo y no empezarás el día con una paliza de órdago encima.
—Acepto la propuesta —manifesté, exhausto, mientras me dejaba caer sobre un pequeño sofá de tejido tan áspero como antiestético—. ¿Estás bien aquí?
—Estaría mejor contigo en el Marriott, pero me las apaño. Además, tengo a tiro de piedra un McDonald's, ¡qué más puedo pedir!
—Lamento que tengas que estar de incógnito. No es lo que me hubiera gustado, pero no tenemos otra opción.
—En el fondo sabes que me encanta. Yo no soy un sibarita ni un melindroso, como tú, que te has criado entre algodones —dijo Tom, carcajeándose en mis narices.
—En Lincoln está todo el mundo desquiciado. Cada vez que suena el teléfono dan un brinco, esperando la noticia —manifesté, sin hacer demasiado caso a las observaciones sobre mi carácter.
—He pensado que quizá esa llamada tarde en llegar. Puede que bastantes semanas.
—¿Y eso?
—Medio estado está cubierto por la nieve. No ya sólo es que la misma pueda ocultar los huesos, es que incluso encima de ella pueden ser difíciles de identificar. No sería raro que hasta la primavera nadie se topase con ellos.

Me quedé pensando en lo que había comentado Tom, contrariado. Tenía razón. Era algo con lo que no contaba. Él apenas llevaba unos días en Nebraska, pero se notaba que no paraba de un lado para otro con el coche de alquiler que le habían conseguido desde la oficina del FBI en Omaha. Oficialmente, se suponía que estaba realizando chequeos rutinarios.

—Eso sería, por decirlo suavemente, un contratiempo de los buenos —comenté, mientras intentaba recuperar el aliento. Por primera vez echaba de menos mis entrenamientos en compañía de Patrick Nichols, y no quería pensar en él. No debía pensar en él.

—Pues será mejor que lo tengas en cuenta. La gente de la patrulla estatal tendrá que estar muy pendiente de las posibles denuncias por desaparición que les vayan llegando. Incluso creo que deberíamos extender el radio de control a otros estados, como Iowa o Kansas.

Froté mis manos heladas contra el tosco tejido del sofá, tratando de calentarlas. En realidad aquel movimiento casi espontáneo también era un reflejo de la inquietud que las palabras de mi colega estaban desatando en mi mente.

—Eso sí que nos complicaría la investigación. En fin, te ruego que me des algunas buenas noticias.

—Por dónde quieres que empiece... ¿la chica o el profesor?

—Primero Jane Harris. Si fue la primera víctima resultará clave para hallar el camino adecuado y escapar de este laberinto.

—Está bien. Era bastante tímida y apenas tenía amigos. En realidad tenía de verdad una sola amiga y un medio novio.

—Spencer.

—Sí. Imposible considerarlo como sospechoso —dijo de forma tajante Tom.

—Ya, en eso coincidimos todos.

—El día de su desaparición está claro, pero no la hora. Pudo ser perfectamente entre las doce de la noche y las seis de la madrugada, cuando regresaba a casa dando un paseo. No hay una maldita cámara que apunte hacia su lugar de trabajo o los alrededores. Y además llevaba tres días sin móvil por falta de pago de las cuotas.

—La suerte nos sonríe —comenté, irónico.

—La estación de servicio que hay en el cruce de la calle L con la estatal 11 sí que registró a través de una de sus cámaras el momento en el que pasa camino de su gasolinera.

—¿Cómo? Tenía entendido que eso era imposible.

—Así creía todo el mundo, pero yo solicité las grabaciones.

—¿No las habían borrado?

—No, por fortuna. La cámara apunta hacia los surtidores, pero resulta que la joven pasó entre ellos para ahorrarse un trecho del camino, en lugar de rodear la estación.

—Pero, ¿estás seguro de que es ella?

—Sin duda. Le envié a Mark el material y ya sabes que se pasa un día entero haciendo interpolaciones y no sé qué más y obtiene una imagen mucho más nítida. Era ella. Pero lo más interesante es que repasando otras grabaciones he podido constatar que hacía eso habitualmente, tanto al ir al trabajo como al regresar. Y ese día no hay registro de su vuelta.

—Buen trabajo. Siempre lo digo, eres único.

—Déjate de piropos y pídele a Wharton que me suba de una vez el sueldo. No te imaginas lo cara que resulta la vida de un soltero como yo.

Meneé la cabeza. Tom era incorregible, y debía quererlo así, aunque de cuando en cuando sus comentarios me sacasen de quicio.

—¿Algo más?

—Sí, y esto vale al menos que me invites a una buena hamburguesa.

—Tom, estamos investigando a un asesino en serie…

—La chica iba a Omaha con cierta frecuencia.

—¿A Omaha?

—Sí. Era algo como secreto. No lo sabía su padre, no lo sabía su novio y no lo sabía su mejor amiga.

—Joder, Tom, entonces, ¡cómo diablos te has enterado tú! —exclamé, dando un brinco, descompuesto.

—Casi enfrente de la gasolinera en la que trabajaba, un poco más adelante, hay un restaurante de carne a la brasa, y ya sabes que yo la adoro. Jane se pasaba a veces a desayunar por allí, y la dueña, una tal *Piggy*, era como su confesora.

—¿Piggy?

—Tendrías que verla. Es como dos veces yo, pero más bruta y con más testosterona corriendo por las venas.

—No sé cómo diablos te las arreglas para entenderte con esa gente —murmuré, aunque precisamente por cosas así Tom era un agente imprescindible en cualquier investigación.

—Ya conoces mi encanto natural. Nada más mirarla a los ojos y preguntarle por la chica supe que ocultaba algo. Les había dado largas a los estatales, porque creía que si soltaba algo de lo que sabía estaría traicionando a la chavala. Piensa que lo de Omaha tenía que ver con algún medio novio, y que no guarda ninguna relación con su asesinato.

—No comprendo.

—Me comentó que siempre que regresaba estaba muy ilusionada, como con ganas de vivir y de emprender algún proyecto nuevo.

—¿Sabe con quién se veía allí?

—No tiene la menor idea.

—Pero, ¿por qué no se lo contaba a nadie más?

—Me dijo que ella le había comentado que sentía un poco de vergüenza. Por eso Piggy concluyó que tenía que tratarse de alguna aventura. Y todo el pueblo sabía de lo suyo con Spencer. Imagina el escándalo en un lugar tan pequeño.

Estaba asombrado, por enésima vez. Tom era una fuente inagotable de conocimiento. Descubría secretos que para cualquier otra persona resultaba tajantemente imposible desvelar. Cuando se ponía a hablar con algún testigo a los pocos minutos éste olvidaba que estaba delante de un agente del FBI y creía que Tom era el tipo más increíble, fascinante y maravilloso que había podido conocer en la vida. Daba igual que se tratase de una ancianita solterona que de un drogata perdido en los suburbios de una gran ciudad. Se había curtido en las calles y hablaba el lenguaje de la gente corriente como ningún otro miembro que yo conociese en la factoría de Quántico.

—Pero ambos sabemos que en sus escapadas secretas a Omaha puede hallarse la pista que necesitamos.

—Sin duda. A Jane Harris no la liquidó nadie de Burwell, te lo garantizo. Allí no vive ningún desalmado. Hay gente rara, tipos duros y mujeres rudas como Piggy, pero son en general buenas personas que no desean ningún mal a nadie. Van a lo suyo, ya me entiendes. El medio oeste en su expresión más pura.

—Me gustaría tener una charla con ella.

—Ni hablar. No me jodas, jefe. Puedo soportar estar metido en este mísero motel mientras tú disfrutas de las comodidades de The Cornhusker. Puedo aguantar, incluso con algo de excitación, estar de incógnito participando en la resolución del caso. Pero no puedes destrozar mi reputación. Lo que me ha contado Piggy te lo anotas en una de tus famosas libretas y le das vueltas a ese dato con el cerebrito privilegiado que el cielo te ha regalado; pero no pretendas ir más allá, o yo cojo las maletas y me vuelvo ya mismo a Washington.

—Tranquilo Tom. Yo seguramente la cagaría a los cinco minutos, tienes toda la razón —dije, acercándome a él y dándole un par de palmaditas afectuosas en la espalda —. Sin ti no soy nadie. Mi cerebro es exactamente igual que un potente ordenador: sin el software adecuado y, sobre todo, sin entrada de datos relevantes, sólo es un elemento decorativo que uno puede tirar a la basura sin miramientos.

—Sabes que te admiro, y que sé que tú no me tienes un especial cariño. Pero me respetas, y con eso me doy por satisfecho. Déjame libertad para trabajar, y no te defraudaré. Palabra de antiguo tahúr de Las Vegas reconvertido en garante de la Ley —declaró Tom, montando un numerito típico de él, con voz pomposa y llevándose la mano derecha al corazón.

—Hollywood queda muy lejos de aquí. Sigamos, ¿qué tienes de nuestro querido profesor de antropología y paleontología?

—Es un tipo extraño. Un genio. Un rara avis. Vamos, alguien muy parecido a ti.

—Por favor...

—De él me ha costado mucho más obtener datos precisos y declaraciones de amigos y conocidos. No es una víctima. No es, oficialmente, sospechoso de nada, de modo que cualquier paso en falso puede levantar ampollas y meternos en un lío.

—Por eso pedí a Peter que te enviase aquí.

—Su casa es un lugar realmente singular.

—¡Qué! ¿Has entrado a su casa?

—Pues claro, qué diablos podía hacer si no. Intenté hacerme pasar por un periodista y entrevistar a antiguos compañeros de secundaria y universidad, pero de inmediato recelaban. He tenido que acudir a la fuente más fiable: su guarida.

—Espero que no la hayas cagado, Tom.

—Ya me conoces de sobra. Soy capaz de pasarme diez días viviendo en un hogar mientras una familia está de vacaciones en los Cayos y a su regreso pensarían que no ha entrado allí ni una mosca. Además, en Kansas no te mostraste tan molesto.

—Allí podríamos decir que se trataba de una *causa mayor*, ya lo sabes. ¿Encontraste algo?

—Bueno, el asesino que perseguimos deja huesos y él está obsesionado con ellos. Pero eso es algo evidente. Por otro lado, él es parapléjico casi de nacimiento y lo del fémur con las inscripciones resulta muy revelador, ¿no lo crees?

—Desde luego.

—Es ordenado hasta límites insospechados. Si ha cometido los crímenes, te garantizo que no ha sido en esa casa.

—¿Vive con alguien?

—No, y eso se escapa del perfil que has elaborado. Un par de veces a la semana una asistenta le hace la colada y le arregla la vivienda. Fuera de la universidad, apenas tiene vida social.

—Y de su pasado, ¿has obtenido algo?

—Ahí sí que hay materia, aunque como te digo cada vez que he intentado profundizar he tenido que salir por la tangente. No creo que nadie le ponga en sobre aviso, porque apenas mantiene relación con sus excompañeros. Pero fue un adolescente retraído y violento. Ni el ambiente familiar ni las continuas mofas a costa de su discapacidad ayudaron, pero creo que las respuestas frente a esas pequeñas hostilidades fueron algo desproporcionadas. Y desde luego tiene un trauma.

—¿Estás seguro?

Tom se fue a otra estancia y regresó con varias fotografías. Él solía llevar siempre consigo una discreta cámara ínfima en tamaño pero que obtenía unas imágenes a una resolución más que aceptable. Parecía un espía sacado de alguna novela de la época de la *Guerra Fría*.

—Echa un vistazo a eso. Las tomé de uno de los cuadernos que tiene en su escritorio.

Se trataba de un puñado de dibujos excepcionalmente trazados. Todos ellos eran muy similares. Se veía primero a una enfermera perfectamente ataviada. Luego sin ropa. Después manchada de sangre, como si alguien le hubiese infligido terribles heridas. Finalmente el cuerpo aparecía desmembrado, quedando sólo el tronco y la cabeza unidos. Los brazos estaban apenas separados, pero las piernas estaban como abandonadas a su suerte, y de ellas sólo quedaban precisamente los huesos principales: los fémures, las tibias y los peronés. Solté las instantáneas bastante perturbado. Tom, que me observaba impasible, supo advertir el pánico que me invadía y que se evidenciaba a través de mis manos temblorosas.

## Capítulo XX

Había mandado todo lo que había ido obteniendo del caso al correo electrónico de Liz, pues deseaba mantener una charla con ella antes de la reunión que tenía fijada para aquella mañana con Kemper. Aunque Liz era en realidad una médico forense, su particular punto de vista, su amplia formación y su sentido común siempre me habían resultado de gran utilidad en el pasado.

—¿Has visto las fotografías de uno de los cuadernos del profesor Martin? —pregunté, tras un rato de lo que consideré improductiva conversación acerca de la distancia que nos separaba y de los muchos días que llevábamos sin poder ni tan siquiera abrazarnos.

—Sí, esos dibujos son algo perturbadores, pero no te precipites.

—¡Qué no me precipite! Santo cielo, esa eminencia de la paleontología tiene todas las papeletas para ser elegido sospechoso del año.

—No lo tengo tan claro. ¿Cuánto tiempo pasó Tom en la vivienda?

—No sé, no lo recuerdo ahora mismo. Creo que un buen rato, algo así como dos horas. Se empleó a fondo, ya lo conoces.

—Y no halló ningún *trofeo*…

Los asesinos en serie organizados suelen quedarse con algo personal de sus víctimas: una pulsera, un reloj, una cartera, un bolso, un jersey, o incluso ropa interior. A esos artículos los denominamos, quizá muy desconsideradamente, trofeos. Luego, a solas, el homicida utiliza dichos objetos para recrear a modo de fantasía su crimen una y otra vez. Es una forma repugnante de obtener satisfacción, pero así funciona la mente de estos depravados. Debo añadir que los desorganizados, en ocasiones, también se quedan con algo de la víctima, pero suele ser mucho más escatológico y perturbador: partes del cuerpo o incluso excrementos.

—No lo mencionó. Es complicado que pudiera distinguir entre sus efectos personales y los de las víctimas.

—Son mujeres. Creo que destacarían.

—Quizá los tenga bien ocultos. Incluso puede que tenga otra propiedad en la que guarda sus tesoros. No es motivo suficiente para descartarlo.

—Yo no lo descarto, sólo te expreso mis dudas. Es parapléjico, lo que ya de por sí es un obstáculo evidente para someter por la fuerza a una persona; tiene un puesto de relevancia social y su familia es demasiado desestructurada como para corresponderse con el perfil de un asesino organizado.

Liz tenía razón en sus observaciones, aunque me causasen cierta contrariedad. El cociente intelectual del profesor Martin, su trauma, sus problemas en la adolescencia y las habilidades adquiridas a lo largo de los años lo hacían merecedor de centrar en él todas las miradas. Pero por otro lado había encontrado canales para restañar sus heridas, y además los asesinos organizados suelen crecer en el seno de una familia desestructurada, pero en la que predomina la libertad y la despreocupación por los niños, más que el maltrato y la presencia de padres con problemas de drogadicción.

—Sabes que me cuesta horrores creer en las casualidades. Que vaya en silla de ruedas para mí no supone un inconveniente, todo lo contrario. Las chicas pudieron confiarse, y hay muchas maneras de dejar fuera de juego a una persona, además de la violencia física. Igualmente, esos dibujos son demasiado reveladores. Por otro lado, podemos hallarnos ante un asesino *mixto*.

Un asesino mixto es en realidad una *rara avis*, pues mezcla determinadas características de los organizados con otras de los desorganizados. Son infrecuentes, y habitualmente predominan los que fallan en la planificación de sus horrendos crímenes.

—¿Vive solo? —preguntó Liz, con determinación.

—Sí, efectivamente, vive completamente solo —respondí, dándome por vencido.

—Debes mantenerlo en alguna de tus *Moleskine*, pero no creo que sea el hombre que andas buscando.

—Y, ¿tienes alguna hipótesis?

—Sí. Pienso que es alguien que reside en Lincoln o en Omaha, y que tiene de alguna manera acceso a esas chicas jóvenes. No lo ven como un tipo peligroso, más bien todo lo contrario. Creo que rondará los 35 años, y que estos son sus primeros asesinatos. Irá mejorando. Está casado y tiene uno o dos hijos de corta edad, a los que presta escasa atención. Es relativamente atractivo, inteligente y tiene facilidad de palabra.

—Ninguna de las víctimas contaba con estudios superiores. Y tampoco es que tuvieran una vida social precisamente agitada.

—Mejor. Cuando encontremos la conexión entre ellas será mucho más sencillo centrar el blanco.

Las palabras de mi compañera me reconfortaron. Siempre sucedía algo similar, por lo tanto era bastante inaudito que la telefonease con tan poca frecuencia. Aún me cuesta reconocerme en aquel yo tan lejano en el tiempo.

—Liz, muchas gracias. Estoy deseando que Peter me dé luz verde y puedas venir aquí.

—No creo que esta vez lo consigas. Pienso que quiere darte una lección. Y, en cierto modo, estoy de acuerdo con él.

No supe qué decir durante algunos segundos. Sabía que hacía estupideces de cuando en cuando, pero me veía a mí mismo como un genio al que había que tolerarle ciertas chiquilladas. Compensaba.

—Si es así, y si salgo con bien de Nebraska, le pienso pedir un enorme favor.

—Ni se te ocurra —dijo Liz, intuyendo mis intenciones.

—Tengo algo pendiente en Kansas, lo sabes mejor que nadie. Tarde o temprano debo regresar allí y dejarlo zanjado de una vez. No voy a pasarme el resto de mis días acosado por pesadillas.

Liz, nada más escuchar mis últimas palabras, adujo una excusa peregrina y se despidió de mí precipitadamente. Detestaba que sacase a relucir aquel asunto, por varios aspectos que ambos manteníamos convenientemente soterrados.

Abandoné el hotel más animado. Lincoln había amanecido con un cielo radiante y despejado que invitaba a pasear por sus calles. En uno de mis arrebatos carentes de toda lógica, me dirigí hacia el Capitolio, cuya torre contemplaba desde mi habitación cada día, pero que no había visitado hasta la fecha. Pasé por delante de la maravillosa iglesia de St Mary's y luego me senté en la mullida explanada de césped que rodeaba el Capitolio. Allí no pude evitar recordar a mi padre, ni el dolor que su temprana muerte me había causado. Patrick Nichols se había convertido en el linimento idóneo para curar aquellas heridas. Añoraba nuestros largos entrenamientos, nuestras charlas profundas y la manera particular que tenía de mirar los campos y las nubes, como si pudiera establecer algún tipo de comunicación con la naturaleza. Tras media hora de masoquismo decidí que había llegado el momento de dirigir mis pasos hacia la universidad. En realidad temía el encuentro con Kemper, y por eso lo postergaba conscientemente.

Cuando llegué a su despacho estaba charlando con una alumna, y me rogó que le concediese cinco minutos. Aproveché para fijarme mejor en los detalles que adornaban aquella estancia que recordaba a las películas en las que sale un profesor idílico, que todos en la vida hubiéramos deseado tener, aunque sólo fuera durante un curso.

—Pensaba que ya no venías, justo estaba a punto de llamarte al móvil cuando ha llegado esa estudiante —dijo, nada más quedarnos a solas—. ¿Mucho trabajo?

—No me puedo quejar. Pero no te voy a engañar, en realidad necesitaba despejarme un poco y he dado un pequeño rodeo.

—Hoy hace uno de esos extraños días invernales en los que uno desearía estar libre para disfrutarlo, ¿verdad?

—En efecto. Esperemos que nada lo estropee.

—La maldita llamada…

Kemper estaba al tanto de la investigación, aunque no de las pesquisas que habíamos realizado sobre su colega, obviamente. Además de verse conmigo, prácticamente todas las tardes se acercaba a las oficinas centrales de la patrulla estatal de Nebraska. Muchos hubieran sentido celos, pero a mí en realidad aquello me proporcionaba un grado de libertad que en el fondo agradecía. Mis ausencias eran suplidas por él con eficacia, y así apenas se me echaba en falta.

—Sí. Ya sabes la teoría que circula entre los agentes, ¿no?

—Que posiblemente ya haya abandonado los restos, pero que debido a las nevadas nadie los haya encontrado hasta el momento.

—Así es. Y desafortunadamente cada vez comparto más esa apreciación.

Tom había sido el primero en darse cuenta de aquel aspecto, pero los agentes, especialmente los que operaban en condados al norte del estado, habían llegado a la misma conclusión. Ahora creíamos que quizá en primavera la pesadilla, que parecía haberse tomado un descanso, nos sacudiría como un derechazo bien orientado al mentón.

—Mejor será que dejemos de hacer suposiciones al respecto y sigamos elaborando el perfil, ¿no crees?

Tomé asiento y asentí. Kemper sacó de uno de los cajones de su mesa una carpeta que contenía informes, copias de varios expedientes y un motón de folios con anotaciones de su puño y letra.

—Pero es que considero que tenemos que darle vueltas a este asunto.

—¿No te comprendo?

—Si te fijas, en realidad abandona los huesos en lugares apartados, pero que sabe que son transitados con cierta asiduidad. No se toma demasiadas molestias en ocultarlos —manifesté, expresando algo sobre lo que ya había cavilado en varias ocasiones.

—Quieres decir que, en el fondo, desea que los huesos sean encontrados con relativa facilidad. Quizá no de manera inmediata,

pero tampoco transcurrido demasiado tiempo desde que los deja —dijo el profesor, mientras acariciaba suavemente su mesa de madera noble y envejecida, en un gesto que juzgué formaba parte de sus tics particulares.
—Es una posibilidad —aduje, guardándome lo que ya sabía: que con aquellos huesos conformaba una precaria cruz satánica, o quizá el símbolo alquímico del azufre. Es decir, que intentaba comunicarse, ya fuera de forma consciente o inconsciente.
—No lo sé. A lo mejor todo se reduce a que queremos creer que no ha matado aún a ninguna chica más.
—Eso también pesa a la hora de especular —admití, desconsolado.
—Bueno, te comento. Precisamente he estado comparando qué tenían en común las dos víctimas.
—Interesante.
—Hay cosas muy obvias, como que ambas contaban 22 años, que apenas tenían estudios y que habían sido chicas, digamos, problemáticas.
—Así es. Ciertamente, es un perfil casi me atrevería a decir que… demasiado definido.
Kemper se levantó, como impulsado por un resorte, dándome un susto de muerte. En realidad lo único que deseaba era situarse a mi lado.

—¡Y eso es un grave fallo por su parte! —exclamó, casi eufórico.

—¿Por su parte? —pregunté, de forma inocente, pues estaba centrado en las jóvenes y no tenía muy claro a quién se refería.

—Sí, claro. Un fallo del *asesino del fémur*.

—¿Asesino del fémur? John, la verdad, no te tenía por un sensacionalista —dije, pensando que aquel apelativo resultaba irrespetuosamente macabro.

—Ethan, por favor, ¿de verdad piensas que yo inventaría un apodo semejante?

Kemper se quedó mirándome, con los brazos en jarras. Estaba ofendido.

—No, claro que no… —musité.

—¿Acaso no estás al tanto de lo que aparece en la prensa sobre el caso?

—Apenas. Siento casi un odio visceral hacia los periodistas. Creo que ya venía de serie conmigo, pero en Quántico lo fomentan, por si alguno aterriza allí medio despistado.

—Así es como lo denominan desde hace un par de días. Sé que es muy desafortunado, pero poco vamos a poder hacer ya por evitar que lo empleen.

—¿Una filtración?

—No te quepa la menor duda. Cooper está hecho una furia, deseando pillar al responsable. Pero hay mucha gente implicada, muchos policías de varios condados…

—¿Qué es lo que saben? —pregunté, alterado, y ya con la idea de pedirle a Mark que rastrease todo lo que pudiese encontrar al respecto.

—Poco, muy poco en realidad. Además, obviamente, de los nombres de las dos chicas, sólo ha salido a la luz que deja un puñado de huesos, entre ellos un fémur con una rara inscripción.

—¡Mierda! Lo que nos faltaba.

—¿Qué temes? ¿A los chiflados? ¿A los falsos testigos que se inventan historias para llamar la atención? ¿A algún imitador pervertido?

—Todo eso y más —respondí, golpeando la mesa con rabia—. ¡El asesino del fémur!

—No dejes que la cólera te impida razonar. Además, yo no le daría tanta importancia. En ocasiones la prensa también ayuda y presta su colaboración en la resolución de un caso.

De inmediato recordé Kansas. Pero con la misma rapidez borré aquella remembranza de mi mente. Jamás compensaban los numerosos contras a favor de los escasos beneficios.

—John, mejor centrémonos en esos perfiles de las víctimas de los que me habías empezado a hablar.

El profesor regresó conforme a su silla, advirtiendo que era la mejor manera de apaciguarme, y me puso delante las notas manuscritas que había estado elaborando en los días previos.

—Ambas habían perdido los vínculos con sus madres. Una era huérfana, la otra hacía siglos que ni se hablaba con ella.

—Así es…

—Las dos, sin embargo, mantenía los lazos con sus padres, de una manera más o menos estrecha. La una y la otra habían llevado una vida precaria, pero en los últimos tiempos se habían animado a cambiar, a mejorar, a esforzarse por tener un futuro más próspero.

—¿Dónde quieres ir a parar?

Kemper apuntó con su dedo una palabra que estaba en el centro de uno de sus papeles, rodeada varias veces por un círculo: CONOCIDO.

—Esas chicas tenían algo más en común: un amigo, una persona en la que confiaban y que podía conocer todos esos detalles. Todas esas particularidades, muchas de ellas bastante íntimas… Eran precavidas y tímidas, de modo que no estamos refiriéndonos a un cualquiera.

Recordé lo que Tom me había contado sobre Jane Harris; lo que le había sonsacado a Piggy acerca de aquel posible novio o amigo secreto de la joven. ¿Sería el mismo individuo que el profesor estaba sugiriendo?

—¿Has pensado en alguien en concreto? —pregunté, casi seguro de que había estado elucubrando sobre el asunto.

—Sí. Lo que sucede es que me resulta complicado ajustarlo al perfil criminal que estamos elaborando.

—Te ruego que seas más explícito.

—Un monitor de actividades, un educador para adultos descarriados, un asesor de alguna oficina de empleo, incluso algún seudosicólogo que las estuviera orientando en su lucha por salir a flote… En definitiva, alguien con autoridad en quien ellas pudieran confiar ciegamente.

—Tiene todo el sentido. Va a ser complicado localizar a ese tipo, porque ambas eran bastante celosas de su intimidad. Pero si damos con él, lo vamos a tener que investigar a fondo.

—He pensado, no sé si coincidirás conmigo, que puede ser una actividad que realice en su tiempo libre, fuera del horario laboral. Por ejemplo, los fines de semana. ¿Cuántos pederastas son miembros de los *Boy Scouts* o trabajan como *Au Pair* para poder estar más cerca de sus víctimas potenciales?

Me encantaba charlar con Kemper. Estaba resultando un apoyo inestimable para progresar en la investigación. Los dos nos retroalimentábamos, y nos entusiasmábamos por mantener aquella relación simbiótica en la que, sin lugar a dudas, yo era la parte más beneficiada. Por otro lado, odiaba tener que ocultarle determinados aspectos de la misma, especialmente lo referente a mis sospechas sobre su colega, el profesor Martin.

—Muy bien pensado, John. ¿No te interesaría entrar a formar parte del FBI? —pregunté, con una amplia sonrisa.

—No me tientes. La vida de un profesor universitario es demasiado placentera. No creo que la cambiase por nada del mundo.

La suave sacudida de mi Smartphone vibrando me alejó de aquellas reflexiones, en las que incluía a Tom de manera indefectible, pues iba a precisar de sus servicios para realizar más indagaciones. Quien me telefoneaba era el detective Phillips. Temí lo peor: que hubieran hallado los restos de una nueva víctima.

—Ethan, tenemos aquí, en la entrada de las oficinas, a una periodista que pregunta por ti. Dice que te conoce y está convencida de que querrás hablar con ella. Está siendo bastante pesada, y por eso me he decidido a llamarte.

—¡Qué! Yo aborrezco a los periodistas.

—Pues esta chica de la CBS parece no haberse enterado de ello. Se llama Clarice Brown, ¿te suena de algo?

## Capítulo XXI

No deseaba que los agentes de la patrulla estatal de Nebraska, y mucho menos el Capitan Cooper, me vieran en compañía de Clarice Brown, de modo que me cité con ella en una cafetería ubicada en el centro de Lincoln, muy próxima a The Cornhusker. Mientras caminaba hacia ella recibí un escueto mensaje: Wharton había dado luz verde a mi propuesta de visitar al convicto de Illinois que también abandonaba los huesos de sus víctimas.

Nada más entrar en el local descubrí a la periodista sentada en una mesa al fondo. Me regaló su mejor sonrisa y me hizo señas para que fuera con ella. Estaba entusiasmada.

—¡Ethan Bush, qué alegría volver a verte! —exclamó, tendiéndome la mano para que la estrechara, cosa que hice.

—Pues el placer no es mutuo. ¿Qué narices estás haciendo aquí? —pregunté, intentado mantener la calma, mientras tomaba asiento a su lado.

—Menudos modales. Ethan, somos buenos amigos. En Kansas nuestra relación nos reportó a los dos enormes beneficios, ¿tan pronto lo has olvidado?

—De aquello ha pasado casi un año. Y la verdad es que hay cosas que sí que me gustaría no recordar —respondí, tajante.

Odiaba que la periodista me importunase con lo acaecido en el condado de Jefferson. No me sentía precisamente orgulloso de los disparates que había hecho entonces, ni de mi temeraria irresponsabilidad. Era cierto que me había ayudado a resolver el caso, pero también que yo había facilitado a la CBS información privilegiada bajo mano. Era un inconsciente, pero no tanto como para no tener claro que me había jugado mi carrera profesional con aquel acto imprudente.

—¿No confías aún en mí?

—No confío prácticamente en nadie. Mucho menos en una reportera tan ambiciosa como tú.

Clarice llamó la atención de un camarero y pidió café para los dos y tarta de queso al limón para compartir. Indudablemente deseaba usar esa pausa para rebajar la tensión. Yo tenía nulo interés en volver a verla, mientras que ella anhelaba volver a contar con una exclusiva a nivel nacional.

—Ethan, yo no te he fallado. Me preocupé por ti y al contrario que los medios locales de Kansas destaqué tu labor en la resolución del caso. Casi podría afirmar que me debes un favor.

—No conoces los límites, ¿verdad?

—Trato de hacer lo mejor que puedo mi trabajo. Y si es posible colaborar con la policía al mismo tiempo, mucho mejor. La única manera que conozco es poder hablar contigo, en lugar de ir de por libre metiendo la pata. Y te conozco mucho más de lo que imaginas, ¿acaso tú te marcas fronteras infranqueables cuando se trata de cazar a un asesino?

El camarero apareció con los cafés y con la tarta. Yo entretanto meditaba acerca de la pregunta que me había formulado. Y la respuesta, entonces, era muy clara, única y rotunda: NO.

—Es muy distinto atrapar a un degenerado que está segando vidas que informar a la población, muchas veces poniendo en riesgo la investigación o incitando a que algún pirado se ponga a emular a otro.

—¿No creerás que yo he inventado eso del *asesino del fémur*?

—Tú fuiste la que pusiste nombre a los asesinatos de Kansas, ¿lo has olvidado? Marketing, me dijiste. *Los crímenes azules*…

—Es diferente. Aquel fue un titular con clase, nada amarillista. Y tienes que

reconocer que ayudó a que tu caso se diera a conocer en todo el país.
—Está bien. ¿Qué es lo que quieres?
—Ayudar. Y estar informada.
—Entonces te has equivocado de persona.
—Ya ha habido filtraciones, y seguramente habrá más. Sé cómo manejarme en estos ambientes. Dime, Ethan, qué prefieres... Que trabaje con la información dosificada que tú me facilites o que lo haga con la que me vayan pasando agentes locales con ansias de protagonismo pero que seguramente andarán más despistados que un pollo sin cabeza.
Brown era lista y guapa. Y posiblemente tanto o más insaciable en términos profesionales que yo. Sabía cuál era el camino más adecuado y noble hacia la meta, pero no dudaba en tomar cualquier atajo si algo se interponía entre ella y la gloria.
—Lo que sucedió en Kansas fue una anomalía.
Ella se rio de forma contenida. No deseaba ofenderme, mucho menos cuando estaba interesada al máximo en poder contar conmigo para sus exclusivas.
—Te pido disculpas. Pero lamento que tengas esa idea tan idílica de la realidad. Lo cierto es que prensa, policía y FBI estamos más vinculados de lo que la opinión pública

jamás podría imaginar, y probablemente asumir.

Tamborileé sobre la mesa de plástico rígido que trataba de imitar a la madera. El sonido que producía era irritante y sordo.

—¿Qué es lo que tienes?

La periodista se encogió de hombros y bebió un sorbo de café antes de responder. Sus movimientos eran suaves, medidos, elegantes. Brown era la típica niña bien que había nacido, crecido y desarrollado su carrera profesional en los mejores barrios de Nueva York. Me la imaginaba viviendo sola en un elegante apartamento de Manhattan, gastando una buena parte de su sueldo en salir a cenar a los restaurantes de moda y en asistir a los mejores estrenos de Broadway. Pronto, si seguía la línea ascendente, no tendría que invertir un dólar: la invitarían a las mejores mesas y a los preestrenos para ganar caché.

—Casi acabo de aterrizar. Me estoy poniendo al día. En realidad este asunto no me interesaría si no estuvieras tú involucrado. En cuanto me enteré le pedí a mi jefe destino.

Las palabras de Clarice me dejaron perplejo. No tenía demasiado claro cómo interpretar lo que me estaba diciendo.

—¿Has venido hasta aquí por mí?

—Un momento, un segundo... No me malinterpretes. El caso es verdaderamente impactante. Pero si además le añadimos que tú estás metido en el ajo, el cóctel es casi perfecto. No te voy a negar que lo que sucedió en Kansas ha cambiado por completo mi carrera. Hace un año estaba desesperada, mientras que ahora me respetan y aspiro a tener mi propio programa.

—Y yo... ¿qué tengo que ver en todos esos planes?

—Ethan, eres un sujeto muy atractivo para la opinión pública. Joven, guapo, inteligente y con una trayectoria profesional envidiable. La gente necesita héroes, mucho más cuando se trata de acabar con monstruos que no hacen otra cosa que despertar nuestros miedos más enraizados. ¿Recuerdas la serie *Urgencias*? De niña no me perdía un solo episodio. Tú eres, permíteme la frivolidad, el George Clooney del FBI.

—Lo siento, Clarice, creo que empiezas a decir sandeces. Ya estaba incómodo, pero ahora estoy perplejo.

—Ya te dije en Kansas que no tienes ni idea de marketing, ni de cómo vender bien una noticia. Las cosas te han ido bien desde entonces, ¿verdad?

—Sí, tengo que admitirlo —respondí, a regañadientes.

—Pues en tal caso no me menosprecies de una forma tan concluyente. Dame una semana y te aseguro que empezaré a ser una pieza útil para ti. Sólo te estoy pidiendo una oportunidad.
—No te prometo nada. Ándate con cuidado y no entorpezcas la investigación.
—Ethan, ya soy mayorcita. Al menos tanto como tú. Por cierto, esta vez no tendremos que vernos bajo el porche de una vieja casa en un pueblo perdido. Estoy alojada en The Cornhusker.
Clarice se levantó y sin despedirse se fue directa a abonar la cuenta. Después, desde la puerta del local, me dirigió una mirada cómplice y se perdió por las avenidas más transitadas de Lincoln. Yo me terminé el café y la tarta de queso, mientras meditaba si estaba nuevamente metiéndome en la boca del lobo o si en verdad se me presentaba la oportunidad de contar con una aliada avispada y muy singular.

Esa misma tarde volé hasta Chicago y un agente de nuestra oficina allí me acercó hasta el centro correccional de alta seguridad Stateville, donde cumplía condena Edward Johnson, el chiflado cuyo modus operandi

recordaba vagamente al del sujeto que estábamos buscando.
Al llegar a la penitenciaria me quedé asombrado tanto por las medidas de seguridad como por su diseño y tamaño. Estaba habituado a visitar correccionales de mediana y baja seguridad, de modo que aquel conjunto de edificios me causó cierta impresión.
Johnson me esperaba en una sala esposado y con una de las piernas sujeta a la pata de una mesa anclada en el suelo. Le pedí al vigilante que nos acompañaba que deseaba que el preso estuviese más cómodo, pero tenía órdenes estrictas.
—Usted no tiene la menor idea de quién es ese tipo. Le garantizo que es mejor dejar las cosas como están y no correr riesgos.
Acepté sin rechistar los argumentos que me expuso, y pensé que telefonear a Wharton y montar un lío era ir demasiado lejos. Pero también tenía muy claro que el recluso no iba a colaborar de la misma manera estando así que sintiéndose un poco más libre.
—Hola Edward, mi nombre es Ethan, y soy psicólogo. Estoy especializado en crímenes múltiples y asesinos en serie y estaba deseando conocerte y charlar contigo —dije, nada más tomar asiento enfrente de Johnson.

—Usted no es más que un maldito poli. No me venga con monsergas, sé perfectamente lo que pretende.

Tuve que emplearme a fondo durante cerca de una hora para ganarme en parte la confianza de aquel hombre que había sembrado el terror en los suburbios de Chicago y se había llevado por delante la vida de seis mujeres inocentes. Muchas veces la única forma es atacar el ego de esos depravados, que necesitan llamar la atención y que casi siempre están deseando que alguien les preste un poco de interés. Yo, tragando sapos cada cinco minutos, actué como debía.

—Edward, ahora que ya hemos repasado lo sucedido, me gustaría que me aclarases algunas dudas que tengo sobre tu forma de actuar. Es realmente singular, y pienso destacarlo en mi informe. Pero necesito que me ayudes a comprenderlo.

—Todo tiene una lógica. Ya lo está comprobando.

Me guardé de asentir o negar. En estas entrevistas hay que mostrarse absolutamente frío, como ausente de emociones. En todo caso hay que hacerle saber al convicto que uno está francamente interesado en su versión de los hechos. Pero jamás hay ni que escandalizarse, aunque esté narrando la más terrible de sus perversiones, ni mucho menos ser complaciente. Frialdad. Una calculada y serena frialdad.

—¿Por qué abandonabas sólo los huesos?

—Bueno, aquello era una forma de ponérselo difícil a la policía. Tardaron en pillarme. Había días en que deseaba que lo hicieran, pero otros no.

Yo no debía contrariar al preso. Sabía de sobras que no dejaba el puñado de huesos para complicar la tarea a los investigadores, no era propio de su perfil, ni de su manera absolutamente desorganizada de cometer los crímenes. Aquel tipo que tenía delante había horneado parte del cuerpo de sus víctimas y después se lo había comido, como el que prepara un asado especial el día de su cumpleaños. Era un perturbado, y encima no tenía un cociente intelectual demasiado elevado. Lo que yo necesitaba, lo que me había impulsado a invertir un puñado de horas y a tomar un vuelo hasta Chicago, eran las razones profundas por las que él se centraba precisamente en un determinado grupo de huesos. Ahí podía hallar una coincidencia con el caso al que me enfrentaba, y quizá sólo por eso merecería la pena el viaje y el esfuerzo. Si las respuestas que me pensaba dar eran las que había aprendido en los calabozos, o por sugerencia de su abogado, lo mejor que podía hacer era regresar a Nebraska lo más rápido posible.

—Pero, te ruego que me entiendas, tiene que haber más explicaciones. Sería suficiente con que me dieras sólo una. Lo primero que te venga a la mente. Es curioso que siempre te quedases con las cabezas y que sin embargo en casi todas las ocasiones te deshicieses de los huesos de las piernas.

Johnson se frotó las manos, y después, de forma algo incómoda, pues las esposas estaban unidas muy juntas, se rascó la frente. Se estaba esforzando y aquello era una excelente señal para mí.

—He pensado en ello, sabe. No estoy tan loco.

—Nadie ha dicho algo parecido —musité. Y era evidente que si estaba en aquel correccional era porque sabía distinguir el bien del mal y por tanto había sido declarado responsable de sus actos.

—Me quedaba con las cabezas para poder ver a las chicas, para recordar lo que había hecho con ellas. Y no me refiero a matarlas. En el fondo yo no quería matarlas. Yo sólo…

Johnson emitió un leve gemido, algo parecido a un sollozo. Yo ni me inmuté.

—Entiendo.

—Creo que dejaba los huesos de las piernas porque mi madre me pegaba. Me zurraba de lo lindo cuando yo era pequeño.

Aunque sabía que no debía descontrolarme, aquella explicación me resultó pueril y poco creíble. Casi respondía a un cliché. No debía perder ni un segundo más con aquel individuo.

—¿Estás insinuando que dejabas casi siempre los huesos de las piernas porque tu madre te maltrataba?

Johnson hizo un gesto, como para acallarme. Se había emocionado, y aunque intentaba no ponerse a llorar un par de lágrimas rodaron por su rostro endurecido y agrietado.

—Mi madre no me pegaba como otras madres. Mi madre me colgaba de una lámpara que teníamos en el salón de casa y me golpeaba con un bate de béisbol en las piernas. Una y otra vez, hasta que se quedaba satisfecha.

# Capítulo XXII

Acabábamos de estrenar el mes de marzo y el denominado *asesino del fémur* seguía sin dar señales de haber actuado de nuevo. Aquello lejos de tranquilizar la atmósfera que se respiraba en las oficinas centrales de la patrulla estatal de Nebraska la inundaba de inquietud y temor, como si fuera peor la incertidumbre que el horror tangible.

Las policías de los condados implicados en el caso, ya fuera porque las víctimas eran oriundas de allí, o porque en ellos se hubieran encontrado los restos, continuaban interrogando a decenas de sospechosos, que por un motivo u otro rápidamente eran descartados. Casi siempre se trataba de sujetos que llevaban una vida estrafalaria, que contaban con antecedentes o que habían sido señalados por sus vecinos. Por más esfuerzos que Kemper y yo hiciésemos para que centraran su empeño en investigar a gente con el perfil que habíamos elaborado los agentes no podían evitar seguir pensando en que alguien tan integrado en la comunidad era imposible que fuera el responsable de aquellos horrendos crímenes.

Y en cierto modo era natural. Posiblemente nunca se habían enfrentado a un caso similar, y con toda seguridad jamás tendrían que volver a hacerlo el resto de su carrera, por fortuna.

Tom por un lado y Conway por el suyo sí que se estaban fajando estudiando *la vida y milagros* del listado que habían elaborado Peter y Norm, de la División de Identificación Criminal. Lo malo es que era una labor tediosa, delicada, y que tardaría en dar sus frutos. También nos preguntábamos si quizá el individuo que buscábamos no se encontraba entre aquellos expedientes y lo único que estuviéramos haciendo era perder un tiempo precioso y valiosísimo.

Estaba en el despacho que Cooper me había facilitado tratando de poner en orden mis ideas cuando el detective Phillips entró sin llamar y me dirigió una mirada que me hizo sospechar lo peor.

—¿Qué sucede, Randolph?

—Ethan, disculpa la indiscreción, pero… tú no crees en Dios, ¿verdad?

Phillips era una persona adorable, de esas a las que uno le hubiera encantado conocer en el colegio y que pasados los años siguiesen formando parte del grupo de tus mejores amigos. Pero también formaba parte de su

personalidad una candidez que en ocasiones me exasperaba levemente.
—Pues lo cierto es que no demasiado, pero no entiendo a qué viene esa pregunta ahora mismo.
El detective se rascó la cabeza, como si no deseara seguir hablando y se arrepintiera de haber entrado en mi despacho.
—¿Crees en algo sobrenatural?
—Mierda, Randolph, acaba de una vez. Sólo creo en las personas, y cada vez menos —respondí, hastiado.
—Tenemos a una médium en la sala de reuniones. Ya ha colaborado con nosotros alguna vez. Cooper recurre a ella cuando está desesperado. Esta mañana se ha presentado voluntariamente. Aunque no te lo creas, hubo un caso en el que sirvió de gran ayuda. Nos preguntábamos si estarías dispuesto a hablar con ella.
Aspiré profundamente. Necesitaba oxigenar mi cerebro y no ponerme frenético. Sabía que en los setenta y a principios de los ochenta hasta el FBI había recurrido con relativa frecuencia a los servicios de parapsicólogos y gente similar cuando se hallaban frente a un callejón sin salida. Pero los tiempos habían cambiado, o al menos eso quería pensar.

—Randolph, no deseo ofender a nadie, pero creía que algunas cosas que se cuentan por ahí sobre el medio oeste no eran más que leyendas urbanas.

Phillips se sonrojó y miró al suelo. Me admiraba, y posiblemente me tenía cariño, pero humillar sus creencias, por estrambóticas que a mí pudieran parecerme, no iba a cambiar su forma de ser y de ver la vida.

—Ethan, nadie quiere toparse con un puñado de huesos abandonados. Tenemos a un congresista preguntando qué estamos haciendo, tenemos a la opinión pública asustada y últimamente hasta la prensa nos sigue los pasos. Simplemente no queremos dejar ninguna posibilidad sin explorar, ¿lo comprendes?

—Podemos recurrir también a un chamán, no se os ha pasado por la cabeza…

—Te ruego que no te burles.

Me recliné en mi silla y crucé las manos por detrás de la nuca. Recordaba los informes sobre el asesinato de Sharon Nichols, y que la familia había contratado los servicios de una espiritista, o algo por el estilo. Contemplé el techo blanco, resplandeciente, como los malditos huesos que el demente que buscábamos dejaba de sus víctimas, y me dije que haría el paripé durante cinco minutos sólo porque necesitaba que aquellos agentes siguieran viéndome como un líder. No tenía ni ganas ni tiempo para discutir acerca de lo ridícula que me resultaba la situación.

—¿Está Cooper en su despacho?

—No, se ha visto obligado a viajar a Omaha. Una citación de emergencia, creo.

—Vale. Hablaré con ella. Pero no en la sala de reuniones, con todo el mundo allí delante. Lo haré a solas en este despacho, a puerta cerrada… Cinco minutos.

—Ethan… Te lo agradezco.

Instantes más tarde una mujer de unos cincuenta años, bien arreglada, de expresión audaz y mirada profunda tomaba asiento delante de mí. Tenía mucha mejor presencia de lo que había imaginado, aunque aborrecía a aquella clase de gente, que bajo mi punto de vista se aprovechaba de la desesperación extrema que acucia al ser humano en ocasiones. Como psicólogo podía llegar a comprender las razones de quienes se lanzaban en brazos de cualquier posibilidad, por descabellada que resultase; pero no era capaz de ponerme en la piel de los que se lucraban a costa de esa terrible situación.

—Deseo agradecerle que me dedique algunos minutos, señor Bush. Mientras me acompañaba hasta su despacho Randolph ya me ha advertido de que usted no cree en nada.

—Yo creo en muchas cosas, señora…

—Juliet. Si no le importa, llámeme sencillamente Juliet.

—Está bien, Juliet. Mire, estoy hablando con usted simplemente por respeto a todos esos agentes que hay al otro lado de la puerta, y en cierto modo al Capitán Cooper. Arriesgan cada día su vida para que todos podamos vivir con algo más de paz. Pero usted y yo sabemos que lo único que hace es inventar patrañas. Esperaremos un rato, nos despediremos educadamente y que cada uno siga su camino, ¿me he explicado?

—Perfectamente. En cualquier caso, señor Bush, y ya que vamos a estar aquí sólo un momento, ¿qué puede perder escuchando las idioteces que tenga que contarle?

Me sorprendieron las palabras de la médium. Parecía una mujer culta y su timbre de voz no era el de una cualquiera que no ha encontrado mejor manera de ganarse la vida.

—¿Qué espera obtener con esto?

—Nada. Jamás le he cobrado un dólar a la policía. Tampoco lo he usado para hacerme publicidad o salir en televisión. La gente que contrata mis servicios paga lo que considera adecuado. He venido porque he tenido en las últimas semanas varias veces el mismo sueño y no podía seguir en casa. Tenía la esperanza de que el Capitán y sus hombres apresaran a ese malnacido, pero como la investigación se está alargando he creído que no se perdía nada por contarles lo que veo en esas pesadillas.

Acerqué la silla a la mesa y aproximé mi rostro al de Juliet. Ni yo mismo sé cómo finalmente me dejé arrastrar por su juego. Había captado en parte mi interés, y ahora mi curiosidad precisaba ser saciada.

—Adelante, estoy escuchando con atención.

—Veo mucha gente reunida. Es una estancia grande, pero no la distingo con claridad, todo es confuso, borroso.

—Me hago cargo —expresé, irónico.

—El encuentro parece llegar a su fin —continuó la médium, obviando mi comentario— y una joven de pelo rizado teñido de color negro, muy oscuro, abandona el lugar. Llega hasta un parking exterior, no sé si buscando su coche o dirigiéndose hacia alguna parada de transporte público. Un hombre se acerca hasta ella.

—¿Va en silla de ruedas? —pregunté, espontáneamente, sin pensar. Una torpeza.

—No, la verdad es que no —respondió Juliet, sorprendida ante mi repentino interés.

—Da igual, continúe.

—El hombre la conoce, la invita a subir a su coche. Ella acepta, encantada, agradecida. Cuando apenas llevan recorridas un par de millas el hombre coge un trapo de la guantera y se lo coloca a la chica en el rostro con rapidez. Ella pierde el conocimiento…

—¿Eso es todo?

La médium negó con la cabeza. Yo tenía la impresión de que estaba representando su papel, pero le costaba seguir hablando.

—Luego veo al hombre desmembrando a la joven. Es una imagen horrible. Usa una sierra eléctrica y un bisturí, como si fuera un cirujano. El sueño siempre termina ahí, porque me despierto muy asustada.

—¿Sería capaz de hacer un dibujo de la chica?

—Antes de entrar a hablar con usted trataba de colaborar para hacer un retrato robot de ella. No recuerdo su rostro, pero sí detalles que pueden ser importantes.

—Juliet, le agradezco su tiempo. De verdad.

—Y yo a usted su paciencia. Sólo una cosa más, señor Bush, si me lo permite. Es algo personal.

—Adelante, ya casi somos amigos.

—Deje de actuar de una manera tan irresponsable en ocasiones. Madure, y le auguro un gran futuro en el FBI. Pero no siga jugando como un malcriado, o acabará

por echar a perder su carrera y perdiendo a esa joven tan estupenda que tiene por novia.
Me quedé paralizado por unos segundos, sin capacidad de reacción. Sabía que los sujetos de esa calaña usaban información personal para impresionar a los incautos, pero no estaba preparado para aquellos comentarios.
—Juliet, ¿cuál es su profesión?
—Soy psiquiatra, señor Bush. Hasta luego, espero tener la oportunidad de volver a verle en otra ocasión.
Apenas me había repuesto de la impresión que Juliet me había causado Kemper surgió de repente en mi despacho, como impulsado por un vendaval.
—¿Cómo lo tienes para acompañarme hasta Grand Island?
—No sé, John, has llegado así... ¿Ha sucedido algo?
—Martin nos ha conseguido una reunión con esos tipos que se dedican a dejar los esqueletos tan limpios como una patena.
Apenas una hora y media más tarde, después de circular prácticamente en línea recta por la interestatal 80 en el coche de Kemper unas 90 millas, aparcábamos frente a una nave algo descuidada y desde la que había unas maravillosas vistas al río Platte.
—Richard me ha prevenido, seguramente lo que nos vamos a encontrar tras esa puerta

no va a resultar precisamente agradable. ¿Cómo andas de estómago?
—Por desgracia, John, ya hay pocas cosas que puedan impresionarme.
—Pues yo soy una maldita rata de biblioteca, de modo que si me ves salir corriendo podrás encontrarme vomitando cerca del coche —dijo Kemper, mientras se reía de sí mismo con inusitado nerviosismo.
—No creo que sea para tanto.
El profesor llamó a la puerta y nos atendió un tal Williams, que ya llevaba un tiempo esperando nuestra llegada. Era un hombre grande, medía casi dos metros, y ancho. Tenía la frente algo estrecha y los ojos hundidos, y pensé que nadie mejor que un individuo con ese aspecto para realizar un trabajo tan poco agradecido y estrambótico.
—Me pilláis solo en la nave, de modo que aunque no podréis ver trabajando a mis empleados al menos tendremos intimidad y podré responder a todas vuestras preguntas.
Pasamos al interior de las instalaciones, que eran amplias y diáfanas. Al contrario que la fachada, por dentro todo estaba reluciente, como si nos hubiéramos adentrado en una enorme sala de operaciones.
—Señor Williams, esto parece un gigantesco quirófano —murmuré, casi extasiado, mientras contemplaba unos descomunales

focos que colgaban del techo y que desplegaban una agradable luz blanca que inundaba todos los rincones.

—Quizá sea lo más semejante. Nunca lo había pensado, pero tienes razón.

—Le agradecemos mucho que nos dedique parte de su tiempo —expresó Kemper, con aire solemne.

—No hay de qué. Y por favor, no me habléis de usted. Me hace sentir mayor e incómodo. En cuanto Martin me telefoneó y me explicó el motivo de la visita me puse a su disposición. Me ha realizado algún encargo, de modo que estoy en deuda con él. Además, si lo que os cuente sirve para pillar al desgraciado que ha matado a esas chicas me sentiré casi eufórico de haber podido echar una mano.

—Seguro que nos vas a ayudar mucho —dije, intentando animarle y motivarle para que entrase en detalles. No deseaba que nos despachase en cinco minutos, como había tratado de hacer yo con la médium aquella misma mañana.

Williams nos guío hasta una mesa metálica rectangular, bastante alargada. Sobre ella descansaban el cuerpo de un perro, la testa de un alce y dos cabezas humanas. El espectáculo resultaba espeluznante, pero aquel hombre hablaba como si fuera un cocinero explicándonos cómo se preparan unos buenos espagueti.

—Aquí empieza todo. Nos llegan tanto animales como personas. Los primeros son principalmente piezas de caza y los segundos cuerpos donados a la ciencia.

Kemper no podía apartar sus ojos de la mesa. Estaba tan impactado que le resultaba imposible ni tan siquiera parpadear.

—¿Te encuentras bien, John? —pregunté, agitándolo levemente para sacarlo del estado de shock.

—Creo que sí.

—Escucha, tu amigo no parece acostumbrado a esto. Si lo prefieres puedes quedarte fuera, porque lo que os voy a mostrar no va a ser exactamente suave.

—No, estoy interesado en aprender. Si veo que no soy capaz de aguantar ya saldré yo solito. No os preocupéis.

Williams alzó levemente los hombros y me guiñó un ojo, como diciendo: «él sabrá lo que hace». Luego tomó con delicadeza una de las cabezas humanas. Yo supuse que no actuaría de esa forma en su quehacer cotidiano, y que nuestra presencia le obligaba a mostrarse más cuidadoso.

—Genial. Lo primero que hacemos es quitar toda la piel. Es un trabajo tedioso y que precisa de una gran habilidad y algo de fuerza. Lo hacemos manualmente, con un cuchillo pequeño y ligeramente curvo muy afilado. Hay que evitar dañar los huesos.

—Imagino que no será sencillo —manifesté, intrigado.

—No, no lo es en absoluto. Los aprendices comienzan trabajando las patas de animales grandes. Sólo cuando llevan algunos meses les dejamos que empiecen a manejar cráneos.

Williams, que seguía con la cabeza en la mano, como un Hamlet moderno y macabro, nos llevó hasta otro lugar. Nos mostró una máquina que tenía una manguera en un extremo y una salida hacia un enorme cubo negro en el otro.

—Con esto succionamos el cerebro. Es una especie de aspirador. Es mucho mejor que en la antigüedad, que usaban un gancho que insertaban por uno de los agujeros de la nariz.

El hombre lanzó una enorme carcajada que restalló contra las paredes de la nave. Miré a Kemper y descubrí que estaba bastante mareado. Aun así, continúo asistiendo a la clase magistral.

—Estos aspiradores se consiguen fácilmente…

—Desde luego. Tienen muchos usos, no están fabricados específicamente para este trabajo.

—Comprendo.

—Después lavamos a fondo los huesos y los dejamos secar de 12 a 24 horas, dependiendo de la humedad. Y en ese momento llega la parte más divertida, y entran en acción mis empleados más importantes y diminutos.

—¿Quiénes? —preguntó el profesor, que ya se estaba imaginando lo peor y tenía el rostro lívido.

Williams nos llevó hasta unos recipientes de plástico en cuya base se amontonaban miles de larvas y adultos de escarabajo.

—Los derméstidos. En la naturaleza se alimentan de carne putrefacta y reseca. Nosotros los criamos y aceleramos el proceso.

—¿Cuánto tardan esos insectos en dejar un hueso limpio? —inquirí, intentando ponerme en la piel de nuestro asesino.

—Depende.

—¿De qué?

—Del tipo de hueso del que estemos hablando y de la cantidad de tejido que aún tenga adherido. Si las fases previas se han hecho bien, menos comida tendrán nuestros pequeños amigos.

—Un hueso largo. Un fémur, por ejemplo.

—Esos son los más rápidos. No llega ni a un día. Los cráneos son más complicados, y normalmente nos llevan unas 48 horas. Lo

que más nos solicitan son cráneos. Los esqueletos completos son encargos menos frecuentes.
—Los pedidos os llegan de museos y de universidades, según tengo entendido.
—Así es. Los museos nos solicitan animales, aunque también muchos particulares. Los cráneos humanos y los esqueletos sólo los piden instituciones académicas. Los cuerpos han sido donados para la ciencia, nada más, de modo que hay un protocolo muy riguroso.
—Es decir, no puede llegar cualquiera y llamar a vuestra puerta para que hagáis esto con el cuerpo, digamos, de un familiar —expuse, a modo de ejemplo, pero con una idea evidente rodándome la cabeza.
—No, imposible. No lo aceptaríamos. Nunca ha pasado, pero lo más probable es que diéramos parte al sheriff del condado. ¿Os explico la última fase?
—Claro, ¡adelante!
Kemper nos seguía unos pasos por detrás. Se apoyaba en las mesas, como si le costase caminar. Aunque el aire dentro de las instalaciones era limpio e increíblemente no se percibían olores desagradables, consideré que a él se le estaba haciendo ya irrespirable.
—Cuando los escarabajos han terminado su labor golpeamos los huesos levemente para que no se quede ninguno pegado en ellos.

Luego los llevamos a esta zona —dijo Williams, al tiempo que nos conducía hacia una bañera de tamaño industrial— y los sumergimos en un baño de distintos productos químicos para dar el acabado final.

—¿Qué clase de productos?

—Bueno, depende de que aspecto se quiera que tenga el hueso. Normalmente es una mezcla de peróxido de hidrógeno y algún otro agente, como hipoclorito de sodio. Últimamente usamos un compuesto patentado que da unos acabados sensacionales, el *Complucad.* Finalmente rociamos el hueso con laca o con un barniz protector para que aguante en perfectas condiciones durante mucho tiempo.

—Y ya está…

—Así es. Parece sencillo, ¿verdad? —inquirió Williams, dándome un pequeño empujón con su hombro.

—No, ciertamente. En realidad me ha parecido muy complicado. Esto no es capaz de hacerlo cualquiera. No es un manual que te bajes de Internet y al día siguiente puedas ponerte a trabajar en ello.

—Por poder hacerlo… Pero saldría una auténtica chapuza. El profesor Martin me dijo que no es así. No me ha podido mostrar ninguna fotografía, pero me aseguró que son auténticas obras de arte. Bueno, ya me entiendes…

—Sí, tranquilo. Lo he pillado —dije, intentando aplacar la incómoda sensación que su propio comentario le había provocado—. Una cuestión, ¿tenéis mucha competencia?

—¿No estarás pensando meterte en el negocio?

—En absoluto. Ya tengo bastante con lo mío.

—No. Muy poca. En Nebraska somos los únicos que lo hacemos. Y en todo el medio oeste no habrá más de cinco compañías que se dediquen a lo mismo.

Me aproximé hasta la última mesa de la nave. En ella algunas piezas estaban secándose de su último baño con la ayuda de un enorme ventilador. Me quedé observándolas, como hipnotizado por su brillo nacarado.

—Según tu opinión, y sabiendo que lo que te comentó el profesor Martin es absolutamente cierto, ¿quién podría haber realizado un trabajo tan fino?

Williams se acercó hasta mi posición, como si deseara hablar conmigo a solas. Kemper se había quedado paralizado, apoyado contra una pared y con los ojos en blanco. Temía que se fuera a poner a vomitar en cualquier instante.

—Me pones en un brete. No me gustaría hacer un comentario que pudiera causarle problemas a alguien.

—¿Acaso estás pensando en una persona en concreto? —pregunté, casi con la esperanza de que me diera el nombre de Richard Martin allí mismo.

—No, en absoluto. Pero hay algo que es muy evidente, al menos para mí. Para cualquiera que se dedique a esta profesión.

Tímidamente acerqué mi oído, casi cayendo en el ridículo, al rostro de Williams. Si lo que deseaba era confidencialidad no iba a quedar por mi parte.

—Y eso tan evidente es… —musité.

—Que es alguien del gremio. Al menos un empleado que ha pasado como mínimo un año trabajando para alguno de nosotros. No me entra en la cabeza otra posibilidad.

## Capítulo XXIII

Al día siguiente quedé temprano en la División de Identificación Criminal con Matthew Conway pues no deseaba perder ni un segundo. Williams me había facilitado los nombres de las compañías que competían con la suya, y un listado con los empleados que habían pasado por su empresa los últimos 15 años, incluyendo aprendices. No estaba obligado a hacerlo, pero consideró que tenía que colaborar al máximo con la investigación.

—Tenemos que indagar en la vida de toda esta gente. Todos son sospechosos potenciales —le manifesté al investigador, mientras esperábamos la llegada de Peter y Norm.

—Pues nos vamos a tener que andar con mucho cuidado, Ethan.

—No te comprendo…

—Bueno, estamos solicitando expedientes académicos, listados de empleados y además quieres que hurguemos en la vida de toda esa gente. Joder, no tenemos ningún sustento judicial, ¿te haces cargo?

Conway tenía razón, como casi todos los que se encargaban de recordarme que en la vida debemos sortear obstáculos y que en ocasiones no son precisamente una rama en mitad del camino, sino más bien un muro infranqueable.

—Sí —respondí, pero sin darle demasiada importancia—. Pero si nos ponemos a hacer todos los trámites burocráticos estaremos perdiendo un tiempo precioso. Te garantizo que si hay algo que nos llama la atención me ocuparé personalmente de darle el soporte legal que sea necesario. Confía en mí.

—Yo confío en ti. Pero no me gustaría que más adelante un abogado de Harvard nos tire abajo el caso por una nimiedad.

—Eso no va a suceder.

Peter y Norm llegaron haciéndose bromas. Estaban animados, y casi diría que les encantaba que yo me pasase por allí con relativa frecuencia.

—Chicos, os necesitamos otra vez. Estáis siendo claves en esta investigación —dijo Conway, chasqueando los dedos.

—Ojalá vinieseis cada día. Sois los únicos que nos dais una palmadita en la espalda de cuando en cuando —manifestó Peter, que había dejado muy atrás sus recelos iniciales.

—¿Qué tenemos? —preguntó Norm, con el tono que usan algunos protagonistas de series policíacas. Tuve que contener la risa.

—Hemos conseguido un listado de cinco empresas del medio oeste que se dedican a la osteotecnia —dije, mientras soltaba sobre la mesa un folio con todos los nombres, direcciones y teléfonos.

—¿Osteotecnia? —inquirió Peter.

—Dejar huesos tan limpios y relucientes como lo hace el tipo al que estamos buscando —respondió Matthew.

—Mierda, ¿quién narices puede dedicarse a un trabajo tan asqueroso? —preguntó Norm, agitándose como una anguila recién sacada del agua.

—Bueno, piensa en los forenses que colaboran con nosotros.

—Es que también opino lo mismo de ellos.

—Estas compañías normalmente reciben encargos de museos y de instituciones académicas, principalmente universidades. La cuestión es que nuestro sospechoso es muy probable que haya trabajado para alguna de ellas, de modo que necesitamos saber todos los empleados de las cuatro que están ubicadas fuera de Nebraska —manifesté, intentando volver a centrar el foco donde interesaba.

—¿Y qué sucede con la que está aquí? —me interpeló Peter.

—De esa ya tengo un listado con todos los trabajadores que han pasado por allí en la última década y media —respondí, tendiéndole un par de hojas impresas por ordenador.

—No son muchos.

—Efectivamente. Suelen ser empresas pequeñas y familiares. Además, normalmente, como es un empleo bien remunerado, si se supera el período de aprendizaje, la gente se queda allí el resto de su vida.

—Perfecto, nos hacemos con los listados, suponiendo que tengan la amabilidad de dárnoslos, ¿y después?

—Después viene lo más complicado. Hay que estudiar si alguno de esos empleados encaja con el perfil que hemos elaborado. Los que lo hagan serán investigados por Conway y su gente.

—Pero Ethan, creo que no has caído en algo —murmuró Norm, ladeando la cabeza.

—Ya sé, no tenemos orden judicial ni nada parecido para exigir esos listados. Tendréis que ser muy hábiles y cautivadores —dije, en tono jocoso.

—Bueno, eso también. Quiero decir que a lo peor el sospechoso no es uno de los empleados, sino precisamente el dueño de la empresa a la que estamos telefoneando. ¿No estaríamos levantando la liebre antes de tiempo?

De inmediato me vino a la cabeza el rostro de Williams. No tenía precisamente el aspecto de alguien muy inteligente, pero sí de una persona capaz de realizar cualquier acto depravado sin inmutarse. Se me erizó el vello.

—Tendremos que correr el riesgo. Si notáis alguna reacción anómala nos informáis de inmediato.

—¡Yo ya tengo un dato bastante notable! —exclamó Peter, levantando la mano como si estuviéramos en un aula de primaria.

—¿Qué sucede? —pregunté, deseando marcharme de allí de una vez porque me esperaba un día con decenas de asuntos pendientes que no podían esperar.

Peter había estado echando un vistazo al par de hojas que Williams me había entregado el día anterior. Con el dedo índice de su mano derecha señalaba un nombre concreto del listado.

—Acabo de encontrar una coincidencia en esta relación con los expedientes escolares que seleccionamos en su día. ¿Os suena de algo Richard Martin?

Una hora más tarde estaba en las oficinas centrales, intentando tranquilizar a Conway y al mismo tiempo tratando de no desquiciarme yo mismo.

—Lo tenemos Ethan, ¡lo tenemos!

—No tenemos en realidad nada, Matt. Pienso exactamente lo mismo que tú, pero no podemos precipitarnos. Sé lo que es meter la pata en el pasado —expuse, recordando Kansas— y te aseguro que no es una situación agradable.

—En tal caso, ¿qué vamos a hacer?

—Recabar más información. No olvidemos que fue el propio profesor Martin el que nos puso en contacto con Williams. No lo tengo por un individuo tan estúpido como para cometer un error así. Aunque podría tratarse de una hábil maniobra para alejar las sospechas de él.

—Hasta las mentes más privilegiadas hacen idioteces.

Pensé en mi propia manera de actuar. Yo tenía un alto cociente intelectual y sin embargo constantemente metía la pata o me comportaba como un absoluto irresponsable.

—Eso es verdad, no te lo negaré. Sólo acerca de Einstein nos podríamos pasar todo el día comentando anécdotas. Pero esta situación es diferente, hablamos de asesinatos.

Apenas había terminado de mencionar la horrenda palabra cuando el detective Phillips asomó la cabeza por la puerta de mi despacho.

—El señor Clark, el padre de Melinda, parece que se ha levantado de buen ánimo esta mañana. Está dispuesto a reunirse con nosotros. Si salimos ya, en un par de horas nos plantamos en Norfolk.

Tenía un motón de temas que abordar y de llamadas que realizar, pero en mi agenda mantener una reunión con Robert Clark era prioritario. El resto de cuestiones podían esperar un poco.

—Matt, te ruego que me mantengas informado y que no des un paso en falso. Si esos chavales se topan con algo interesante llevo el Smartphone a mano en la chaqueta.

Conway asintió, aceptando que era yo el que mandaba, aunque a regañadientes. Sin perder ni un segundo, seguí a Phillips hasta su coche y salimos disparados en dirección al norte. Durante el trayecto el detective me puso al día para que no tuviese un lamentable desliz. Ya me conocía bien y tenía la suficiente confianza como para no andarse con rodeos absurdos.

Llegamos a Norfolk antes de lo esperado, pues no habíamos encontrado apenas tráfico por la 81 y además Phillips había pisado un poco de más el acelerador. Inexplicablemente estaba nervioso. Me había enfrentado a entrevistas parecidas en incontables ocasiones, pero quizá debido a la enorme tensión emocional que se iba acumulando en mis entrañas aquel día mi sensibilidad era más aguda de lo normal. Me sudaban las manos.

—¿Estás bien, Ethan?

—Creo que sí. En realidad no sé si estoy incubando alguna enfermedad o simplemente me ha pillado desprevenido esta reunión y de repente me ha entrado el pánico —respondí, con absoluta sinceridad.

—Tranquilo, toda va a salir bien. Eres tú el que tienes que hacer las preguntas importantes, pero si lo prefieres arranco yo y así te vas calmando.

—Gracias Randolph. Te debo una más.

Robert Clark nos atendió en una pequeña salita. Por algún extraño motivo prefirió hacerlo allí en lugar de en un amplio salón que vi mientras nos conducía a través de un estrecho pasillo. Pese a los días transcurridos desde la noticia, seguía en estado de shock. Hablaba muy lentamente y no nos miraba a los ojos. De cuando en cuando apretaba uno de sus dedos contra el brazo del sillón en el que estaba sentado. Era la viva imagen del dolor.

—Disculpe señor Clark, pero, ¿por qué tardó tanto en denunciar la desaparición de su hija? —pregunté, cuando ya me sentía mejor y después de que Phillips hubiera manejado con tacto los prolegómenos.

El hombre bajó un poco más la cabeza y se pasó las manos por el pelo, muy lentamente.

—Melinda era incontrolable. No ahora. Desde pequeña. Siempre fue una rebelde, no sé si me explico.

—Perfectamente.

—Pensaba que quizá se había marchado unos días con alguien. Nunca me daba explicaciones. Era yo el que tenía que seguirla a todas partes, intentando que se reformara. Se estaba esforzando…

Al padre se le estranguló la voz y Phillips y yo nos miramos a los ojos, compungidos. Era muy difícil no empatizar con aquel hombre. Aguardé unos segundos antes de formularle la siguiente pregunta.

—¿Sabe de alguien que quisiera hacerle daño o que la hubiese amenazado aunque fuera indirectamente en los últimos tiempos?

—No, la verdad es que no. Ya me lo han preguntado una docena de veces, y yo sólo puedo responderles que Melinda era encantadora. Problemática y desobediente, pero no mala. Todo lo contrario.

—Tenía problemas con el alcohol…

El señor Clark alzó la cabeza y clavó sus pupilas en las mías. Parecía que acababa de insultarle.

—Estaba mcjorando. Mucho. Teníamos planes. Yo había ahorrado dinero para que se matriculase en la universidad. Aún era muy joven.

—¿Sabe con quién andaba?

—Más o menos. Aquí no tenía amigos. Solía ir a Omaha. Decía que allí había encontrado a un grupo de personas que se ayudaban, que habían tenido problemas en el pasado y que no hacían preguntas. Muchos estaban dejando sus adicciones.

—¿Sabe quiénes eran o dónde podemos localizarlos?

—No tengo la menor idea. Era muy reservada. Además, me decía que prefería mantenerlo en secreto. Habíamos planeado que en primavera me acercaría un día con ella hasta la ciudad para conocerlos, pero no puedo darles más datos.

—Es importante —señalé, trazando ya en mi cabeza puntos de conexión entre Melinda Clark y Jane Harris. Noté cómo el labio inferior me temblaba.

—Le aseguro que si supiera algo más se lo diría. Es todo lo que me contó.

—¿Aún conserva las llaves del apartamento de su hija?

—Sí. Pagaba semestres por adelantado. Se supone que hasta finales de junio no tengo que entregarle las copias al arrendador.

—¿Sería tan amable de facilitárnoslas para ir a visitar el piso? —pregunté, bajando mucho el tono de mi voz.

—Sus compañeros ya han estado allí un par de veces. Han quitado todos los precintos y me dijeron que ya podía disponer del apartamento a mi antojo.

—Lo sé —mentí. En realidad era Randolph el que se había empapado de aquella documentación y me había explicado vagamente lo que habían hallado de interés en el diminuto apartamento, que era poca cosa —, pero mi función es diferente a los de la científica. Yo soy experto en perfiles criminales y necesito conocer a las víctimas, ¿me comprende, señor Clark?

—Haga su trabajo. Yo ya sólo quiero que metan entre rejas al animal que me ha arrebatado a mi niña —respondió el padre, intentando retener un sollozo.

—¿Ha tocado usted algo o retirado algún enser de su hija estas semanas?

—No. Ni siquiera he puesto un pie por allí. Cada día me digo que mañana será mejor, que tendré más fuerzas, y así va pasando el tiempo. A fin de cuentas tengo hasta principios del verano. Sé que tengo que

llevarme las cosas de Melinda, pero no me atrevo de momento.
No pude evitar posar mi mano sobre el hombro del señor Clark. Estaba abatido, de una manera que arrastraba hacia su negro abismo a cualquiera que estuviese a su alrededor. Yo no había perdido jamás a un hijo, pero sí a un padre al que adoraba. Siempre he pensado que esa sensación de ausencia prematura e inexplicable me ha sido de gran ayuda en mi labor como agente especial de la Unidad de Análisis de Conducta del FBI. Mi padre hacía más de diez años que había fallecido y yo seguía pagando las cuotas de su terminal móvil, como si aquel gesto casi absurdo e infantil pudiera sujetarlo a la vida. Consideraba que si dejaba de hacerlo le estaría diciendo adiós para siempre, y eso era algo que ni deseaba ni para lo que estaba concienciado.
—La última vez que la vio, ¿recuerda si le dijo algo especial o que le llamase la atención?
—¿Cómo se llama?
—Ethan —respondí, en un susurro. No tenía demasiado claro a cuento de qué me preguntaba mi nombre.
—Ethan, la última vez que la vi fue el día de Navidad. Me comprende… el día de Navidad.
—Ya me imagino.

—Comimos juntos. Había preparado un plato especial y había encargado su tarta favorita a una vecina que siempre ha adorado a Melinda. Nos pasamos toda la velada haciendo planes juntos. Los estudios, un buen trabajo, una pareja estable, incluso la posibilidad de ser madre y con ello hacerme abuelo… Fue extraordinario —musitó el señor Clark, rompiendo a llorar como un chiquillo.

—Tranquilo. Desahóguese…

—Mi hija volvía a pensar en el futuro. Después de muchos años volvía a tener sueños por los que luchar y dejar atrás todos sus problemas.

—Entiendo —dije, emocionado, tratando de no sollozar, dando una imagen patética delante de Phillips, que mantenía la compostura.

—No, Ethan, no. Usted no entiende nada. Nada en absoluto. Melinda ya jamás podrá cumplir ninguno de esos planes. Los cadáveres no sueñan.

## Capítulo XXIV

Media hora más tarde abandonábamos la casa del señor Clark, dejándolo sumido en su infierno, y nos dirigíamos caminando hacia el apartamento de Melinda. Apenas había dado unos pasos cuando me eché a llorar.

—Ethan, llevas todo el día muy raro. ¿De verdad te encuentras en condiciones de seguir?

—Sí, Randolph. Ya está, ya me encuentro mejor. Es sólo que este hombre me ha emocionado —respondí, ocultando parte de la verdad, tratando de negarme a mí mismo que la muerte de mi padre me seguía afectando de un modo casi patológico. Podría ser un genio intelectualmente hablando, pero en el aspecto emocional seguía siendo un niño.

—Yo también estoy impactado, pero debemos sobreponernos. Si no mantenemos una cierta frialdad, una debida distancia emocional con las víctimas, seremos incapaces de realizar bien nuestro trabajo. Me resulta incluso apurado recordártelo precisamente a ti.

—Tienes toda la razón —manifesté, secándome el rostro e irguiéndome con fuerza—. Dejemos de perder el tiempo y vayamos a echar un vistazo a esa vivienda. Algo me dice que vamos a ser capaces de encontrar cualquier cosa importante que la científica ha pasado por alto.

Phillips enarcó una ceja, desconfiado, pero de inmediato me dio un pequeño empujón, como dándome aliento. Era una persona excepcional y yo estaba encantado de que precisamente él me hubiese acompañado hasta Norfolk.

Los apartamento de alquiler, un sucio y descuidado edificio de tres alturas sin ascensor y con una escalera interior que daba acceso en cada planta a dos largos y lúgubres pasillos, uno a cada lado, se encontraban a sólo tres manzanas de la casa de Robert Clark.

—Fíjate, estaba tan cerca de su hija y sin embargo apenas se enteraba de lo que sucedía en su vida —musitó Phillips, mientras contemplaba con desagrado el portal de la entrada, al que le faltaba una de las puertas.

—Por lo que nos ha contado al menos parecía que la idea de traerla a Norfolk estaba dando sus primeros frutos.

Subimos hasta la segunda planta y entramos en el apartamento número treinta y tres, que no era más que un estudio con una cocina adosada y un cuarto de baño en el que apenas cabían el lavabo, el inodoro y el plato de la ducha.

—No me extraña que la científica invirtiera tan poco tiempo en analizar este lugar. ¡Es minúsculo!

—Da igual, echemos un vistazo. Nunca se sabe.

El detective se dedicó al baño y a la cocina, mientras yo me esmeraba abriendo cajones, mirando debajo del sofá-cama y consultando la veintena de libros que había sobre una estantería mal fijada.

—Aquí no hay nada que merezca la pena. En serio, Ethan, será mejor que regresemos a Lincoln. Si lo hacemos ya todavía podremos aprovechar la tarde —dijo Phillips, mientras se dejaba vencer contra una pared del estudio con aire aburrido. Llevábamos media hora poniendo patas arriba la estancia.

—Espera un segundo, Randolph.

De los veinte libros que había hallado me llamó la atención que hubiera cinco dedicados a la maternidad: cómo ser una buena madre, cómo cuidar de tu embarazo, los primeros cuidados de tu bebé y cosas por el estilo. Mientras que los demás eran ejemplares muy gastados, ediciones baratas de bolsillo posiblemente compradas en tiendas de segunda mano o que venían de serie con el alquiler, aquellos habían sido adquiridos recientemente. Aún conservaban el tacto y el olor propios de los libros que no han sido manoseados en exceso desde que fueran impresos.

—Te pido disculpas por anticipado, y te ruego que no me dediques una mirada despectiva. ¿En alguna parte del expediente de Melinda se indica que estuviera embarazada? —pregunté, mientras hojeaba con atención cada uno de los volúmenes.

—No lo recuerdo, y te aseguro que es algo que no se me habría pasado por alto. Sé que hay un informe médico, pero creo que estaba relacionado con sus problemas de salud debido al alcoholismo. De todos modos ya has escuchado al padre: uno de sus planes de futuro era ser madre.

—Tienes toda la razón.

—¿Qué sucede?

—No lo sé, digamos que es una especie de pálpito.

—¿Pálpito? Disculpa, Ethan, pero para no creer en médiums y cosas por el estilo utilizas un lenguaje muy estrafalario.

No pude contener una sonrisa. No deseaba contarle aún a Phillips que seguía buscando las conexiones entre las víctimas, aquellos lazos invisibles que tenían un punto común: el sujeto que había cercenado sus vidas. No podía decirle que Tom había estado en Burwell husmeando acerca de Jane Harris y que su confidente particular, *Piggy*, le había facilitado más información relevante que la que habíamos podido obtener entre dos docenas de agentes.

—Hay ocasiones en las que la intuición juega un papel decisivo en la resolución de un caso, ¿lo sabes?

—¡Claro que lo sé! Y tú puedes pensar lo que quieras, pero yo a veces creo que Dios nos echa una mano. No voy a dejar de rezar para que demos caza lo antes posible a este monstruo, no hago ningún mal a nadie por hacerlo. Y, aunque sea desde tu punto de vista, ¿quién te dice que Juliet en lugar de poderes sobrenaturales lo que posee es una elevada intuición?

Recordé las palabras de la médium, que me habían causado una intensa impresión. Pese a todo no podía dejarme arrastrar por supercherías y supersticiones atávicas enraizadas en lo más irracional de nuestra conciencia.

—Randolph, eres fantástico, de modo que dejemos este debate para más adelante.

Phillips se acercó hasta donde me encontraba. Se quedó mirando las páginas que yo iba pasando con rapidez, como hipnotizado. Seguramente trataba de desentrañar qué diablos había captado mi interés.

—¿Estás pensado en ser padre?

No hice caso a su pregunta, que indudablemente estaba cargada de ironía. Al llegar al final del tercer libro me topé con un dibujo realizado a tinta en el interior de la contracubierta y el tomo se me escapó de las manos.

—¡Joder! —exclamé, impulsivamente.

El detective recogió el ejemplar del suelo y consultó el extraño esbozo que había provocado mi absurda reacción. Se encogió de hombros, seguramente pensado que aquello no era para tanto.

—Te lo llevo diciendo todo el día. Estás teniendo un comportamiento cuando menos excéntrico. ¿Qué significa esto?

Phillips sujetaba el tomo abierto por el final y mantenía el dibujo justo delante de mis ojos. Estaba mal trazado, pero sin lugar a dudas era el símbolo alquímico del azufre; o también, según me había informado Mark, la denominada *cruz satánica.*

## Capítulo XXV

Al día siguiente convoqué una reunión con Phillips, Conway y Kemper. Deseaba cambiar impresiones con ellos y confiarles parte de lo que ya sabía desde hacía siempre. En cualquier caso, mantendría, como era costumbre, algunos aspectos de mi propia investigación bajo secreto, como mis conversaciones con Liz y con Mark o el hecho de que Tom estuviese alojado a apenas diez millas de distancia.

—Os ruego que miréis con atención estas fotografías —dije, mientras ponía sobre la mesa de mi despacho las instantáneas de los huesos tomadas desde una perspectiva cenital.

Todos se acercaron y las observaron con atención, aunque desconcertados. Asistían a mi exposición como el público que espera el desenlace de un enrevesado truco de magia.

—Ya las hemos estudiado mil veces —manifestó Conway, haciendo un ademán de cierto desdén con su mano.

Cogí el libro sobre maternidad que había tomado prestado del apartamento de Melinda Clark, lo abrí por el final, con el esbozo de la cruz satánica a la vista, y lo ubiqué junto al resto de las imágenes.

—Y ahora, Matt, ¿ves algo nuevo?

El investigador se aproximó un poco más, pero apenas realizó el mínimo esfuerzo.

—Un dibujo mal hecho. Está mal trazado, como si una mano de pulso tembloroso hubiera sujetado la estilográfica. Seguro que lo hizo ella, es típico de los alcohólicos cuando padecen el síndrome de abstinencia —respondió Matthew, considerando que con aquella contestación podía darme por más que satisfecho.

—¿Randolph? —inquirí, como un profesor que estuviera buscando la solución a un intrincado problema entre sus alumnos.

—Ni idea. Ayer ya te comenté que a mí ese dibujo sólo me recuerda vagamente a la cruz que usa la iglesia ortodoxa, pero con el signo del infinito debajo. Poco más puedo decirte.

Miré a Kemper, que entendió que le había llegado el turno sin necesidad de que pronunciase su nombre. Se pasó un buen rato llevando sus pupilas del libro a las fotografías y viceversa, para desesperación de Conway y de Phillips, que daban vueltas alrededor de la estancia resoplando.

—¡Un momento!

Rápidamente me ubiqué junto al profesor, deseando que no fuera necesario tener que explicar nada y que él hubiera llegado a la misma conclusión que Mark y yo a través de sus propias deducciones.

—¿Qué has visto, John? —pregunté, casi enfervorizado.

—No sé si es lo que esperas que diga, pero hay un patrón evidente en la manera en que ese individuo deja los huesos. Era algo obvio, pero ahora me doy cuenta de que en realidad hace una representación de ese dibujo.

—¡Correcto! —exclamé, alzando los brazos.

Kemper me hizo un gesto, como pidiéndome un minuto más. Se llevó instintivamente una de las manos al mentón y sonrió.

—Lo hace de manera involuntaria, por eso nos ha costado tanto relacionar el símbolo con la posición de los restos. No es una imagen exacta; está como torcida, mal compuesta, como si sólo su subconsciente actuara cuando deja los huesos con esa colocación tan singular… tan reveladora.

Regresé a mi sillón y me dejé caer pesadamente sobre él. Sentí un hormigueo agradable que recorrió todo mi cuerpo. Kemper había dado en el clavo y eso suponía un avance más que significativo en la investigación. Yo no estaba delirando.

—Pensamos exactamente lo mismo.

—Pero… ¿cómo fuiste capaz de relacionar el dibujo con las fotografías? —preguntó Phillips, que estaba conmigo cuando se me escapó el libro de maternidad de las manos. Sabía que ya el día anterior yo tenía aquel símbolo en la cabeza. No había contado con su perspicacia.

—Siempre la escena en la que es hallada la víctima, o en este caso sus restos, es una fuente de información muy valiosa. Que ese tipo deje concretamente esos huesos significa algo, que haga una inscripción en el fémur izquierdo significa algo, y que los huesos tuvieran una posición casi idéntica tenía muy claro que debía significar algo. En realidad parece como si estuvieran ahí tirados al azar. Los diferentes suelos, la vegetación y el que no conformen una figura fácilmente reconocible complica la tarea, pero no la vuelve imposible —argumenté, hablando muy despacio.

—A pesar de todo, ¿ya sabías lo que él estaba representando? —inquirió Kemper, que tenía una formación similar a la mía, lo que no dejaba de incomodarme en aquel instante.

—Era sólo una hipótesis. Pero sí. Investigué por mi cuenta y llegué a la conclusión de que emulaba con la posición de los huesos una cruz satánica.

—¿Satanismo? Eso cambia toda la perspectiva de la investigación —dijo Conway, lanzando una patada al aire.

—No, no es lo que piensas —replicó Kemper—. No se trata de ningún grupo que adora al diablo y se dedica a hacer horribles sacrificios. Esto es obra de una sola persona; y esa persona, por algún motivo que desconocemos, está obsesionada con ese dibujo o con lo que encarna.

—Así es —remarqué, complacido—. El problema radica en desvelar qué significa para él, aunque sea de forma inconsciente. Aventuro que está relacionado con algún trauma, posiblemente infantil o de naturaleza sexual. O ambas cosas a la vez.

—Y la chica… —musitó el investigador.

—Melinda Clark —dijo Phillips, que seguramente estaba pensando en el padre de la joven, en su miserable apartamento y en los planes que ambos estaban realizando y que se habían ido al traste para siempre.

—Eso, Melinda —susurró Conway, como si no recordar su nombre fuera un fallo imperdonable—. ¿Cómo hizo el dibujo?

Aquella pregunta apenas me había dejado descansar durante la noche. Era una pieza clave en el rompecabezas que estábamos intentando montar. Que ese dibujo estuviera en uno de los libros de Melinda no sólo establecía un vínculo entre ella y su asesino, nos indicaba que casi seguro se conocían desde antes de su desaparición.

—Yo creo que lo copió —respondió el detective.

—Pudo hacerlo el asesino también —manifestó Kemper.

—Lo dudo. Tendrá que confirmarlo un grafólogo, pero me juego el sueldo de un mes a que lo hizo ella. Antes cuando Ethan nos retó a encontrar algo en el dibujo no supe hallar la conexión con las fotografías, pero ya aventuré que esos trazos son propios de una alcohólica —dijo Conway con aplomo.

—Creo que Matt está en lo cierto –dije, pues precisamente esa era la teoría que había forjado después de horas cavilando.

—En tal caso, sólo cabe una posibilidad —musitó el profesor, mientras nos iba mirando a cada uno de los que nos encontrábamos en la sala esperando una respuesta que él ya se había dado.

—Lo copió. Estaba con el sujeto que luego acabó con su vida —comenzó a exponer Phillips—. No sé por qué razón llevaba ese libro, ni en dónde se encontraban los dos, pero le llamaría la atención y lo copió. Así de sencillo.

—Es un libro sobre maternidad —dijo Conway, que había cogido el ejemplar y le estaba echando un vistazo—. ¿Un médico? ¿Un orientador familiar? ¿Un ginecólogo? ¿Un especialista en reproducción asistida?

—Parece que cuando por fin alcanzamos una salida entramos de lleno en un nuevo laberinto —mascullló para sus adentros Phillips, contrariado.

—En realidad yo creo que no. Melinda y Jane cada vez tienen más cosas en común, y cuantas más cosas en común seamos capaces de desvelar más cerca estaremos de nuestro objetivo —dijo Kemper, que se había animado.

—Vamos a necesitar la colaboración de nuevos expertos en simbología y en criptografía. Este dibujo ya lo hemos relacionado con los crímenes y desde el principio tenemos los fémures con esas inscripciones que de momento nadie ha desentrañado. Precisamos avanzar, porque yo creo que mientras hablamos ese engendro ya se ha cobrado alguna vida más —manifestó Conway, cabizbajo.

Pensé que el investigador tenía razón. Pensé que había llegado el momento de descubrir todas mis cartas y explicar a mis colegas que sabía que Jane Harris tenía algo en Omaha y que posiblemente estuviese relacionado con

Melinda Clark; y que de aquel hilo teníamos que tirar fuerte todos juntos, porque al final del mismo se encontraba nuestro objetivo. Aquello significaba hablarles también de Mark, de Liz y, lo peor de todo, de Tom, que podía incorporarse a la reunión en cuestión de minutos. No era un trago que desease ingerir, aunque a lo peor ya no me quedaba otra salida. Pero mientras me debatía interiormente entre la ética y la ambición irrumpió en el despacho un agente con el rostro sombrío. Todos presagiamos que nada bueno tenía que comunicarnos, e indudablemente todos nos echamos a temblar como chiquillos aterrados.

—Han identificado a la última víctima que nos faltaba. Acaba de llegarnos la información. Su nombre es Gladys Scott, tenía 23 años y residía en un suburbio a las afueras de Omaha.

## Capítulo XXVI

Nadie sabía con certeza qué día había desaparecido Gladys Scott. Hacía apenas tres semanas que una conocida, ni siquiera una amiga, había denunciado su desaparición después de muchas dudas. Le había cogido cariño a la joven y aunque no tenía claro dónde vivía coincidía con ella con cierta regularidad en una asociación que contaba con un local en la zona norte de Omaha. El "Centro para la recuperación del espíritu" era una entidad sin ánimo de lucro en la que personas de toda procedencia y diversa índole se reunían para intentar encarar el futuro con entusiasmo y optimismo, ayudados por psicólogos, trabajadores sociales y otros voluntarios ocasionales.
Gladys vivía sola en una casa heredada de sus padres, que habían fallecido en un accidente de tráfico cuando ella contaba sólo ocho años. Una tía había asumido la patria potestad de la pequeña, aunque por lo que supimos jamás congeniaron y ya siendo adolescente era frecuente que Gladys se escapase durante días. Finalmente cuando Scott fue mayor de edad se fue a vivir sola a

su antiguo hogar. Aunque no tenía formación, no había terminado ni tan siquiera la secundaria, contaba con una casa pagada y con un dinero que sus padres habían ahorrado para cuando su hija llegase a la universidad y que ella decidió le serviría para subsistir unos años sin necesidad de dar un palo al agua. Aquello y sus malos antecedentes le habían conducido a una existencia en la que las drogas y las compañías de dudosa reputación se habían convertido en sus mejores colegas.

A principios de 2015, no se sabe bien cómo, Gladys aterriza en la asociación para intentar reconducir su vida. Por lo visto había tenido una desastrosa experiencia con un novio y aquello había sido la gota que colma el vaso. Aunque sus problemas con las drogas no habían desaparecido, según los informes que Tom y los investigadores de la patrulla estatal de Nebraska me habían facilitado, estaba tratando de dejarlas; se había apuntado a varios cursos profesionales y en su diario había expresado su deseo de encontrar una pareja estable, sana y responsable con la que crear en el futuro una familia. Algo de lo que ella jamás en su existencia había podido disfrutar y que, desafortunadamente, ya nunca podría lograr.

La conocida que había denunciado la desaparición, Sandra Moore, había establecido una relación de afecto con la víctima, pero apenas conocía sus hábitos y otros datos de su pasado. En la asociación no se hacían demasiadas preguntas y cada cual daba las explicaciones acerca de sus problemas y circunstancias que consideraba adecuado. Sandra era mayor que Gladys, pero ambas compartían una historia similar, y por eso en muchas ocasiones se sentaban juntas en las reuniones. Los restos de Scott habían sido hallados el 26 de diciembre por unos chicos que jugaban al fútbol americano a las afueras de Geneva, en el condado de Fillmore, a unas 120 millas al sudoeste de Omaha. Según la versión de Moore, la última vez que coincidió con Gladys en la asociación fue a principios de noviembre. Pero no era un dato fiable. Ambas mantenían unos hábitos y agendas bastante erráticos.

Cuando Sandra denunció la desaparición todos los mecanismos de búsqueda se aceleraron, como sucedía en todo el estado desde que fueran identificados los segundos restos y ya se tuviera claro el patrón de la víctima: mujer joven de unos 22 años, con un pasado convulso, sin estudios superiores, posiblemente toxicómana y perteneciente a una familia desestructurada. Aunque Gladys contaba ya 23 años, el resto de su perfil era un calco exacto de lo que buscábamos. Fue necesario realizar pruebas de ADN a su tía, que aún vivía, aunque no mantenía ninguna relación con su sobrina, y el ADN mitocondrial no dejó lugar a dudas: aquellos huesos eran los de la infortunada Scott.

Los investigadores tardaron muy poco en descubrir que el "Centro para la recuperación del espíritu" era el maldito punto de conexión entre todas las víctimas que habíamos estado buscando denodadamente. Jane Harris y Melinda Clark también eran asistentes ocasionales desde hacía meses a las reuniones que se celebraban tres días a la semana, aunque el local mantenía abiertas sus puertas todas las tardes de lunes a sábado. Fue suficiente mostrar sus fotografías a varios de los voluntarios para que las reconociesen de inmediato. Todo el mundo en las oficinas centrales de la patrulla estatal de Nebraska pensó que el caso estaba a punto de ser resuelto, y casi suspiraban aliviados… menos yo. Por desgracia el tiempo me dio la razón.

De inmediato los interrogatorios a todos los miembros de la asociación se pusieron en marcha, del mismo modo que el análisis de su perfil, para comprobar si se ajustaba al que Kemper y yo habíamos realizado. Se tomaron muestras de ADN, se revisaron historiales y posibles antecedentes, incluso se llegaron a autorizar algunos registros, aunque todos ellos no condujeron a nada. Nos enfrentábamos a un grave problema, un obstáculo con el que no habíamos contado: el centro era un lugar de libre asistencia, en el que uno podía registrarse o no, al que uno podía acudir con una identidad falsa porque nadie se tomaba la molestia de corroborarla; un sitio al que podías ir de visita todas las tardes o una vez en toda tu vida. En definitiva, el lugar ideal para un *cazador furtivo*, es decir, un asesino en serie que actúa lejos de su residencia y de los espacios que suele frecuentar por motivos laborales o de otra índole. Es el tipo de asesino en serie que más detesto, porque resulta realmente complicado establecer su domicilio, su radio de acción y su vinculación con las víctimas, que en ocasiones tarda años en ser descubierta.

Como ya teníamos tres víctimas y tres escenas en las que habían sido abandonados los restos de las mismas era posible comenzar a hacer uso de la ayuda informática para intentar ubicar al asesino.

Los SIG, o sistemas de información geográfica, son programas que bien nutridos de datos permiten la localización de cualquier objeto o individuo, basándose en complejos algoritmos. Mark usaba principalmente un SIG llamado **RIGEL**, de más que probada eficacia, que además facilitaba mapas con diferentes tonalidades en función de las probabilidades de residencia del sujeto buscado. También era posible combinarlo con otras bases de datos de criminales fichados, de tal forma que incluso arrojaba un listado de nombres de potenciales sospechosos. Sin esperar a las pesquisas que la patrulla estatal pudiera llevar a cabo por su cuenta, ya le había pedido a Mark que realizase sus propios análisis.

—¿Has conseguido ya algo? —le pregunté, nada más oír que había descolgado el teléfono.

—Sí y no. Tengo un listado de individuos, te lo mando ahora mismo por mail, pero no te va a gustar. No creo que sea ninguno de ellos, aunque por investigarlos que no quede.

—De acuerdo. Se lo pasaré a Conway para que estudie a los más probables. Dame alguna buena noticia, te lo ruego. Aquí la gente está casi de celebración y en realidad sólo acabamos de empezar.

—Bueno, Ethan, concede un respiro a esos agentes. Habéis dado un paso de gigante, y eso es algo que nadie puede negar.

—Mark, estamos mejor que hace dos semanas, evidentemente, pero esa asociación era tan abierta, tenía una política tan permisiva y laxa que en el fondo es casi como si no tuviésemos nada —manifesté con desaliento.

—Sé que lo estáis acariciando con la punta de los dedos, pero me gusta que no te relajes. En ocasiones tu pesimismo es, aunque parezca contradictorio, un acicate.

—Dejémonos de monsergas y vayamos al grano. ¿Qué más has podido obtener?

—Tengo un par de zonas calientes. Una es la que **RIGEL** me arroja cuando le introduzco las variables sin más, es decir, que le dejo pensar libremente como lo haría un ordenador.

—¿Y la segunda?

—Teniendo en cuenta que tú crees que se trata de un *cazador furtivo*, he modificado los parámetros, abriendo el campo de acción y arriesgando con las circunstancias según mi propio criterio. En conclusión, mezclando la frialdad de la máquina con la intuición de mis células grises.

—Me gusta. Tenemos que admitir un cierto grado de incertidumbre, porque el tipo al que nos enfrentamos es mucho más inteligente de lo que ya pensaba. Todavía recuerdo cuando en Kansas todos me insistíais en que asumiese que lo inaudito cabe dentro de lo posible; y que yo me resistía a aceptar lo que era evidente, aunque inaceptable en términos morales y emocionales.

—Ethan, olvida Kansas de una vez.

—Eso ya mejor lo comentamos tomando un café cuando regrese a Quántico —repliqué, tajante. No, yo no iba a olvidar nunca que tenía un asunto pendiente que reclamaba mi atención en el condado de Jefferson.

—Lo que prefieras —musitó Mark, resignado.

—¿Entonces? —pregunté, intentando reorientar el curso de la conversación.

—La primera zona se encuentra entre Grand Island y Columbus. Dado el perfil que me has pasado, me inclinaría por apuntar a que reside en Grand Island o sus alrededores, que además es la que **RIGEL** marca como más probable también.

—Está claro. Trazado líneas sobre el mapa de Nebraska con una regla y usando un compás hubiéramos llegado a la misma conclusión.

—Y qué quieres, ¿milagros?

—No, si en el fondo me alegra. Seguimos estrechando el círculo y eso es algo fantástico. Lo malo sería llevarnos alguna sorpresa.

Mark se quedó en silencio durante unos segundos. No cabía la menor duda de que ahora llegaba el momento precisamente del estupor.

—La segunda quizá te provoque cierto trastorno.

—Venga, dímela de una vez y ya veremos qué pienso al respecto.

—Des Moines.

—¿Des Moines? ¿La capital de Iowa? —inquirí, pasmado.

—No conozco otra Des Moines en toda la Unión.

Sí que me había sorprendido Mark, sí que me había sacado de mi zona de confort, allí donde todas las cosas responden a una lógica aplastante. Pero por otro lado, ¿no había sugerido yo mismo la idea de que nos enfrentásemos a un cazador furtivo? ¿No les había pedido a los chicos de la División de Identificación Criminal que abriesen el campo de estudio a otros estados adyacentes?

—Si eso fuera así, complicaría mucho toda la investigación —murmuré, como si mis pensamientos saliesen de mis labios de forma involuntaria.

—No tengas la menor duda.

—¿Sabes a qué distancia queda Des Moines de Omaha?

—Sí, aproximadamente a unas 140 millas al este de Omaha, por la interestatal 80. Son un par de horas en coche, si no hay atascos. ¿Qué estás discurriendo?

—Me dijiste que en el ViCAP no habías encontrado ni rastro de crímenes con un modus operandi semejante, ¿me equivoco?

—Lo más parecido que hallé fue el chalado ese de Illinois, el que congelaba cabezas, que fuiste finalmente a visitar. ¿Por qué?

Sentí que mis músculos, que habían estado en tensión todo el tiempo, se relajaban. Noté entonces que la mandíbula me dolía y que quizá había apretado los dientes más de la cuenta debido al estrés.

—Supongamos que reside en Iowa, es decir, un estado colindante a Nebraska; aunque para mí la opción más presumible es que se encuentre aquí, en Grand Island.

—Te sigo, Ethan —me animó Mark, que escuchaba con interés.

—Si sólo actúa en Nebraska, y según los datos con los que contamos así es, tiene que ser debido a alguna poderosa razón.

—No es mi especialidad la psicología, lo mío son los ordenadores, pero creo que tienes razón.

—A menos que aparezcan un puñado de huesos, el cielo no lo quiera, en Iowa, o en cualquier otro maldito lugar, tendremos la seguridad de que nuestro sospechoso, aunque sea un cazador furtivo, ha mantenido estrechos vínculos en el pasado con Nebraska. Por eso tiene que matar a jóvenes de aquí, y por esa misma razón abandona aquí los restos.

—Es una deducción brillante.

—No me hagas la pelota, te lo ruego, no es tu estilo.

—¡Y no lo estoy haciendo! Me estás convenciendo. Yo, aunque forcé un poco las entrañas de **RIGEL**, también me quedé de piedra cuando vi coloreada el área de Des Moines. Entre otras cosas, porque eso disparaba el radio de maniobra del asesino.

—A lo peor mi deducción no es tan fantástica, y sólo estoy acomodando los nuevos indicios a lo que ya daba por hecho. ¿Me comprendes?

No es nada inusual que un investigador, da igual que sea un agente, un sheriff de condado, un teniente, un capitán o alguien perteneciente al FBI, intente que una pieza extraña que acaba de encontrar en el puzle y que no encaja por ningún lado no desmonte todo el rompecabezas que ya casi estaba terminado. Es humano, y sólo con una formación adecuada y con la suficiente experiencia se es capaz de luchar contra esa clase de contingencias.

—Pienso que tienes que centrarte en las dos vías que ahora tenemos: Grand Island y Des Moines. Cuentas con un perfil, con varios listados y expedientes, con un montón de agentes locales y de la patrulla estatal de Nebraska, con un colega psicólogo y con Tom sobre el terreno. No tardarás en fijar el objetivo en una de las dos ciudades. Hace sólo unos días andábamos medio perdidos y ahora hemos conseguido delimitar unas áreas muy concretas. Puedes estar satisfecho.

—Gracias Mark. Nunca podré darte las gracias el número de veces suficiente.

—Sí que podrás. A tu regreso quiero que consigas que Wharton aumente el presupuesto para mejorar los equipos con los que estoy trabajando. Si lo consigues estaré más feliz que el día de mi cumpleaños.

Escuché la risa suave y apacible de Mark al otro lado de la línea. Siempre tan calmado, siempre tan solícito. ¿Cómo un miserable como yo podía tener la suerte de contar con la colaboración de semejante genio?

—Me dejaré el pellejo por intentarlo.

Colgué y me dejé caer sobre el colchón de la cama de mi habitación en The Cornhusker. Estaba rendido pero al mismo tiempo me sentía pletórico. En aquel mar embravecido de confusión parecía que la luz de un faro me guiaba hasta la costa. Podía distinguir apenas su brillo, pero era más que suficiente para que esbozase una leve sonrisa.

Apenas llevaba un cuarto de hora disfrutando de un poco de paz y sosiego cuando el zumbido de mi teléfono me arrancó de un sueño incipiente. Era Kemper el que me llamaba.

—Ethan, necesito verte. Tengo que confesar una cosa, pero la primera persona en saber la verdad quiero que seas tú.

—John, me estás asustando.

Antes de que Kemper continuase hablando imaginé, o al menos así lo recuerdo ahora, tantos años después, que en lugar de sí mismo iba a hablarme de su amigo el profesor Martin. Caso cerrado.

—Mi nombre va a salir en la investigación más pronto que tarde. Yo he colaborado esporádicamente con la asociación de Omaha a la que acudían todas las víctimas.

## Capítulo XXVII

Hay ocasiones en las que la intuición se convierte, hasta para una persona tan escéptica como yo, en una herramienta fundamental de trabajo. Diversos estudios de contrastado valor científico han venido a decir que la misma no es otra cosa que la suma de nuestra formación, nuestra experiencia y una buena dosis del instinto animal que aún nos acompaña y del que posiblemente jamás seremos capaces de desprendernos.

Resultaba innegable que el hallazgo del punto de conexión entre las víctimas había sido un paso adelante fundamental para el esclarecimiento del caso; pero a la vez fue el origen que desató una vorágine de especulaciones que a punto estuvo de hacernos perder a todos los implicados la cordura o, cuando menos, el buen sentido de la razón.

Tras mi reunión con Kemper, en la que me informó que tres o cuatro veces había acudido a la asociación para prestar sus servicios de manera voluntaria y gratuita como psicólogo, me vi en la obligación de convocar un encuentro casi clandestino con el Capitán Cooper y con Tom, precisamente en el motel a las afueras de Lincoln en el que este último estaba alojado. Casi tuve que arrastrar al jefe de la patrulla estatal de Nebraska hasta allí, porque yo deseaba que *mi agente* sobre el terreno siguiera operando en la sombra.

—Hijo, no me gusta en absoluto la forma que tiene de actuar. Ya se lo he comentado en varias ocasiones. Lo peor de todo es que pese a ello sigo confiando en usted —musitó Cooper, después de presentarle a Tom y de insistir en que no quería que su gente se enterase de que un agente del FBI andaba fisgoneando en paralelo y de forma secreta.

—Se lo agradezco, señor. Me gustaría que contemplase la situación desde otra perspectiva: Tom es una pieza sobre el tablero que nuestro adversario desconoce —argumenté, con todo el tacto posible.

—¡Mis hombres no son el adversario de nadie!

—Por todos los cielos, no me estaba refiriendo a sus hombres. Hablaba de Kemper y del profesor Martin. Ahora que John se ha convertido, aunque sea momentáneamente, en sospechoso, Tom pasa a jugar un papel crucial.

El Capitán se sentó sobre el sobrio sofá que yo tanto detestaba. Miró a través de la ventana, que apenas le permitía divisar un enorme cartel de McDonald's y resopló.

—¿Aún sigue creyendo que el profesor Martin puede ser el responsable de todo este horror?

—Yo pienso que fue Kemper, jefe. Tenéis que dejarme investigarlo a fondo —intervino Tom, que había guardado un prudente silencio que yo hubiera deseado se prolongara.

—¡Qué está usted diciendo! —exclamó Cooper, enojado—. No conoce de nada a John. Es un buen hombre, y lleva años colaborando con nosotros. Hijo, creía que me había traído hasta aquí para abordar este asunto con discreción, no para poner en el disparadero a un inocente —dijo, mirándome a los ojos, como si Tom ya no se encontrase en la estancia.

—Vamos a tranquilizarnos. Señor, en primer lugar yo no puedo descartar a nadie. Y usted tampoco debería hacerlo.

—¡Santo Dios!

—En segundo —continué, sin hacer caso de los gestos y aspavientos del Capitán—, he vuelto a mencionar al profesor Martin porque precisamente John lo sacó a la palestra.

—¿Cómo?

Me senté junto a Cooper. Juzgué que era lo más conveniente dada la tensión que se había generado. Entretanto observaba de reojo a Tom, que se agitaba como un gato que está a punto de abalanzarse sobre una presa, aunque calibra el peligro que esa maniobra puede conllevar.

—Fue Martin el que le nombró la asociación. Lleva más de tres años acudiendo. Por lo visto tuvo un período depresivo debido a su discapacidad y a las dificultades que encontraba para prosperar tanto en el ámbito social como en el académico. Buscó ayuda allí y desde entonces, casualidad o no, su vida ha dado un vuelco para mejor. Pensó que la única manera de agradecer lo que habían hecho por él, además de realizar alguna donación ocasional, era pedirle a su amigo que fuera de vez en cuando a colaborar como psicólogo.

—Ethan, me deja perplejo —murmuró el Capitán.

—Jefe, eso vuelve a centrar todos los focos en Martin —apuntó con astucia Tom, aunque yo de inmediato le hice un gesto con la mano para que no hablase más de lo necesario. Nadie sabía que había allanado el domicilio del antropólogo.

—No nos precipitemos, con ninguna hipótesis. Hemos conseguido lo que buscábamos desde hace tiempo: el nexo que vincula definitivamente a todas las víctimas. Pero intuyo que estamos lejos de ver la luz al final del túnel. Ahora es cuando van a empezar a saltar los sospechosos por todas partes, como si hubiésemos metido la pierna en una ciénaga. Esa asociación, por más buenas y honestas que sean sus intenciones, es el lugar ideal para que un sujeto como el que estamos buscando se mueva sin despertar ni temores ni suspicacias. En el más absoluto de los anonimatos.

—En tal caso, ¿qué es lo que propone? —inquirió Cooper, que no comprendía si lo que yo estaba haciendo era conducirlo a un callejón sin salida o llevarlo hacia el final del laberinto.

—Seguir indagando y seguir cruzando datos.

—¿Qué datos?

—Tenemos un perfil.

—Refrésqueme la memoria —manifestó el Capitán, con un deje de ironía que no me agradó pero que supe tragarme con disimulo.

—Varón, de cociente intelectual elevado, formación sólida, caucásico, clase media acomodada, casado, con uno o dos hijos, edad entre 35 y 40 años, experiencia en osteotécnia o habilidades similares, aunque sea esporádica —hice una pausa para tomar aire y para calibrar la reacción de Cooper, que era positiva—. Creció en una familia desestructurada, posiblemente haya antecedentes de demencia entre sus antepasados, cuente con alguna mancha en su expediente por actos violentos menores durante la adolescencia y, lo más importante, está obsesionado con las piernas y con la alquimia o la demonología. Casi seguro debido a un duro trauma infantil que sigue arrastrando y del que no se librará sin la terapia adecuada.

El Capitán se puso en pie y yo me vi obligado a emularle. Me estrechó la mano, como si acabásemos de firmar un armisticio después de años de contienda. Sus modales arcaicos y profundamente arraigados con los clichés más habituales de lo que se supone de un ciudadano del medio oeste me incomodaban, pero empezaba a acostumbrarme a ellos.

—Hijo, por cosas como las que acaba de decirme ahora mismo es por lo que aunque piense que es un insensato merece la pena haber telefoneado a Quántico. Sigo confiando ciegamente en usted, y me acomodaré, siempre y cuando me sea leal, a sus requerimientos. ¿Me he explicado bien?

—Perfectamente señor. Muchas gracias.

—Ahora, si no le importa, tenemos que regresar lo antes posible a las oficinas. Aquí ya no estamos haciendo nada.

—Me gustaría quedarme para charlar con Tom.

El Capitán me miró con escepticismo. Yo no le caía bien, pero creo que Tom, al que apenas acababa de conocer, directamente le repateaba.

—En tal caso que su colega se ocupe de acercarle cuando acaben a Lincoln. Yo tengo que marcharme.

A los pocos segundos de que Cooper nos hubiese dejado a solas Tom golpeó enrabietado el brazo del sillón. Él también se sentía molesto.

—Este tipo parece salido de una película de Vietnam. Casi me pongo en posición de firmes cuando lo he visto entrar.

—Para que luego te quejes de Peter y del resto de gerifaltes que se mueven por Washington —dije, dándole un golpecito cariñoso en el estómago.

—Al menos allí son tan políticamente correctos que llegan a parecerme cursis. O un extremo o el otro, parece que no existe el término medio —dijo Tom, partiéndose de la risa.

—¿Qué opinas? —pregunté, cambiando bruscamente de tema.

—Lo que ya he dicho antes. Es Kemper. Tienes que dejarme que husmee hasta en el último rincón de su casa.

—Es delicado. Lo que ha dicho Cooper es cierto: lleva años colaborando con la patrulla estatal.

—Eso no significa absolutamente nada.

—Pero hay más. No creas que no le he dado vueltas al tema. Hay aspectos de su perfil que no encajan.

—¿Por ejemplo?

—La edad. Es mayor para que algún estresor a estas alturas de su vida le provoque una reacción tan violenta.

—Por esa regla de tres deberíamos descartar al profesor Martin ya mismo.

—No te entiendo.

—Bueno, no está casado ni tiene hijos. Ya no encaja en tu perfil —manifestó con sorna Tom.

—Los perfiles no son como el ADN o las huellas dactilares. Ojalá algún día lleguemos a ese nivel de perfección, concreción y certidumbre —argumenté, sin saber que efectivamente décadas después el FBI estaría trabajando con herramientas que casi hacen realidad por completo mi anhelo. Pero en 2016 crear perfiles criminales seguía siendo casi un arte, en el que el olfato jugaba, para lo bueno y para lo malo, un papel primordial.

—Pues a ver si te aclaras, jefe. ¿Tenemos o no tenemos un perfil al que ceñirnos?

—Lo tenemos —respondí—. Lo que sucede es que ya sabes que siempre hay un grado de acierto. En Kansas no fui capaz ni de elaborar uno que mereciese la pena. Y en Detroit lo ajusté al 92%, lo que se considera casi una heroicidad. Es decir, un 8% de errores es para celebrarlo por todo lo alto.

—Estaba a tu lado en ambas investigaciones. Son muy diferentes.

—Lo sé. Cada caso es muy distinto del anterior, y sin embargo siempre hay alguno por ahí, en el pasado, en algún lugar del planeta, que se asemeja casi como una gota de agua a otra gota de agua.

—¿Te estás poniendo filosófico?

—No lo pretendía. En realidad mientras divagamos estaba pensando en cómo diablos vas a poder curiosear en la vida de Kemper sin que se entere.

—Deja eso de mi cuenta.

—Tiene esposa, y dos hijas.

—¿Trabaja su mujer? —preguntó Tom, guiñándome un ojo.

—Sí. Al menos me parece recordar que me comentó que tenía obligaciones o no sé qué historias —contesté, dubitativo.

—Y… ¿sabes si alguien les limpia la casa?

—Pero qué te crees… No hemos intimado tanto. No tengo la menor idea.

—Ya me apaño. Nunca te he fallado.

—Es verdad, pero aquí se trata de un tema sensible. Ya has visto cómo se ha puesto Cooper. No quiero ni imaginarme de que se enterara de que hemos allanado su casa sin orden judicial.

—¿Y por qué no le hacemos una visita sorpresa?

—Tú y yo…

—Sí. Le explicas que es una formalidad, que lo hacemos precisamente para descartarle. Tú te quedas charlando con él tranquilamente y yo me encargo del resto.

Tom acababa de resolver una complicada ecuación con la facilidad con la que un niño masca chicle. Yo estaba bloqueado y jamás se me hubiera pasado algo semejante por la cabeza.

—Puede negarse. Y tendríamos que largarnos sin más —repuse.

—Entonces salimos pitando a por una orden. Si se niega es que en esa casa hay gato encerrado, y cada segundo que perdamos jugará en nuestra contra. Yo sólo intento darte soluciones para que no nos saltemos treinta leyes y derechos civiles como si nada.

—No te quejes, sé que te encanta.

—Por eso me necesitas. Al final en Kansas fuiste tú el que me empujó a actuar como un vulgar ratero, ¿lo has olvidado?

—No olvido Kansas ni un solo día.

Tom chasqueó los dedos. Se acababa de dar cuenta de que, una vez más, su verborrea le había llevado a meter la pata.

—¿Puedo contar con Mark con total libertad? —preguntó, cambiando de asunto.

—Sí, claro. Tanto él como Liz están autorizados por Peter para participar, extraoficialmente, en este caso. ¿Qué es lo que necesitas?

—Lo que yo no sé hacer y ese geniecillo consigue en diez minutos: la vida y milagros de Kemper desde que nació hasta esta misma mañana.

—Perfecto. Coméntale que lo has hablado conmigo, y pídele que me mande una copia por mail. ¿Sabes una cosa?

—Me temo que sé lo que me vas a decir.

—Pues sí. Le tengo aprecio a ese tipo. Somos colegas de profesión y me ha estado ayudando. Espero que tus sospechas sean infundadas.

—Para ser agente especial del FBI eres un sentimental.

En ese instante pensé en Liz y en mi madre. Pensé en lo abandonadas que tenía a las dos. En cierto modo sí que era sensible en exceso, pero sólo en lo relativo a la muerte de mi padre. Para el resto de cuestiones y personas actuaba con la misma frialdad que los asesinos a los que perseguía.

—No lo soy, Tom. Estoy muy lejos de serlo.

—Jefe, sólo bromeaba. Venga, ¿nos tomamos una buena hamburguesa?

—Pensaba que ibas a invitarme a uno de tus batidos de proteínas.

—Tengo el frigorífico lleno. Y ya me he pillado unas pesas y unas gomas para ejercitar este cuerpo. No se consigue la estampa del dios Zeus sentado delante de un ordenador.

—Ya estaba durando demasiado tiempo esa parte de ti que parece sensata. Al fin has regresado.

—En el fondo sé que te encanta. Lo que pasa es que eres un remilgado, nada más —dijo Tom, zarandeándome con afecto.

El suave zumbido de mi móvil llegó para rescatarme de una conversación que estaba tomando unos derroteros nada cómodos. Era Clarice Brown.

—¿Ethan? ¿Puedes hablar?

—Con una periodista y por teléfono. No estoy tan chalado todavía. No, no tengo nada que comentar.

—En realidad soy yo la que quiere compartir una información contigo. Es mi primera muestra de buena voluntad. Soy la primera en mover ficha, para que no tengas queja de mí.

—Te estás marcando un farol. No voy a picar, Clarice.

—¿Estás solo?

—Sí —mentí, haciéndole un gesto a Tom para que mantuviese la boca cerrada, aunque sólo fuera durante un minuto.

—Tengo una exclusiva para las noticias de esta noche. Vamos a sacar una imagen de uno de los fémures, con la inscripción esa tan rara.

—Dime que estás bromeando.

—En absoluto, Ethan. Ya la tengo en mi poder. Nosotros vamos a ser los primeros en mostrarla, pero mañana la tendrás ocupando la primera plana de varios periódicos.

## Capítulo XXVIII

Al día siguiente efectivamente tenía sobre la cama del hotel extendidas las portadas de dos periódicos locales y de uno estatal con una de las fotografías realizadas a los fémures. Sabía desde la noche anterior que era una filtración de la policía, porque se trataba de una instantánea tomada por el equipo de forenses en dependencias oficiales. No eran de ninguno de los lugares en los que habían sido hallados los restos, y por tanto no podían haber sido hechas por cualquiera. La sugestiva voz de Clarice Brown sonaba *en off* mientras en la pantalla del televisor se hacía un detallado zoom sobre la maldita inscripción. Se solicitaba la colaboración ciudadana, por si alguien era capaz de descifrar el significado de aquellos glifos o de relacionarlos con alguna cosa. Clarice no tenía reparos en denominar al sospechoso como «el asesino del fémur», algo que terminó de exasperarme. Sabía que estaba alojada en The Cornhusker, de modo que me hubiera resultado sencillo bajar un par de plantas, aporrear su puerta y montar un escándalo, pero no era ni lo más inteligente ni lo más indicado. Como estaba agotado, telefoneé a mi madre para calmar mi conciencia y me tomé una pastilla para dormir al menos durante ocho horas sin que ni la rabia ni las frecuentes pesadillas pudieran molestarme. Pero con la llegada del alba mi infierno seguía en llamas y estaba obligado a reaccionar.

Después de darme una ducha fría, pese a que estábamos en pleno invierno y tampoco es que mi cuerpo deseara quedarse helado, desayuné rápido y me fui a las oficinas centrales de la patrulla estatal de Nebraska. Antes de hacer cualquier estupidez deseaba reunirme con Cooper. Wharton me había obligado a entenderme con él, y más o menos lo estaba logrando. Me recibió de inmediato, pues apenas había gente todavía por allí.

—¿Qué le sucede, hijo? Parece más cabreado de lo que jamás le he visto en todo el tiempo que lleva entre nosotros.

—¿Vio anoche la CBS? ¿Ha leído esta mañana los periódicos? —pregunté, cerrando la puerta del despacho del Capitán, por si mi tono de voz causaba algo de alarma.

—Pues claro.

La respuesta fue tan natural, pronunciada de una manera tan suave, que me quedé petrificado. Allí había algo que no encajaba.

Empezaba a conocer a ese hombre y me resultaba inconcebible que no estuviese tanto o más airado que yo.

—Veo que no le preocupa en absoluto. Hay una filtración a la prensa, con todo lo que eso conlleva y supone, y usted se queda tan tranquilo —dije, llevándome las manos a la cabeza e intentando encontrar una explicación a la actitud de Cooper.

—Cálmese, por favor. Le ruego que tome asiento y así se lo detallo todo.

Le hice caso y me senté en una de las dos sillas que había al otro lado del lugar que él ocupaba en su mesa. Me observaba de un modo tan relajado que no tuve otra opción que atemperarme.

—Le escucho.

—El responsable de la filtración lo tiene delante de sus ojos. He sido yo.

—¡Cómo! —exclamé, totalmente descompuesto.

—Tengo muchos años de experiencia, y sé manejar estas situaciones. Nadie hasta el día de hoy ha sido capaz de descifrar ese maldito mensaje que hay tallado en los fémures. No he revelado nada importante de la investigación, sólo he repartido una copia de una de las fotografías para ver si hay alguien por ahí que pueda echarnos una mano. Espero que lo entienda. Por otro lado, es

posible que pongamos nervioso al asesino y cometa una torpeza.
Estaba aferrado con todas mis fuerzas a los brazos de la silla. Intentaba que mi ira se canalizase a través de los músculos de mis brazos y mis siguientes palabras no saliesen de mis labios en estampida, algo que podía llegar a lamentar más adelante.
—¿Sabe lo que es un *copycat*?
—Hijo, no pretenda ofenderme.
—Usted tiene mucha experiencia resolviendo pequeños crímenes y deteniendo a pandilleros de tres al cuarto, pero yo llevo años estudiando la mente pervertida de las personas a las que la vida de los demás les trae sin cuidado. Nuestro asesino no va a cometer ningún error porque salga en las noticias parte de su *obra* macabra. Como mucho se sentirá realizado y entrará en un período de latencia hasta que un nuevo estresor le estimule o le obligue a entrar en acción. Pero a lo peor excitamos la imaginación de otros degenerados que no son tan inteligentes, pero sí igual de sádicos.
El Capitán se tomó medio minuto para replicarme. Tenía la potestad de mandarme a paseo, de telefonear a Wharton y decir que no necesitaba más al FBI o que precisaba la colaboración de otro agente porque había perdido la confianza en mí. Una palabra suya

y yo estaría al día siguiente en Quántico contemplando el lento discurrir del río Potomac, muy lejos de Nebraska y de su clima gélido. Ambos lo teníamos claro.

—¿Sabe qué tanto por ciento de los casos que atendemos cada año se resuelven por un chivatazo o por la colaboración de algún ciudadano?

—No tengo la menor idea —respondí, comprendiendo que me daba una oportunidad.

—Prácticamente la mitad. No es un dato despreciable, ¿no cree?

—No se lo niego, señor. Pero esta es una investigación muy particular. Le garantizo que no sale un asesino con este perfil cada día. Este sujeto es único en muchos aspectos. No hemos encontrado en el ViCAP un patrón que se le aproxime, y ya sabe que esa base de datos es la mejor de todo el planeta. Además, el cociente intelectual de nuestro hombre es muy alto, lo que nos complica todo aún más.

—Pues en tal caso haga su trabajo y déjeme hacer a mí el mío. Le estoy dando libertad, le estoy permitiendo que tenga a un hombre en secreto sobre el terreno y que incluso ponga en duda la honestidad de alguno de mis colaboradores. Y a pesar de todo sigo confiando en usted. ¿Confía usted en mí?

Pensé qué responder. Estaba muy ofuscado, pero no deseaba estropear tanto mi relación con Cooper como para que solicitase mi relevo en el caso. Quería seguir en él, quería participar activamente en su resolución.

—¿Por qué pidió la colaboración de esa mujer?

—No entiendo de qué me está hablando ahora…

—Juliet.

Aquel hombre duro no pudo controlar sus emociones y se sonrojó. Lo de la prensa no le había afectado lo más mínimo, pero sus supersticiones y creencias ausentes del mínimo rigor sí. Había pinchado en blando y mi estilete se hundía sin remedio en el orgullo de Cooper.

—Sólo intento explorar otras vías. Lo hago cuando estoy desesperado, pero no me juzgue por eso. Soy consciente de lo que Juliet representa. Únicamente le pido que nos dé su opinión. Lo crea o no, hemos resuelto algún caso con su ayuda. Pero debo admitir que es poco… ortodoxo.

—En inverosímil y absurdo. Lo peor es que buenos detectives, como Phillips, llegan a considerar importante tener en cuenta lo que pueda soltar una charlatana, desviando su atención de indicios palpables. Es una torpeza que no alcanzo a comprender cómo

un hombre con tanta responsabilidad puede cometer.
—Ethan, usted no deja de ser usted porque lleve una identificación del FBI en la chaqueta. Y yo no dejo de ser yo, con todo mi pasado y la educación que mis padres me han dado, por ser Capitán de la patrulla estatal de Nebraska. Ambos somos personas, y las emociones personales y el ambiente en el que hemos crecido pesan en nuestras decisiones. Es joven, ¿pero es capaz de negarme que no le haya sucedido ya en alguna ocasión?
De inmediato pensé en Kansas. Era imposible que estuviese al corriente de todo lo acaecido allí, al menos en lo que a mis acciones irresponsables se refería. Las había mantenido en estricto secreto y sólo los más allegados sospechaban que había actuado con negligencia, aunque por fortuna todo había terminado bien.
—No. No estoy en condiciones de negárselo.
—Es usted experto en psicología, pero yo llevo un cuarto de siglo mezclándome con lo peor y lo mejor de la sociedad. No subestime los años de profesión.
Me puse en pie. La partida había quedado en tablas y era el momento de marcharme, no fueran a desequilibrase las fuerzas.

—Si me lo permite, me voy a trabajar. Espero que tenga razón y obtengamos algo bueno de su iniciativa de hacer partícipe a la prensa, sin tener que lamentar otras consecuencias.

—Hijo, le necesitamos. Pero usted también nos necesita a nosotros. Respete nuestro trabajo, al igual que mis hombres y yo respetamos el suyo.

—Lo intentaré.

Nada más terminar la tensa conversación me metí en mi despacho. Como había ido hiperventilando por el pasillo lo primero que hice nada más llegar fue coger una bolsa de papel y respirar en ella durante un minuto. Me sentí mejor. Ya más relajado la idea de llamar a Peter se me pasó por la cabeza, pero consideré que igual no era el momento más adecuado. Saqué mi *Moleskine* de bolsillo y me puse a tomar notas con la intención de olvidar lo sucedido y de poner en orden los siguientes pasos que debía dar. Tenía que mantener una entrevista con el director de la asociación a la que iban las víctimas, tenía que reunirme con Kemper en compañía de Tom, debía telefonear a Liz para contrastar opiniones y lo antes posible debía visitar a los chicos de la División de Identificación Criminal para ver si habían conseguido avanzar con las tareas que tenían pendientes.

Y todo ello sin contar con lo que Conway o Phillips pudieran haber hecho. Había olvidado preguntarle a Cooper si estaban al tanto de sus devaneos con los periodistas, pero me ahorré disipar mis dudas.

Detestaba los obstáculos que nos encontrábamos en el camino, como la falta de rigor de la asociación a la hora de controlar a la gente que pasaba por sus reuniones o que de las tres víctimas una no tuviera teléfono móvil y las otras dos sólo lo usasen como un terminal fijo, de modo que el rastreo de sus localizaciones a través de las antenas casi siempre nos llevaban a los alrededores de sus viviendas. Pero con esas y otras dificultades debía batallar y lo peor que podía hacer era quedarme parado lamiéndome las heridas.

—Hola Liz, ¿cómo va todo? —comencé la conversación, nada más ver que había descolgado.

—Con mucho trabajo, ya lo sabes.

—¿Has podido echar un vistazo a mis últimos correos?

—Anoche me pasé hasta las tres de la madrugada revisando todo y volviéndome loca intentando encontrar una pieza nueva que te sirva para resolver el puzle.

—Eres única.

—¿Me echas de menos, Ethan?

El tono de Liz sonaba algo triste y aquello me incomodó. Estaba demasiado ofuscado y centrado en la investigación como para entrar en un debate acerca de nuestra relación, un tanto particular.

—Pues claro. Te he telefoneado yo.

—Creo que nunca me llamas para escuchar mi voz. Creo que sólo lo haces para descubrir si tengo algún punto de vista que agite tus neuronas. Sólo eso.

—No seas tan dura conmigo.

—Yo sí te echo de menos. Por suerte tenemos tanta faena que hasta que llego a casa casi ni tengo tiempo para pensar. Pero cada noche que pasa se me hace más cuesta arriba. Me gustaría tanto poder verte.

—Ojalá Wharton autorice tu incorporación inmediata.

—Ya te lo dije: no lo va a hacer esta vez. Te está dando una lección. Te está poniendo a prueba porque eres un inmaduro y desea que uses cada vez mejor tu talento. Esto forma parte de tu adiestramiento.

—Pues maldita sea mi formación —dije con rabia.

—En fin, voy al motivo de tu llamada. Estáis haciendo un gran esfuerzo y la verdad es que en tus correos me lo explicas todo tan bien que tengo la sensación de estar allí, con vosotros.

Con la única que estaba siendo absolutamente sincero era con ella. Más que en Detroit y desde luego mucho más que en Kansas. Las millas que nos separaban me obligaban a hacer un esfuerzo y contarle toda la verdad a alguien de confianza.

—Gracias. Intuyo que ahora viene cuando me tiras de las orejas.

—Sólo te voy a dar mi opinión, ya lo sabes.

—Y yo estoy muerto de ganas por escucharte.

—Coincido con todas tus apreciaciones y con el perfil que has elaborado con Kemper.

—Pero…

—En realidad no son «peros», son reflexiones añadidas. Intento complementar lo que ya tenéis.

—Genial.

—Ese tipo desea que lo atrapéis.

—¿Qué estás insinuando?

—No se molesta demasiado en ocultar los huesos. Conoce las zonas, seguro, y sabía que más pronto que tarde cualquier vecino los hallaría. Intuyo que debe tener una profesión que le permite moverse por Nebraska con asiduidad.

—Puede que sea para mandar un mensaje.

—Es muy inteligente. El mensaje es: «cogedme de una maldita vez antes de que siga matando».

—No sé, no lo tengo claro. Y lo de la profesión tampoco encaja con el perfil.

—¿Por qué? —preguntó Liz, casi desafiante.

—¿Qué sugieres? Un repartidor, un camionero, un agente comercial…

—Tantas neuronas y tan mal aprovechadas. No, estaba imaginando que podía tratarse de un asesor o un consultor, de un ingeniero, o incluso de un agente de la ley de alto rango que cuenta con cierto grado de libertad.

—Eso sí que es brillante. Sabemos que debe tener una alta cualificación, y que tiene que tratarse casi seguro de un profesional liberal. Consultor e ingeniero encajan a la perfección.

—Para no estar en Nebraska no lo hago tan mal.

—Liz, eres la médico forense más avispada que conozco. Y posees una increíble capacidad para meterte en la psique de los asesinos.

—Puedes seguir, no me cansaría de escuchar halagos hasta pasadas unas horas —murmuró con medida sensualidad.

—No me hagas reír, te lo ruego.

—Además, cerebrito, aunque no tenga un grado en psicología por Stanford sí poseo formación complementaria en psiquiatría y psicología.

—¡Menuda sorpresa! —exclamé, realmente asombrado—. ¿Cuántos secretos más me tienes guardados?

—Muchos. Así no te aburrirás nunca. Ya estás avisado. En serio: cuando estoy realizando una autopsia esos conocimientos me son de gran utilidad.

—Por eso te adoro.

—Pues hay más.

—¿Más?

—En realidad he reservado lo mejor para el final.

Yo juzgaba que ya me había echado un cable más que sólido para seguir avanzando, pero Liz siempre me deslumbraba.

—Está claro que sus obsesiones están vinculadas con un trauma infantil y que o él o alguien de su entorno tiene o ha tenido problemas con las extremidades inferiores.

—Es obvio.

—Pero tiene un trauma relacionado con la maternidad. Todavía sigo sin saber a qué es debido, pero me resulta más que evidente.

El terminal móvil tembló en mis manos. Las últimas palabras de Liz provocaron un fogonazo en mi cerebro, que había estado sumido en las tinieblas hasta que ella lo iluminó con sus consideraciones.

—¡Joder, es verdad! ¿Cómo narices no me había dado cuenta?

—Entonces no hace falta discutir…

—En absoluto. No imaginas lo agradecido que estoy. Quizá discrepe en eso de que este miserable quiera que lo detengamos, pero lo de la profesión y lo de su obsesión con la maternidad es formidable. Gracias, Liz. Gracias.

Seguimos charlando un rato, pero yo estaba distraído y a sus amables carantoñas respondía de manera casi mecánica. Mientras hablaba tomaba notas en uno de mis cuadernos de tapas negras para que no se me olvidase absolutamente nada. Me sentía nuevamente eufórico.

Como suele suceder, mi estado de entusiasmo apenas duró treinta minutos. Había puesto a rodar mi imaginación y me estaba respondiendo a las mil maravillas. Presentía que quizá el caso podría resolverse antes de lo que había supuesto sólo unas horas antes. No quería que nadie me molestase, que ninguna persona pudiese detener el mecanismo complejo de cavilaciones y conjeturas que se acababa de poner en funcionamiento. Pero Phillips irrumpió en mi despacho con el rostro desencajado. Muy mala señal.

—Han denunciado la desaparición de una joven que también frecuentaba la asociación.

—¿Edad? —pregunté, sin pensar.

—24 años. Vivía sola a las afueras de Columbus.

Apreté con rabia los puños. Si era cierto que esa chica había sido secuestrada y asesinada mientras yo ya andaba por Nebraska el peso de la culpa me sepultaría.

—Desde cuándo no hay noticias de ella.

—No está demasiado claro. Era como Gladys y como Melinda, llevaba una vida bastante desordenada. Finales de enero o principios de febrero, aproximadamente.

—¡Mierda! —exclamé, dejando a Phillips atónito.

—Yo también estoy destrozado, pero no perdamos la calma. Ahora es cuando toca trabajar más duro.

—Randolph, ¿porque has dicho antes *vivía*?

—En serio, Ethan, ¿te cabe la menor duda de que ya lo único que encontraremos de ella serán un puñado de huesos?

# Capítulo XXIX

Mientras las oficinas de la patrulla estatal de Nebraska se transformaban en un hormiguero en el que ha entrado una vía de agua, yo me escabullía en busca de Tom para ir a visitar a Kemper a su casa, por sorpresa y sin avisar. Habíamos acordado que al profesor le contaríamos que Tom era un agente de la oficina del FBI en Omaha y que me acompañaba porque técnicamente no estaba acusado de nada y deseábamos, todos, tratar el asunto con el mayor tacto posible. Para eso precisábamos de su total colaboración.

Me fastidiaba que alguien relacionado con el caso, además del Capitán, pudiera ver a Tom merodeando por Nebraska, pero consideré que no me quedaba otra alternativa y que además Kemper, salvo que fuera culpable, tampoco se iba a dedicar a indagar acerca de mi acompañante.

—Déjame manejar la situación —dije, mientras Tom aparcaba el coche delante del jardín de los Kemper.

—No soy un pipiolo, jefe. Tú lo entretienes y el resto déjalo de mi mano.

—¿Has traído herramientas?

—¿Lo pones en duda? A menos que me tope con una caja fuerte no habrá puerta, candado o cerrojo que se me resista. También he traído una pequeña cámara por si hace falta realizar fotografías a documentos u objetos que resulten sospechosos.

—Espero que nos lo ponga fácil.

—Si se empecina nos puede mandar a paseo, o empeñarse en acompañarme en mi excursión.

—Cualquier obstáculo lo interpretaré como un síntoma de culpabilidad. Deseo que no sea así, sinceramente.

—Vamos, jefe, que aquí parados no hacemos otra cosa que divagar y perder el tiempo.

Mi colega tenía razón. Yo demoraba llamar al timbre de aquel hogar porque me resultaba muy embarazoso. A pesar de todo salimos y fue el propio Kemper el que nos abrió la puerta. Le expliqué la situación lo mejor que pude y él se mostró comprensivo pero reticente.

—Ethan, ni siquiera he consultado a un abogado.

—Estás en tu derecho. Pero es lo que deseamos evitar. Sólo podemos franquear esta puerta con tu permiso, de modo que

ahora está en tu mano cómo debemos manejar la situación.
—Por las buenas o por la malas…
—John, esto me incomoda profundamente. Pero te has puesto en el disparadero y lo mejor que podemos hacer ahora es descartarte.
—¿Tienes dudas sobre mí?
—Estamos obligados a realizar las mínimas pesquisas y lo sabes —respondí, utilizando el plural como un cobarde, intentando implicar a un inexistente superior que me obligaba a actuar.
Finalmente Kemper nos invitó a pasar a su casa. Por fortuna su mujer y sus hijas se encontraban en casa de unos amigos celebrando un cumpleaños, lo que hacía todo mucho menos embarazoso.
—¿Queréis tomar algo?
—John, si no te importa yo sí. Un café me vendrá genial. Nos quedamos tú y yo aquí y dejamos que Tom se dé una vuelta por la casa.
Kemper se me quedó mirando, absorto. Luego dirigió sus ojos hacia Tom y lo escrutó a fondo.
—Entiendo. Supongo que no me queda otra alternativa…
—Sí, no voy a engañarte. Tienes otras dos opciones, pero son mucho peores, te lo

garantizo. Puedes solicitar acompañarnos mientras echamos un vistazo e incluso puedes pedirnos amablemente que abandonemos ya mismo tu propiedad.

—Ethan, voy preparando el café. Y, por favor, agente, lleve cuidado con nuestras cosas.

—Tom, llámeme Tom, se lo ruego. Será sólo un rato, y ni va a notar que he estado aquí. No es momento de hacer apuestas, pero me jugaría cien dólares.

De inmediato le di un leve empujón a Tom para que se dedicase a lo suyo y no dijese más estupideces. Efectivamente, tenía razón en una cosa: no era momento para bromas. Pero así era él.

Cuando Kemper regresó al salón con un par de cafés y algo para picar intenté olvidar que Tom estaba husmeando por la vivienda y aparentar normalidad. Aunque estaba en la lista de sospechosos, nada mejor que abordar con él cuestiones técnicas relativas a la investigación para relajar la tensión. Si participaba animosamente sería un síntoma estupendo. También cabía la posibilidad de que cometiese algún desliz, caso de ser culpable, lo que no dejaría de ser igualmente una buena noticia en lo profesional, aunque mala en lo personal.

—Está obsesionado con la maternidad —dije, como si nos encontrásemos en su despacho de la universidad.

—¿De qué me estás hablando, Ethan? —preguntó, confundido.

—De nuestro hombre, del asesino.

Kemper suspiró y me miró de reojo. Supongo que mis palabras fueron un estímulo y un alivio al mismo tiempo.

—Ya, ahora te sigo. Es verdad, todas esas jóvenes deseaban rehacer sus vidas. Y por lo visto todas querían ser madres, o al menos entraba dentro de sus planes de futuro.

—Así es. Es muy revelador. ¿Qué opinas al respecto?

—Un trauma relacionado con su madre. Quizá le pegaba o lo maltrataba sicológicamente.

Kemper hablaba entrecortadamente. Se notaba que las ideas no brotaban de su cerebro con fluidez. Estaba pendiente de mí, pero también atento a lo que Tom estuviera haciendo en su casa mientras charlábamos. Fuese lo que fuese lo que estuviera removiendo lo hacía en absoluto silencio.

—Debemos profundizar en ello, John. Quizá su madre es única, y si así fuera podríamos localizarla a ella antes que a él. Nunca sabes qué camino te va a conducir hasta la puerta del culpable.

—A lo mejor no es relativo a su madre. A lo mejor es que no ha podido tener hijos, vete a saber —musitó con displicencia.

—Préstame atención, te lo ruego. Olvida que Tom está aquí, olvida que eres circunstancialmente sospechoso. Te necesito.

El profesor realizó un esfuerzo y se concentró. Hasta el momento no lo había hecho. Sus palabras salían de forma mecánica de sus labios, como si ya no le importase nada. Pero vi en sus ojos que había cambiado de actitud.

—Ya lo tengo. Ese individuo de pequeño era un genio, aunque su carácter retraído y su falta de adaptación social desquiciaban a su progenitora.

—Adelante, sigue —le animé.

—Seguramente sufrió maltrato tanto físico como psicológico. La madre era alcohólica seguro, y posiblemente el chico creció con padre ausente, ya fuera porque falleció o porque el tipo abandonó a su familia.

—Vas bien.

—O él o la madre tienen algún impedimento físico relacionado con las piernas. Quizá sólo con una de ellas.

—Explícate mejor.

—Cojera, amputación debida a alguna complicación o incluso paraplejia.

—Interesante. Desde luego —murmuré, sin poder disimular cierta excitación.
Kemper hizo una pausa y cerró los ojos, agachado levemente la cabeza. Luego posó una de sus manos sobre mi rodilla derecha.
—Ethan, Richard está descartado. Ya bastante tengo con lo que me estáis haciendo pasar como para que le compliquéis la vida a una buena persona que lo ha tenido muy difícil para llegar lejos.
Era interesante que yo no hubiera ni tan siquiera sugerido el nombre del profesor Martin. Eso significaba que él ya le había dado vueltas al asunto.
—Pero reconoce que hay aspectos de su perfil que encajan perfectamente con el que hemos elaborado.
—Y otros no lo hacen en absoluto.
—Ningún asesino es idéntico. Y cuanto más inteligentes más abundantes son las peculiaridades.
—No, Ethan. No apuntemos en la dirección equivocada. Estaremos perdiendo el tiempo; estaremos poniendo en riesgo vidas por no investigar a los sujetos que sí se ajustan al perfil.
—De momento no hemos encontrado ninguno que lo haga. Y sin embargo Martin tiene traumas debido a su incapacidad, causada por una negligencia médica, no lo

olvides. Visitaba la asociación, tú mismo me lo has contado. Tiene un cociente intelectual elevado. Posee por su formación relación con empresas que se dedican a la osteotecnia. Y es un individuo que no despierta, a priori, ningún temor entre sus víctimas potenciales.

—Me da igual. Te equivocas, Richard es incapaz. Lo conozco bien.

—Todo el mundo cree conocer bien a sus colegas, a sus vecinos e incluso a su familia. Los dos sabemos bien que eso es una falacia.

—No te puedo quitar parte de razón; pero a nosotros, Ethan, es más complicado engañarnos.

Kemper estaba en lo cierto. Los profesionales de la psicología contamos con herramientas aprendidas que nos permiten identificar mejor la mentira y las emociones, como la ira, el odio o incluso la mayor parte de las patologías relacionadas con la mente. Pero cuando entran en juego nuestras emociones nuestro discurrir se ve nublando, como el de cualquier otro ser humano.

—Los amigos y los seres queridos nos engañan como al resto de los mortales, John —argumenté, taciturno, recordando Kansas.

—Abandona esa vía. Prefiero mil veces que te centres en mí, fíjate lo que te digo. Richard es un hombre sensible, no le hagas daño, no pongas en riesgo su brillante porvenir.

—Sólo lo tengo en una lista, nada más —dije, aunque en parte me arrepentía de que ahora Kemper estuviera al tanto de esa circunstancia. Quizá la conversación lo había distraído, pero también había sido a costa de mostrar parte de mis cartas a la persona menos indicada.

—Pues ya lo puedes ir tachando —replicó el profesor, contundente.

De súbito, sin que lo hubiéramos escuchado llegar, Tom apareció en el salón. Mostraba una amplia sonrisa, aunque conociéndolo no tenía muy claro lo que podía significar.

—Señor Kemper, ¿está usted obsesionado con la demonología?

El profesor se puso en pie, incómodo. Tom había usado un tono irónico muy poco apropiado.

—¿Qué está insinuando?

—La verdad es que no he encontrado nada sospechoso, salvo todos esos libros y esos dibujos en sus cuadernos. Demonios, símbolos, cruces, fotografías... Ya sabe a lo que me refiero.

—No sea insensato, ¡están relacionadas con este caso!

—Tranquilo, John, Tom sólo hace su trabajo —dije, mientras les hacía un gesto a ambos para que tomaran asiento.

—Ethan, ¿acaso tú no tienes material relacionado con el caso que él también encontraría extraño fuera de contexto?

—Por supuesto. Lo mejor será que analicemos eso juntos.

Kemper nos llevó hasta un despacho que había habilitado en una de las estancias de la planta superior de su casa. La decoración me recordó mucho a la del que tenía en la universidad.

—Ahí está todo —profirió el profesor, aún disgustado por los comentarios que Tom había realizado.

—Prefiero que sea tú mismo el que me lo muestres y me lo expliques todo.

Kemper me enseñó diversos libros. Muchos eran préstamos recientes de la propia universidad, y otros los había adquirido en los últimos días. Las fotografías eran impresiones obtenidas de Internet y los dibujos, aunque realmente escabrosos y muy detallados, podían relacionarse con momentos de divagación acerca de aspectos relacionados con la investigación. En todo caso, no era extraño que hubiesen llamado la atención de Tom.

—Esto no es relevante —concluí, tras un rato de análisis del material.

—Pero Ethan, ¿cómo puedes decir eso? —inquirió Tom, señalando una hoja en la que había dibujadas varias cruces satánicas.

—John, ¿tienes otra propiedad? —pregunté, sin responder a la pregunta que mi colega me había formulado.

—No, sólo esta casa. Mis suegros nos prestan una casa de campo que tienen al norte, casi tocando Dakota del Sur. Pero no solemos ir allí mucho.

—Ya, está bien. Y… ¿algún trastero, aunque sea de alquiler?

—No. Los bártulos y otras cosas inservibles las mandamos al sótano. Podemos ir a verlo, si es necesario.

—Lo es —dije, tajante.

Bajamos juntos hasta el sótano e invertimos casi una hora en remover trastos, levantar el polvo y hacer fotografías a objetos que quizá, y sólo quizá, podían ser más adelante vinculados con alguna de las víctimas. Según Kemper eran cosas de su mujer que ya no utilizaba pero a las que tenía cariño. No guardaba los justificantes de compra, pero seguro que no habría problema en demostrar que eran suyos.

—Está bien, nos marchamos. Has colaborado suficiente.

—¿Ya está? —preguntó Tom, contrariado.
—Sí, ya está —respondí, lacónico.
—Gracias Ethan. Comprendo que era preciso hacer esto. De verdad, te agradezco que lo hayas tratado con discreción.
—No te preocupes. Te veo en la universidad.
Tuve que sacar casi a rastras a Tom de allí, pero finalmente me siguió hasta el coche. No dejaba de hacer aspavientos y de soltar bufidos, como un animal recién enjaulado.
—¿Pero qué demonios te pasa, jefe? —preguntó, nada más meternos en el vehículo.
—No es él.
—Pues yo pienso justo lo contrario.
—No tenemos ninguna prueba. Y ese material ni siquiera es un indicio. ¿Te ha mandado algo más sustancioso Mark?
—Aún no. Tú también lo habrías recibido, le dije que te pusiese en copia, tal y como me indicaste.
—Pues en tal caso hasta aquí hemos llegado de momento.
—Yo no descarto a este tipo.
—Yo sí, Tom. Pero si encontramos alguna prueba no dudaré en ir a por él. De momento dejemos las cosas en paz.
—Está bien, jefe. Tú mandas. ¿Dónde te llevo?

—Déjame a unas manzanas de las oficinas centrales de la patrulla. No quiero que nos vean juntos, ya lo sabes.

—Pues tu amigo ya me tiene bien fichado.

—No dirá nada, descuida.

—Y ahora, ¿qué hago?

—Quiero que averigües todo lo que puedas sobre Gladys Scott. A ver si eres capaz de sacar tanta información como conseguiste de Jane Harris. Esa chica parecía apartada de la sociedad.

—Perfecto. A lo mejor te llevas una sorpresa y se veía a escondidas con Kemper —dijo Tom, ahora ya con el tono de broma que solía usar para desengrasar los momentos más incómodos.

—Lo mismo. También quiero que indagues sobre ese tipo de la asociación.

—¿El director?

—Sí, no recuerdo ahora su nombre…

—Jayson Carter.

—Exacto. Los investigadores han registrado su casa y le han interrogado. Dicen que está limpio y que no se corresponde con el perfil; que tenemos que centrarnos en los colaboradores, de los que ni siquiera poseemos un listado fiable.

—¿Puedo allanar su casa?

—¡No, joder! Sólo quiero que hagas preguntas, que averigües algo sobre la asociación y sobre el tipo de gente que se mueve por allí. Quiero hacerle una visita, pero necesito ir preparado.

—Sin problema. Dame unos días y te paso un par de informes. Ya me conoces.

—Tom, gracias.

—Y eso ahora a qué viene.

—Sólo eso. Gracias por soportarme.

—Jefe, en ocasiones no hay quien te comprenda.

Tom me dejó a media milla de las oficinas centrales de la patrulla estatal de Nebraska. El cielo estaba despejado, pero había que caminar con cuidado porque la nieve se había congelado en aquellas aceras apartadas de la ciudad y era fácil resbalar. Pese a todo disfruté del paseo. Lo necesitaba.

Cuando llegué el ajetreo continuaba. Se habían conformado diversos grupos para buscar a la joven desaparecida y se estaban peinando los alrededores del lugar en el que vivía con la ayuda de voluntarios. Por alguna extraña razón yo intuía que aquello no estaba relacionado con nuestro caso, que el «asesino del fémur» no tenía nada que ver con ese posible secuestro. A lo mejor Juliet y yo no éramos tan diferentes como creía. Precisamente meditaba acerca de dicha posibilidad cuando una de las administrativas me entregó un sobre a mi nombre.

—Hará un par de horas que se pasó por aquí esa médium. Estuvo esperándole cerca de treinta minutos pero finalmente optó por pedirme un papel y dejarle un mensaje.

Intrigado me llevé el sobre hasta el despacho provisional que me habían cedido y allí, en la intimidad, lo rasgué para leer su contenido. ¿Qué narices podía querer ahora esa mujer de mí? Apenas había desplegado el folio doblado cuando Conway entró en mi despacho, dándome un buen susto.

—Mierda, Matt, un día de estos me va a dar un infarto. ¿Es que aquí nadie llama a la puerta?

—¿Qué estabas haciendo? —preguntó el investigador, obviando mi interpelación.

—Juliet, esa médium que tanto le gusta a Cooper, me ha dejado un mensaje. Sólo iba a leerlo.

—Chorradas, eso puede esperar. Tengo a un tipo que se ha presentado en la puerta y que dice que puede ayudarnos con lo de los fémures.

—Vaya, al final va a resultar que lo de que el fémur sea noticia en todo el estado no era tan mala idea —dije, sin pensar, en un tono cargado de cinismo.

—¿De qué estás hablando?

La había fastidiado. Había dado por sentado que el Capitán habría informado a sus hombres de máxima confianza acerca de su filtración a la prensa. Error. Él no me lo había dicho, y yo tampoco había terminado de dilucidar la cuestión. Ahora tenía que escapar del atolladero de la mejor manera posible.

—Olvídalo, estupideces mías. Odio a los periodistas, y estoy seguro de que algún agente les ha pasado esa instantánea. Estoy cabreado, nada más. Vayamos a hablar con ese tipo —respondí, levantándome de forma precipitada y empujando a Matthew hacia el pasillo, con la intención de que no le diera más vueltas al asunto.

—Sí, mejor lo dejo pasar. Espero que no pienses que nadie de esta patrulla…

—En absoluto. A lo mejor un forense, un ayudante, no sé. Da igual.

Conway me llevó hasta una diminuta sala en la que apenas cabían una mesa y cuatro sillas. Era utilizada para llevar a cabo interrogatorios, pero a mí me resultaba claustrofóbica y nada agradable. Un sujeto joven, de aspecto desaliñado, delgado y con algunos tics en la manera de cerrar los párpados nos esperaba nervioso.

—¿Cuál era su nombre? —preguntó Matthew mientras tomaba asiento frente a él.

—Daniel Lewis.

—Perfecto, señor Lewis. Este es Ethan Bush, agente especial del FBI. Está colaborando con nosotros en la investigación y he creído conveniente que nos acompañe, ¿le parece bien?

—Claro. Genial.

Mientras ellos hacían las presentaciones y demás yo estaba como obnubilado observando al joven. Era la viva imagen de lo que en mis peores pesadillas había supuesto el aspecto que tendría el «asesino del fémur». No podía dejarme arrastrar por esas presunciones sin base científica, pero era inevitable que martilleasen mi mente.

—Entonces, ¿qué lo que deseabas explicarnos?

—Soy graduado en historia —comenzó el señor Lewis.

—¿En qué universidad te graduaste? —preguntó, sin dejarle seguir.

—En la de Nebraska. Aquí, en el campus de Lincoln.

—¿Eres de aquí?

—Sí, vivo aquí desde niño.

—¿Qué edad tienes?

—Veintiocho años —respondió Daniel, casi de forma mecánica. De repente hizo una pausa y su expresión varió significativamente—. Un momento, ¿me están interrogando?

—Son formalismos —intervino Conway, mientras me daba una patadita por debajo de la mesa—. Por favor, cuéntanos lo que has venido a decirnos.

—Además del grado en historia, estoy interesado en criptografía y simbología. He realizado varios cursos de especialización. Como no he conseguido un puesto de profesor todavía, me gano la vida descifrando códigos como *freelance* para grandes empresas.

De inmediato recordé a mi colega Mark. No sabía si estaba delante de un hacker, pero tenía toda la pinta. Parecía uno de esos frikis que no se pierden ninguna convención de videojuegos y que tienen en algún lugar de su casa montones de juegos de rol e incluso algún escenario con soldaditos que recrea batallas famosas, como la de Gettysburg.

—Un historiador que descifra códigos, interesante —musitó Matthew.

—No es tan extraño; de algo hay que vivir mientras no puedes hacerlo de lo que realmente te gusta.

—Y, disculpa, ¿en qué consiste exactamente tu trabajo? —pregunté, intentando resultar más amable en el tono de mi voz.

—Pongo a prueba los cifrados de seguridad de las comunicaciones, de las pasarelas de pago y de las contraseñas que utilizan los altos ejecutivos. Es aburrido, pero pagan bien.

—Entonces esta mañana te has topado con la fotografía del fémur y te has dicho: voy a entretenerme un rato, ¿me equivoco? —dijo Conway, que no deseaba perder el tiempo con absurdas disquisiciones.

—Más o menos. Quiero echar una mano. Sólo eso. Esas chicas no merecían lo que les sucedió, y quizá hay más jóvenes en peligro.

—Bueno, y qué has descubierto…

—Ninguno de sus expertos han podido descifrar el mensaje, ¿verdad?

Matthew y yo nos miramos, perplejos. Efectivamente así era, ni siquiera Mark había conseguido hacerlo ayudado por sus potentes programas de desencriptado. Tampoco la oficina del FBI en Omaha ni otros colaboradores habían podido lograrlo.

—¿Cómo has llegado a esa conclusión? —inquirí, interesado más en la lógica de la reflexión que en su propio desenlace.

—Sabía que estaba en lo cierto —murmuró el joven, como si ni el investigador ni yo nos encontrásemos con él en la pequeña estancia—. Hoy no tenía mucha faena, de modo que cuando he visto la imagen en Internet la he ampliado y he sacado los glifos para ver si configuraban una tipografía o alguna clase de lenguaje inventado. No sólo

es que deseara echar una mano, es que también me lo he planteado como un reto.
—Ya veo —musité—. Tienes que tener un cociente intelectual bastante alto.
—Así es. Pero ya ve que de momento no me ha servido para vivir de lo que realmente me apasiona.
—Por desgracia, la inteligencia tiene muy poco que ver con el éxito. Aunque es posible que ya lo tengas bastante claro —argumenté—. Si no se poseen otras habilidades sociales y emocionales, uno está condenado.
—Tengo la sensación de que me trata como a un bicho raro, y no lo soy en absoluto —replicó el señor Lewis, ya un poco molesto con mis comentarios y apreciaciones.
Conway volvió a golpearme con su pierna bajo el amparo de la mesa, esta vez con más fuerza.
—Sigamos, por favor.
—He invertido toda la mañana haciendo variaciones y diversas cábalas. Saben, he modificado varios programas para que trabajen más rápido, de modo que me ayuden a desempeñar mi trabajo de una manera más eficaz. Todos me arrojaban el mismo resultado después de algunas horas haciendo millones de combinaciones y cálculos. No es lo habitual.

—Y, disculpe, ¿qué es lo habitual?

—Pues que me den un patrón o que, sencillamente, sigan, digamos, pensando. A veces se pueden pasar días atascados con algún cifrado.

—Y el resultado es… —susurré.

—Desalentador. Esos dibujos quizá representen algo en la mente del asesino, pero no significan absolutamente nada. Son completamente aleatorios. Como lenguaje o mensaje cifrado lo que ha tallado ese individuo en los huesos es un timo. Nada.

Me eché hacia atrás y reflexioné acerca de lo que aquel joven tan peculiar acababa de decir. Me gustaba, encajaba casi suavemente en el rompecabezas. Aunque sospechaba de él, porque cuando alguien de esas características se presta a colaborar con la policía despierta suspicacias, y no es en absoluto atípico que un asesino en serie trate de inmiscuirse en la investigación, no con la intención de favorecerla, obviamente, sino con la de estar al tanto de los avances de la misma o de directamente obstaculizarla, asumí un temerario riesgo. Saqué mi Smartphone y busqué la imagen de la cruz satánica. Acto seguido dejé el terminal sobre la mesa y señalé la pantalla.

—Señor Lewis, se ha ganado mi confianza. Ya que estamos, ¿qué le dice eso?

Esperé con impaciencia su reacción. Deseaba que alguno de sus tics se manifestase con violencia, evidenciando que la imagen le ponía nervioso. Sin embargo aproximó su rostro al móvil y contempló el dibujo durante algunos segundos.
—Es el símbolo alquímico del azufre.
—¿Algo más?
El historiador estaba bastante mosqueado conmigo, de modo que imagino que consideró qué tenía que responder. No se sentía cómodo.
—Bueno, encarna el alma humana, si es adonde quiere llegar. También un chalado en la década de los sesenta usó ese símbolo como representación de la cruz satánica, poco más puedo contarle.
—Es suficiente —dije, recogiendo mi Smartphone.
—¿Tiene más información que aportarnos? —preguntó Matthew.
—No, ya les he dicho lo que pienso. Creo que quizá esa inscripción sólo sea una maniobra de distracción. Es lo que he supuesto nada más descubrir que no llevaba a ninguna parte.
—Entonces le acompaño a la salida. Si no le importa un compañero le hará firmar su declaración, puede ser muy valiosa en el futuro.

—Como le he dicho al principio, estoy encantado de colaborar.

Conway se marchó con el señor Lewis, dejándome solo en la minúscula sala. En la pantalla de mi móvil seguía el símbolo alquímico del azufre y me quedé contemplándolo un buen rato. El joven me había recordado algo que Mark ya me había señalado en uno de sus mails: el azufre estaba vinculado con el alma humana o con el principio vital de los hombres. ¿Podía aquello significar algo en la mente del asesino? ¿Deseaba expresar al dejar los huesos en aquella singular posición que se apropiaba del espíritu de sus víctimas? Agité la cabeza, contrariado, porque aquellas preguntas me conducían a respuestas que entraban en contradicción con reflexiones anteriores. Por un lado tenía bastante claro que el dejar los restos de esa forma era un acto involuntario, pero estrechamente vinculado con sus traumas. Por otro ese sentido de la apropiación de la esencia de otro ser humano a través del asesinato no encajaba con el perfil que había elaborado. Yo estaba seguro de que nuestro hombre mataba guiado por un irrefrenable impulso de odio y venganza. No podía cambiar de teoría constantemente, y menos cuando ya había dado por sentadas tantas cosas.

Matthew regresó para apartarme, aunque fuera por un momento, de aquellas tortuosas reflexiones.

—¿Qué te sucede?

—Nada —respondí con naturalidad.

—Se presenta un ciudadano de forma voluntaria a declarar y a intentar ayudarnos y lo tratas como a un delincuente.

—Al verlo he sentido una especie de pálpito. Sólo es eso. Retraído, inteligente, culto y con un extraño tic, ¿te has fijado?

—Eso no convierte a nadie en asesino, Ethan.

—Lo sé, Matt. Pero te voy a pedir un favor…

—Sabes de sobra que aunque me desconcierten alguna de tus formas de actuar me tienes para lo que necesites.

—Investiga a ese Lewis. Tiene 28 años, lo que lo deja fuera de los expedientes escolares que Peter y Norm estuvieron indagando. Sería imperdonable que lo hubiésemos tenido ante nuestras propias narices y que luego resultara que es el culpable, ¿no crees?

—Lo haré, pero sólo porque tú me lo pides. A mí me ha parecido un chaval de lo más normal —dijo Conway, reflejando en su rostro el asombro que le causaba mi resquemor.

—Pues a mí, al contrario, no me ha gustado un pelo.

Cuando regresé a mi despacho encima de la mesa seguía aguardándome la nota manuscrita que Juliet me había dejado. Con el trasiego la había olvidado por completo, pero nada más verla me abalancé sobre ella y me dispuse a leerla casi con pasión. El folio estaba escrito con una letra elegante, de esas que por aquella época ya sólo eran capaces de usar los más mayores, acostumbrados aún a redactar cartas a mano.

«Querido Ethan,

Deseaba hablar con usted personalmente, pero he comprendido que se iba a demorar en exceso, de modo que he considerado apropiado dejarle mis reflexiones por escrito. Es importante que las tenga en cuenta, aunque no crea en la premonición y piense que todo esto no son más que supercherías.

La última víctima, Gladys, habrá visto que se corresponde físicamente con la mujer que aparecía en mis pesadillas. También coincide que asistía a reuniones. Sé que investigan un centro en el que intentaban ayudar a personas con diversos problemas. Ese lugar es el que le indiqué. Allí fue donde la captó el asesino, antes de matarla y descuartizarla. Busque allí, porque allí están las respuestas.

Usted va a resolver este caso, Ethan. Olvide a esa joven que ha desaparecido, pronto la encontrarán. Esta sana y salva.
He tenido más pesadillas, pero ya no veo al sujeto ni secuestrando ni matando. Lo veo de niño, encerrado en un cuarto oscuro mientras llora. Siente rabia y dolor, un dolor inmenso. Odia a la mujer que lo mantiene allí injustamente atrapado, desea acabar con su vida pero no tiene ni el coraje ni, posiblemente, los medios para hacerlo. En la habitación la escasa luz proviene de una especie de extraña cruz, que emite un destello rojizo, aterrador.
Lleve cuidado Ethan. El día que desvele el misterio se hallará solo y temo que pueda sucederle algo. Sólo tome precauciones, nada más.
Le ruego no desprecie lo que le estoy contando.
Atentamente,
Juliet»

# Capítulo XXX

Efectivamente, tal y como había vaticinado la médium, la chica desaparecida fue hallada finalmente. Tan sólo se había escapado unos días con un amigo a Montana sin dar explicaciones, algo por otro lado que no era infrecuente en su conducta. En cualquier caso no consideré en balde los esfuerzos de la patrulla estatal de Nebraska, pues el perfil de la joven se asemejaba mucho al de las víctimas y llevaba una vida tan desordenada como ellas. Todos respiramos aliviados: seguíamos sin atrapar al asesino, pero al menos también nadie había hallado en ningún lugar nuevos restos. Nos conformábamos con poco.

Había quedado con Phillips. Tras repasar los avances que habían conseguido él deseaba que yo asistiese a una reunión en la que iban a estar policías de los condados implicados en la investigación, agentes de la patrulla estatal de Nebraska, el historiador experto en criptografía Daniel Lewis y Kemper, al que Cooper había invitado personalmente una vez yo le hube informado de que aunque no estaba libre de toda sospecha era harto complicado que el profesor fuera responsable de los crímenes.

—No quiero acudir a la reunión, te lo agradezco.

—Ethan, no es para que vengas como oyente; es para que aportes tu punto de vista. La prensa ahora está metida de lleno en el caso, hay muchas familias nerviosas y hasta el Capitán me ha comentado que el Gobernador le ha telefoneado para saber qué estamos haciendo.

—Randolph, en confianza, sospecho de ese tal Lewis y estoy esperando que me hagan llegar algunos informes sobre él. Además, voy a ir a ver al director de la asociación, Jayson Carter.

El detective me miró desconsolado. Una parte de su ser me admiraba, pero la otra lamentaba profundamente mi manera de actuar, tan independiente, tan egoísta.

—Vas a ir a entrevistar a ese hombre solo. Ya lo hemos hecho nosotros, y también hemos registrado de arriba abajo su vivienda. En ocasiones pienso que no estás con nosotros. No sé si nos utilizas a tu conveniencia. Te lo tenía que decir —musitó Phillips, con la cabeza gacha.

—No te falta razón. Espero que puedas perdonarme, no sé actuar de otra manera.

—Claro que puedes. Dices que esperas informes, ¿de quién?

—De un agente del FBI que trabaja en Quántico. Es experto en seguir el rastro de una persona: su pasado, sus antecedentes, su expediente académico… Cualquier cosa que quede registrada en alguna parte —me sinceré.

—Ya veo. Y con eso qué haces, ¿te lo reservas para ti únicamente?

Lamenté haber sido tan franco con Phillips. Ahora me había metido en un brete y no iba a ser sencillo salir de él airoso.

—No, Randolph, no te hagas una idea equivocada. Si sale algún dato relevante serás el primero en enterarte. Te lo garantizo. Todo tiene una explicación.

—No poseo tu formación, Ethan. Y tampoco tu cerebro; pero soy leal y las medallas me importan poco, mucho más cuando hablamos de cazar a un asesino tan peligroso. Espero que sepas bien lo que haces. Es una pena que todos esos agentes no puedan escucharte.

—Me tengo que marchar. Mejor seguimos esta charla en otro momento. Lo lamento —mentí, mientras buscaba la puerta de salida.

Tom me esperaba en un lugar apartado, junto a una pasarela que cruzaba el Oak

Creek. Nada más sentarme en el vehículo supo que algo no andaba bien.

—¿Qué sucede, jefe?

—Nada importante. Esperaban que asistiese a una reunión y me he zafado con una excusa barata —respondí, sin ganas de dar demasiadas explicaciones.

—Ya te van conociendo por estos lares.

—No me fastidies, Tom. Arranca, por favor, que tenemos un trecho hasta Omaha y ese tipo me espera.

—Descuida, en menos de una hora nos plantamos allí.

—Entraré yo solo. Ya te han visto bastantes personas conmigo como para sumar una más. Al final no va a quedar nadie que no sepa que andas por aquí de incógnito.

—Estás de un humor de perros esta mañana.

—¿Qué has averiguado de Gladys Scott? —pregunté, cambiando de tema, mientras él arrancaba de una vez. Y sí, tenía razón, que Phillips me hubiese puesto delante de un espejo me había sentado mal. Sobre todo porque el detective tenía toda la razón.

–Poca cosa, para lo que estoy acostumbrado. Pero hay algo que sé que te va a gustar. No tenía un círculo de amigos muy extenso, que digamos. Y los pocos con los que contaba son todos gente muy rara, y mira que para mí el término *raro* ya supone ser excéntrico.

—Te ruego que me definas raros.

—Toxicómanos, vagabundos, artistas o actores fracasados…

—¿Qué te han contado?

—Esto es lo interesante. No desapareció a primeros de noviembre, lo hizo por lo menos a mediados de ese mes. Además, la vieron con su exnovio. Estaba intentando volver con él.

—Pero eso no está en su diario. Tenemos un diario, ¿recuerdas?

—Bueno, he estado ojeando las páginas que me has pasado y digamos que ella ponía por escrito una versión edulcorada de su vida.

—Ya. Como casi todo el mundo. No me gusta lo del exnovio, ¿no había tenido problemas?

—Ahora viene lo mejor. Ese tipo, Donald Wilson se llama, había trabajado primero como policía local y después como vigilante privado.

—¿Cómo?

—Sí. ¿Sabes dónde prestó servicios como agente hasta que lo echaron?

—¡Venga! Mira que te gusta ser melodramático.

—En Wayne.

—No fastidies —dije. Allí se habían hallado los restos de Melinda Clark—. ¿Por qué lo largaron?

—Sin especificar. Tendrás que preguntarlo. La policía de allí está implicada en el caso. Imagino que por un asunto menor, pero nunca se sabe.

—Continúa.

—Luego se trasladó a Omaha. Allí encontró un puesto de vigilante nocturno en una fábrica de conservas. Supongo que se valió de su currículum como ex agente de la ley para lograrlo. También lo echaron, al cabo de un año.

—Menuda pieza. ¿Sabes el motivo?

—Carácter irascible y poco respeto hacia los encargados. Creo que llegó a las manos. Luego le pierdo la pista. No sé si en esa época vivía debajo de un puente o en la casa de Gladys. Desde que dejó el puesto de vigilante, hace dos años, no ha vuelto a tener un trabajo. Al menos no ha vuelto a firmar un contrato.

—Y ahora, ¿dónde reside?

Tom apartó un segundo la vista de la carretera para mirarme y hacer un chasquido con la lengua.

—En Geneva.

—No puede ser… Demasiadas casualidades. Y yo no creo en las casualidades, ya me conoces.

—Pero tengo malas noticias.

—Lo imaginaba.

—Wilson sólo tiene 27 años. Su expediente académico es un desastre. Era el típico matón del instituto. No tiene pareja estable, no tiene hijos y creció dentro de una familia con tres hermanos, un padre adorable y una madre que se pasaba el día en casa. Ahora a ver cómo narices encajas esto con el perfil que tu amigo el profesor y tú habéis hecho.

—Kemper no es mi amigo.

—Perdona, jefe. Yo lo sigo teniendo en el punto de mira.

—Pues yo tengo en el punto de mira a Richard Martin —repliqué, molesto.

—Me temo que lo vas a tener que ir olvidando. Ese hombre está traumatizado, es un genio y hace unos dibujos que hielan la sangre de cualquiera, pero no es el asesino.

—Pero, ¿cómo diablos has llegado a esa conclusión?

—La respuesta es Mark. Tienes que mirar con más frecuencia tu correo. Estás en copia —murmuró Tom, carcajeándose.

—No entiendo…

—Los móviles de las chicas, bueno, de las dos que contaban con uno, no han servido de nada, ya lo sabes. Pero Martin lleva todo el día el suyo en funcionamiento, con el GPS activado y todo lo demás. No sé si como prevención o si no tiene la menor idea de lo que un buen hacker es capaz de llegar a hacer hoy en día. Es casi como una baliza humana.

—¿Y?

—En los últimos meses sólo ha pisado Omaha tres veces, para ir a la asociación. Lo recoge siempre el mismo taxi adaptado, conducido por el mismo tipo. Me ha jurado que lo lleva y lo trae de vuelta… sin compañía. Y no ha estado, al menos durante todo el 2015 y lo que llevamos de 2016, jamás en Halsey, Geneva o Wayne. Apenas se mueve de Lincoln. Es más, apenas se mueve del campus universitario.

—¡Mierda! —exclamé, enrabietado. Estaba bien descartar a un sospechoso de mi escueta lista, pero no al que más encajaba con la personalidad que habíamos concebido.

—Sólo podría ser él bajo un punto de vista que tú nunca has contemplado.

—¿Cuál?

—Que tenga un compinche, un asesino a sueldo. Una persona que le haga el trabajo sucio y que desvíe por completo nuestra atención —manifestó Tom, encogiéndose levemente de hombros, como si ni él mismo se tragase lo que estaba diciendo.

—Imposible —repliqué.

—Nada es imposible. Yo pienso que no es Martin, pero ahí te dejo esa vía por si tenemos que explorarla.

—Estamos bien fastidiados. Ni Kemper, ni Wilson, ni Martin… —musité, acariciando el cristal de la ventanilla, aunque con ganas de romperlo en mil pedazos—. De momento centrémonos en la reunión que voy a tener ahora. ¿Qué sabes de Jayson Carter?

—Es un tipo singular.

—Ya empezamos de nuevo, ¿qué quieres decir?

A Tom le encantaba mantener aquellas conversaciones tan excéntricas por momentos conmigo. Le divertía. A mí, sin embargo, me sacaban de quicio.

—Es huérfano de padre. Creció con su madre en un barrio a las afueras de Omaha. Ella era alcohólica y tengo entendido que le zurraba para bien. No has mirado el expediente que han elaborado los de la patrulla estatal, ¿me equivoco?

—Ya sabes que no. Y no me adelantes conclusiones por anticipado.

—Bueno, registraron la asociación y su domicilio, eso sí debes tenerlo en cuenta.

—Está claro.

—No es un genio, ni mucho menos. Ni tuvo comportamientos violentos en la adolescencia. Es un hombre normal, que estudió dirección de empresas, que trabajó cinco años en una asesoría y que luego decidió montar su propio negocio.

—¿A qué se dedica?

—Galletas artesanales. Las he probado. Deliciosas.

—Le va bien…

—De fábula. Ahora es un filántropo. No es rico, pero tiene una vida acomodada. Una bonita casa en el parque del lago Cunningham, una esposa maravillosa y dos niños adorables.

—Me estás tomando el pelo.

—En absoluto. Si leyeras más y pensases menos a lo mejor hallarías la solución a los crímenes más rápido de lo habitual, ¿qué me dices, jefe?

—Está bien, voy a saltarme alguna de mis reglas. ¿Por qué la policía lo ha tachado de la lista?

—Porque no es él. Confía en mí. Y confía en los polis también, aunque sea por una vez en la vida. No encontraron nada sospechoso en su domicilio. Va de su trabajo a casa y de casa a la asociación. Y así un día tras otro. Los domingos los dedica a la familia: cine, excursiones, pescar, acompañar a uno de sus hijos a los entrenamientos, tomar una cerveza bien fresca en el porche de su vivienda con un vecino… Es un tipo estupendo. Hasta yo siento cierta envidia.

—Pues en una rifa tiene todas las papeletas.

—Es listo, espabilado, pero ya te he dicho que no tiene un cociente intelectual alto. Al menos que se lo hayan detectado hasta el día de hoy. Esas cosas se notan. También se prestó voluntariamente a pasar la prueba del polígrafo y la superó sin dificultad.

—¿La prueba del polígrafo? No me fastidies, Tom. Eso no es más que un juguete. No sé ni cómo narices se sigue utilizando.

—Bueno, tómalo como un dato más a favor de su inocencia, sólo eso.

—No me lo puedo creer…

—Ya te he dicho que registraron su casa y no encontraron absolutamente nada. Me parece injusto que estemos molestando a alguien cuyo único pecado ha sido intentar echar una mano a los que no han corrido su misma suerte.

—¿Has empatizado con él?

—Sí, lo admito. Creo que es una buena persona. No he hablado con él, pero después de hurgar un poco en su vida y con la experiencia que arrastro sé diferenciar el grano de la paja. Y no me des lecciones, tú también te has hecho colega de Kemper.

—Es diferente. Te necesito con todas las alarmas encendidas. Me preocupa que puedas haberte relajado.

—¿Sabes una cosa? Dentro de unos minutos vas a conocerlo en persona. Luego si eso comentamos la jugada.

Tres cuartos de hora más tarde Tom aparcaba en una zona apartada al noreste de Omaha, cerca del aeropuerto. No me gustó nada el aspecto desolado de aquel lugar.

—¿Es aquí? —pregunté, extrañado.

—Sí, sólo tienes que seguir la calle. Es la tercera nave de la derecha. Ha reconvertido un antiguo almacén. Ese es el local de la asociación.

—Genial. Mejor no te alejes demasiado.

—No te preocupes. Estaré aquí, echando un sueñecito.

Llegué hasta el lugar que me había indicado Tom y descubrí una placa fijada a una puerta metálica que rezaba: «Centro para la recuperación del espíritu». Llamé y a los pocos segundos un hombre alto, de escaso pelo rubio bien cuidado, elegante y expresión amable me abrió.

—¿El señor Bush?

—Puede llamarme Ethan, se lo ruego. Usted debe ser Jayson Carter, ¿me equivoco?

—En absoluto. Llámeme Jayson, o incluso Jay, que es como me conoce la agente aquí. Pase, por favor, estamos solos.

Seguí al señor Carter. La nave en su interior era un espacio diáfano. Al fondo había una tarima con un micrófono y una enorme pantalla de proyecciones. Frente a ella y repartidas por toda la estancia habría unas doscientas sillas de plástico, económicas pero de apariencia atractiva. En uno de los laterales había varias oficinas de *pladur* y en el otro un gran mural con dibujos, anotaciones, fotografías y recortes de periódico. La luz era suave y agradable. Aunque el local era modesto tenía un aspecto cuidado y acogedor.

—Me gusta. No me lo había imaginado así —dije, mientras caminábamos hacia las sillas más cercanas.

—Tratamos que invite a la gente a pasar y quedarse. Queremos que se encuentren cómodos.

Carter tomó asiento y me invitó a que hiciera lo mismo. Me miraba de una forma muy especial, enseguida me sentí reconfortado a su lado.

—Sé que tiene que ser un fastidio que después de tantos interrogatorios, de que hayan registrado su casa y de haber pasado incluso por la prueba del polígrafo ahora llegue un agente del FBI a molestarle.

—No, Ethan. No me molesta. Lo que me mortifica es que esas jóvenes vinieran a esta asociación en busca de un futuro mejor y hayan terminado encontrando la muerte. Eso sí que no me deja dormir.

—Usted no tiene la culpa de nada —dije, aunque en el fondo no lo pensaba.

—No me siento así. Y, para serle sincero, tampoco me han hecho sentir así.

—¿Cómo le hemos hecho sentir?

—Pues sospechoso de asesinato en el peor de los casos. Es doloroso.

—Y en el mejor…

—Bueno, lo que soy. Responsable de no haber tenido un control más exhaustivo de las personas que llegan a este lugar.

—Eso es cierto, Jayson. ¿Por qué tanto desbarajuste?

—Ustedes lo llaman desorganización, y desde su punto de vista lo comprendo. Yo, en cambio, lo denominaría libertad, confianza…

—¿Confianza?

—Ve eso de ahí —dijo Carter, señalando el amplio mural.

—Sí. Llama la atención nada más cruzar la puerta.

—Son poemas, dibujos, mensajes, promesas, logros que la prensa ha recogido, letras de canciones…

—No le entiendo.

—Aquí vienen personas que lo han pasado o lo están pasando todavía realmente mal. ¿Lo ha pasado usted mal en la vida, Ethan?
La pregunta no estaba formulada en tono retador, al contrario. Era como si aquel hombre me estuviese invitando con la mayor amabilidad a mirar en mi interior.
—No. Sólo he sufrido un percance, y apenas soy capaz de superarlo. Pero hasta el momento no puedo quejarme —respondí, pensando al mismo tiempo en mi formación exclusiva y en la pérdida de mi padre.
—Le enseñaría los listados de aquellos que decidieron, por su propia voluntad, inscribirse en la asociación. Por desgracia me han requisado la escasa documentación con la que contaba. Puede que incluso me sancionen. Pero en ellos encontraría prostitutas, toxicómanos, delincuentes, gentes sin hogar, inmigrantes sin papeles…
—Me hago cargo.
—¿Usted cree, de verdad, que yo puedo dedicarme a controlar a todo el que cruza el umbral? No era mi intención ni lo va a ser en el futuro, pese a este duro golpe. Si yo fuera uno de ellos no entraría, o me largaría de inmediato, si al llegar lo primero que hiciesen fuese preguntarme acerca de mi pasado, por mis antecedentes, por mi documentación… Nosotros intentamos mirar al futuro, darles

una nueva oportunidad. Nadie les obliga a venir hasta aquí, de modo que hacerlo ya significa que tienen al menos la intención de cambiar para bien sus vidas.

—Eso es cierto, Jayson. Pero ahora póngase en nuestro lugar. Sin mala intención, usted le ha puesto demasiado fácil las cosas a un desalmado.

—No había tenido un solo incidente desde que abrí. Ni una discusión, ni una sola pelea. ¿Cómo podía imaginar que algo tan horrible podía ocurrir?

—¿Quién sufraga los gastos de este lugar?

—Prácticamente yo solo. Pero no supone demasiado. También tengo amigos que hacen de vez en cuando donaciones.

—¿Eso sí estará registrado?

—Evidentemente. Lo tienen todo sus colegas. Creo que están investigando a los donantes, algo que también me resulta penoso.

—En nuestra obligación.

—Son personas excelentes. El único mal que han hecho es dar parte de su dinero por una buena casusa. No veo el motivo para que tengan ahora que andar dando explicaciones.

—¿Por qué montó la asociación?

Carter apretó los labios. Después de una prolongada pausa respiró profundamente e

intentó contener las lágrimas que ya empañaban sus ojos.
—¿De verdad no lo sabe?
—No de su voz.
—Mi padre falleció cuando yo tenía dos años. Mi madre era una alcohólica, imagino que porque no soportó su pérdida. Digamos que tuve una infancia difícil. Sé lo que es tener que abrirse paso sin la ayuda de nadie.
—Pues no le ha ido nada mal.
—He tenido suerte. Mucha suerte. Hay gente que muere sin tener una sola oportunidad en la vida. Yo intento que al menos unos cuantos la tengan. Son ya varios los que están trabajando en mi empresa y son empleados ejemplares.
Carter no hablaba desde la desazón, aunque pueda parecerlo ahora que recreo sus palabras; lo hacía desde la esperanza. Su rostro se iluminaba mientras conversábamos.
—¿Y los colaboradores?
—Le agradecería que fuera más concreto.
—¿Por qué tampoco lleva un registro de los voluntarios que acuden a este lugar a echar una mano?
—Por el mismo motivo. El que quiere se inscribe, y el que no pues él tendrá sus razones. Aquí vienen a ayudar desde doctores en física hasta ex-convictos rehabilitados que desean compartir su

experiencia. Montamos diversos talleres, hacemos cursos y se articulan conferencias. Nadie cobra nada. Nunca jamás nadie ha cobrado un dólar. ¿También quieren que los tenga controlados? Algunos se pasan una vez y jamás regresan, mientras otros lo hacen prácticamente todas las semanas.

—Lo habituales sí los tenía en algún listado, supongo.

—Claro. También se lo llevaron. Sé que han telefoneado a algunos, no sé si al azar. A un par de ellos han ido a visitarles a sus casas. No sé si tendrán ganas de regresar cuando todo esto haya pasado.

—¿Ahora mismo el local está clausurado?

—No, ya no. Lo precintaron un par de días, como si los crímenes se hubiesen cometido aquí. Pero después, cuando quitaron el precinto, me dijeron que hasta que no se aclarasen los asesinatos era mejor que cancelase las reuniones, por motivos de seguridad.

Me odié por mi desidia. Me odié por no haber hecho bien mi trabajo. Una cosa era no contaminarme con las conclusiones de un informe y otra bien diferente no estar al tanto de casi nada de lo que había sucedido. Carter notó en mi rostro que algo no marchaba bien.

—¿Se encuentra bien?

—Sí. Bueno, me ha conmovido. Es una lástima que nos veamos obligados a tomar determinadas medidas, pero imagine que no lo hacemos y ese individuo actúa de nuevo.
—Créame, es de las pocas cosas con las que estoy completamente de acuerdo. Del resto de la actividad que aquí se desarrollaba parece que comienzan a valorarla ahora.
—¿Cómo lo sabe?
—Por la forma en que se dirigen a mí. Ha cambiado. Sé que ya no soy sospechoso. Y ojalá que también se equivoquen y el culpable no se encuentre entre las personas que forman parte de esta familia. No sé si podría soportarlo.
Seguimos conversando un rato. No quise agobiarle acerca de la ubicación tan singular del local, de la falta de cámaras o medidas mínimas de seguridad. Hubiera sido inútil, estaba delante de un hombre que pese a haber sufrido maltrato de pequeño no concebía el mal. Las dos reacciones extremas frente a los castigos físicos en la infancia: o te conviertes en un bárbaro, imitando la conducta de tus progenitores; o te transformas en un santo, anhelando que nadie pase por lo mismo que tú. Carter era de los segundos.
Al cabo de dos horas me despedí de él mostrándole mi intención de no volver a

molestarle, salvo que fuera estrictamente necesario. Había anochecido y divisé el vehículo de Tom al principio de la calle. Como refrescaba apreté el paso y me metí en el coche lo más rápido que pude.

—¿Cómo ha ido, jefe? —preguntó mi colega, que efectivamente parecía despertar de un ligero letargo.

—Bien. Vamos, todo lo bien que podía ir.

—¿Sigues pensando que este hombre tiene todos los boletos para el sorteo de la lotería?

Le di un manotazo al volante, apremiando a Tom para que arrancase y nos largáramos de allí.

—No. La verdad es que a la media hora ya tenía bastante claro que no puede ser él.

—Chico listo —murmuró Tom, con el deje de sarcasmo que tanto me descomponía.

—Estamos bien jodidos —musité, con la frente pegada al cristal de mi puerta, sintiendo el frío y deseando quedarme congelado al instante, para siempre. Las escasas luces de la zona se volvieron borrosas.

—¿Y eso?

—Vamos eliminando sospechosos uno detrás de otro y no parece que estemos encontrando el camino adecuado para dar con el asesino. La cosa se pone fea.

## Capítulo XXXI

Convoqué a Kemper y a Conway en la División de Identificación Criminal para mantener una larga reunión. No estaba tan desesperado como Cooper, pero temía que si no salía pronto del atasco en el que me encontraba acabaría yendo personalmente a buscar a Juliet para que me echase una mano. Mi jefe, Wharton, me había telefoneado por la mañana y me había dicho que la implicación de la prensa había suscitado el interés de la opinión pública y, por ende, de los políticos. Le dije que estaba al corriente de las presiones por parte del Gobernador de Nebraska, y traté de calmarle aduciendo que ya estábamos estrechando el cerco y que el número de sospechosos era muy reducido. Teníamos un perfil muy detallado y era cuestión de días, máximo un par de semanas, dar con el asesino. Ni yo me creía lo le estaba contando, de modo que no sé si él se despidió de mí más tranquilo o sencillamente porque no había mordido el anzuelo y prefería dejarme trabajar en paz.

—¿Tan complicado es encontrar a un tipo tan extraño? —preguntó Conway, después de escucharnos a Kemper y a mí divagar durante veinte minutos.

—Es que ese es el problema Matt —respondí—. Desde nuestro punto de vista el sujeto está plagado de características de su personalidad que lo hacen diferente, único y supuestamente resulta sencillo verlo venir. Pero no. Es capaz de controlar sus impulsos, es inteligente y aunque deteste a la sociedad está aparentemente integrado. Seguramente hasta caerá bien de buenas a primeras, y tendrá impresionados a sus jefes y a sus vecinos. Educado, culto, casado y con hijos, un buen empleo… ¿qué más se puede pedir?

—Pero es que no me entra en la sesera que un individuo así pueda cometer unos crímenes tan horrendos. No sé, me imagino a alguien con una vida más caótica, una especie de chalado que ha causado problemas en todas partes. Por ejemplo Donald Wilson, el exnovio de Gladys Scott.

—Descartado —musitó Kemper.

—¿Descartado? Mientras estamos aquí sentados Phillips anda por ahí preparando una orden de detención.

—¿Cómo? —pregunté, indignado.

—Cooper lo ha autorizado. No tenemos a nadie más. Al menos que se vea que hacemos algo. La prensa nos está despellejando.

—Pues es un error. Coincido con Kemper. Wilson será un hombre con una conducta más que cuestionable, pero te garantizo que no acabó con la vida de esas tres chicas.

—¿Cómo lo sabes, Ethan? Todavía ni siquiera lo has visto. Cuando estás con alguien cara a cara las percepciones varían. Te has encontrado un par de horas con Jayson Carter y has pasado de ubicarlo en lo alto de la lista de sospechosos a coincidir con todos nosotros en que debemos tacharlo de inmediato. A lo mejor si haces lo mismo con Wilson también cambias de opinión.

Conway me había lanzado un certero derechazo a la boca del estómago y yo tenía que asumirlo, reaccionar y responder con calma.

—Es cierto. Pero Carter sí encaja en el perfil que hemos realizado, mientras que Wilson no es más que un pobre diablo. Si él fuera el asesino te aseguro que hace semanas que le habríamos dado caza. Casi nos habría puesto una larga alfombra roja hasta la puerta de su casa.

—Estoy con Ethan —dijo Kemper, poniéndose en pie y acercándose a una pizarra que había en la sala. Comenzó a escribir en ella—. Nuestro hombre tiene un cociente intelectual alto, una vida estable, un trabajo bien remunerado y que le deja tiempo libre. No es percibido por las víctimas como una amenaza, pero no creo que se deba a que exhibe una placa de policía o de vigilante. Se gana la confianza porque tiene muy desarrolladas habilidades sociales que ha utilizado para escalar profesionalmente, para casarse, para formarse, para confundirse entre la gente y, sobre todo, para ser capaz de mantener bien resguardados sus traumas, fantasías y obsesiones de los demás. Wilson ni se asemeja a una persona tan compleja, fascinante y horrible.

Casi escuché al profesor ensimismado. Era como si mi cerebro me acabase de dar una charla. Tom, pese a todo, insistía en que precisamente Kemper era ese hombre que describía con tanto acierto, y cuyos principales rasgos había dejado escritos en la pizarra. Pero yo tenía muy claro que se confundía. Era imposible.

—¿Y si los dos estáis equivocados? ¿Y si el perfil que habéis elaborado es incorrecto?

—Esto no es ciencia exacta —respondí—. Todavía en Quántico lo definimos casi como un arte. La mente humana es lo suficientemente enrevesada como para presentar infinitos patrones de conducta. De hecho, en el ViCAP no hemos hallado unos crímenes que se aproximen un mínimo a este caso. Pero Matt, John y yo sabemos de lo que hablamos. Podemos fallar en uno o en dos detalles, pero te sorprenderá nuestro nivel de acierto cuando hayamos cogido al asesino.

Kemper asintió con la cabeza y regresó a la mesa. Yo me sentí resarcido, pues había sido capaz de encajar el derechazo del investigador para después responderle con un golpe devastador.

—Matt, no somos tan torpes. Seguro que nos llevamos alguna sorpresa, pero el margen de estupefacción es realmente estrecho. Estos crímenes, con un modus operandi tan extravagante, no los comete cualquiera.

—Entonces… ¿qué demonios hacemos para cazarlo de una maldita vez? —inquirió Conway, lanzando los brazos al aire, exasperado.

—Seguir cruzando datos —contestó Kemper—. El nombre real del «asesino del fémur» seguro que hace tiempo que da vueltas por estas instalaciones. Tenemos a los niños superdotados problemáticos, a los que acudían a las reuniones de la asociación, a los que han trabajado para empresas de limpieza de huesos y a los pocos residentes en Omaha que coincidan con todo lo anterior.

—En Omaha… ¿Por qué sólo en Omaha? —pregunté, intrigado.
—Bueno, es lo más lógico. Una gran ciudad, el punto de reunión de las víctimas y un sitio casi equidistante de los lugares en los que fueron encontrados los restos.
—No, eso nos conduciría a Grand Island —repliqué.
—Tienes razón. Mucho mejor, una ciudad más pequeña.
Sentí que mis mejillas se acaloraban, como siempre que iba a reconocer algo que estaba mal hecho. Pero ahora no podía reservarme la información que Mark me había facilitado. Ya era ir demasiado lejos, incluso para mí.
—Pero cabe otra posibilidad…
Conway, que ya de alguna manera había comenzado a desconfiar de mi forma de actuar, del mismo modo que Phillips y otros integrantes de la patrulla estatal, me clavó la mirada, expectante.
—Sorpréndenos.
—Des Moines.
—¿Des Moines? Pero esa ciudad queda a dos horas en coche de Omaha, ¡y además se encuentra en Iowa! —exclamó el profesor, que no comprendía absolutamente nada.
—He estado utilizando un SIG —repliqué, sin desvelar que en realidad había recurrido a un colega del FBI.

—Y aquí también, Ethan. Nos apunta hacia Grand Island o Columbus, pero nada fuera de Nebraska. ¿Tú has visto dónde está Des Moines y dónde se encuentra Halsey, el pueblo en el que se hallaron los restos de Jane Harris?

—Claro que sí. Están separadas por 400 millas. Lo sé. Pero digamos que forcé el software del SIG. Quizá nos enfrentemos a un *cazador furtivo* y sea necesario ser flexibles con algunos conceptos.

Kemper negó con la cabeza repetidas veces. Estaba rompiendo los esquemas que él había construido con tanto mimo y esfuerzo.

—No puede ser. No creo que sea un cazador furtivo. Conoce demasiado bien los lugares en los que arrojó los huesos, y además la sede de la asociación está en Omaha. No tiene sentido…

—Sí lo tiene, pero variando la perspectiva —razoné.

—Te escuchamos con atención —murmuró Conway, echándose levemente hacia adelante.

—Des Moines es su presente. Quizá lleve años allí, no tengo la menor idea. Pero Nebraska, y seguramente Omaha en concreto, forman parte de su pasado. Son el lugar en el que se originaron los traumas que le atormentan y que le han hecho fantasear

con estos crímenes desde que era sólo un adolescente.
—Tiene lógica —dijo el investigador, dirigiéndose a Kemper, que no terminaba de salir de su asombro.
—Es verdad. Jamás se me había pasado por la cabeza esa posibilidad, pero no es en absoluto descabellada. Ahora empiezo a comprender la fama que te has ganado.
Me sentí cohibido por las palabras del profesor. Entre otras cosas porque eran exageradas. ¿Dónde quedaban Mark, Tom y Liz? Seguramente en el lugar que yo les había reservado: la sombra.
—No es para tanto. Sin vuestra colaboración no voy a ninguna parte. Y así sucedió anteriormente en Kansas y en Detroit. No reconocerlo sería absurdo, y una canallada por mi parte.
Por un breve instante recordé los rostros de los agentes que me había ayudado a resolver aquellos casos. Servidores de la ley humildes, trabajadores, entregados y sin la ambición desmedida que a mí me corroía las entrañas. Pienso hoy en ellos y siento envidia de su integridad y de su desapego absoluto hacia el reconocimiento individual. Formaban equipos, y se comportaban como los miembros de un equipo que lucha en pos de un fin común.

—¿Me voy en busca de Peter y de Norm? —preguntó Conway, para mi suerte.

—Sí. Considero que ya estamos preparados. A ver qué han conseguido —respondí, animado.

El investigador abandonó la sala. Creo que también él estaba contento y que mi arranque de sinceridad me había vuelto a situar en una posición privilegiada. Yo necesitaba ser el líder, controlar en todo momento la situación. Para mi desgracia no era el superior de nadie y por tanto sólo podía granjearme el respeto a través de mis deducciones.

—Ethan, deseo hacerte una pregunta casi de carácter personal —declaró Kemper, aprovechando que estábamos solos.

—Claro, adelante —le animé.

—¿Me has descartado por completo o sólo estás fingiendo?

El profesor me miraba a los ojos, pero se frotaba las manos, nervioso. Los dos éramos expertos en psicología, de modo que no cabían tretas o maniobras de distracción.

—Casi al 100%. Pero no del todo. Tú en mi posición harías exactamente lo mismo.

—Por eso te he lanzado la pregunta. Me he puesto en tu lugar y no sé si yo te hubiese invitado a esta reunión.

—Bueno, eso tiene varias explicaciones. Por un lado confío en ti; por otro me da la oportunidad de seguir acechándote: al mínimo desliz tendré una red bien grande para atraparte —dije, medio en broma, sonriendo.

—Entonces me obligarás a esforzarme al máximo. Tarde o temprano vas a pillarme.

No tuve la oportunidad de replicar, porque Conway irrumpió en la estancia en compañía de Peter y Norm. Lo que sí recuerdo es que el tono de Kemper me dejó una extraña sensación. No sonaba a guasa, que era lo que hubiera esperado dadas las circunstancias.

—Hola chicos —saludé, mientras agitaba mi mano. Me caían bien esos dos chavales perspicaces y laboriosos—. Estaba deseando volver a veros.

—Y nosotros. Ojalá te trasladasen a la oficina del FBI en Omaha —dijo Norm.

—Un momento, os he cogido cariño, pero no tanto. Además, aquí hace un frío terrible. Todavía no me he transformado en un pingüino.

—¿Frío? Cómo se nota que te has criado en California. Este invierno está siendo una gozada —declaró Peter, que como era habitual traía consigo varias carpetas atestadas de folios.

—¿Qué tal si nos dejamos de charlas de bar y nos ponemos a trabajar? —preguntó Matthew, con los brazos en jarras.

Peter y Norm había estado aplicándose al máximo. Habían repasado los listados de las personas que, voluntariamente, habían registrado sus nombres en la asociación. Aunque sabíamos que muchos no lo habían hecho, entre los voluntarios que iban a colaborar y los asiduos que buscaban una segunda oportunidad en la vida teníamos más de trescientos individuos.

—Nos hemos topado con 39 ex-convictos. La mayor parte de ellos no han pasado ni dos años entre rejas, y casi todos por delitos relacionados con las drogas —expuso Norm.

—¿Ninguno de sangre? —inquirió Conway.

—Como mucho peleas, nada grave.

—¿Y el resto? —pregunté.

—Hay muchas mujeres. Aunque en principio estén descartadas hemos revisado algunos historiales, no fuéramos a encontrarnos con una sorpresa. Pero no: prostitutas, toxicómanas y jóvenes que se fugaron pronto de casa y han llevado una existencia penosa por las calles de Omaha y otras grandes ciudades.

—Quizá entre los colaboradores. El perfil se ajusta más a los que iban a echar una mano

que a los que se acercaban para ser rehabilitados —declaró Kemper.
—Sí, eso es lo que hemos pensado. Por suerte o por desgracia el primer sospechoso de la lista eres precisamente tú —dijo Norm, encogiéndose de hombros e intentando contener la risa.
—Está claro. Pero he sido lo suficientemente hábil como para no dejar ninguna pista.
—El profesor ya ha sido descartado, de modo que no perdamos el tiempo. Prosigamos —manifestó Matthew, incómodo con la situación que se había generado, y que posiblemente podría repetirse en otros ámbitos más adelante.
Peter nos entregó un copia a todos los asistentes de una lista que venía encabezada por un enorme número uno.
—Tenemos tres nombres que nos han llamado la atención. Un médico, un abogado y un asesor fiscal.
—¿Qué es lo que os ha hecho fijaros en ellos en concreto?
—También aparecen entre los expedientes académicos que ya filtramos en su día. ¿Casualidad? Puede ser, pero merece la pena investigarlo.
—El médico… ¿dónde trabaja?

—Tiene su propia consulta. En realidad es podólogo; no me diréis que no mola...

—Son todos profesionales liberales. Tienen una jornada flexible que les permite disponer de tiempo libre y también cabe la posibilidad de que hayan prestado sus servicios en los condados en los que fueron hallados los restos —manifesté, deseando que de allí saliésemos al menos con un par de sospechosos a los que escrutar a fondo.

—¿Pongo a trabajar a mi equipo? —preguntó Conway, agitando su folio con vehemencia.

—Sí, te lo ruego. Aunque también te pido que actúen con discreción. A lo mejor los tres son inocentes y sería un error imperdonable que la prensa se enterase de que los estamos investigando —respondí, recordando lo que me había advertido Jayson Carter y pensando en Clarice Brown.

—Descuida.

—¿Qué más tenéis?

—Los empleados de las compañías de osteotécnia —respondió Peter, poniendo sobre la mesa una nueva carpeta y otra vez entregándonos un listado cuyo encabezado era: «dos». Me encantaban aquellos chicos, pero todavía tenían costumbres y maneras de novatos que por suerte en poco tiempo dejarían atrás. En cualquier caso el empeño que ponían en su faena era encomiable y sin ellos la investigación apenas hubiera avanzado. Tenía muy claro que entre aquellas relaciones de apellidos se encontraba nuestro asesino, y por eso los repasaba una y otra vez, intentando memorizarlos.

—¿Coincidencias?

—Ninguna. Dejando a un lado la del profesor Martin, claro está —respondió Peter.

—¡Mierda! —exclamó Conway.

—Un par de las empresas son muy pequeñas y sólo dan empleo a la propia familia. En las otras dos los empleados son gente corriente, que lleva trabajando en ellas toda la vida —manifestó Norm.

—Sin embargo tenemos una buena noticia —apuntó Peter, para arrancarnos del estado general de decepción.

—Y es… —musitó Kemper, un poco ansioso.

—La que se encuentra a las afueras de Newton, hace algunos años realizó unos cursos para principiantes y aficionados —dijo Peter, mientras nos repartía el listado número «tres».

—¿Has dicho Newton? —inquirí, exaltado.

—Sí.

—Newton se encuentra en Iwoa, ¿me equivoco?
Peter se me quedó mirando perplejo. No comprendía a qué venía mi vehemencia.
—Efectivamente. Hay un montón de Newton repartidas por la Unión, pero me refiero a la que se halla a unas pocas millas de Des Moines, ¿tiene eso alguna importancia?
—Sí, desde esta mañana, al menos para mí, la tiene —respondió Matthew, adelantándose a mis palabras.
—Pues la cuestión es que tras mucho rogarle y suplicarle nos facilitó los nombres de los alumnos de dichos cursos. No son muchos, pero hemos husmeado un poco y todos residen en Iowa, de modo que tampoco nos hemos molestado demasiado en meter la nariz en sus vidas —declaró Norm.
—Pues vamos a tener que hacerlo. ¿Habéis probado a cruzarlos con los registros de la asociación y con los expedientes de los estudiantes?
—Sí, claro. No hay coincidencia.
Repasé la relación de apellidos y descubrí que sólo eran dieciocho personas. Cuatro eran mujeres, de modo que nos podíamos centrar únicamente en catorce. No eran demasiados.

—Escuchadme, por favor —dije, poniendo el folio encabezado con el número tres delante de sus ojos—. Es muy importante que sepamos todo acerca de esta gente. Sólo hay catorce hombres, no os llevará demasiado tiempo.

—Disculpa, Ethan, pero, ¿qué quieres exactamente que hagamos? —preguntó Peter.

—Tener acceso a sus expedientes y, si es posible, saber si alguno visitó sin registrarse la asociación. También quiero conocer a qué se dedican en la actualidad, cómo viven y si tienen familia o no.

—Menos lo de la asociación, el resto si nos das una semana intentaremos tenerlo. Pero con los colegios vamos a tener problemas, y no sé si el truco del FBI es bueno utilizarlo de nuevo.

—Intentad usar la imaginación. Ya habéis demostrado de lo que sois capaces. De lo de la asociación ya nos encargamos nosotros —manifestó Conway.

—Genial.

De repente Matthew miró su teléfono. Acababa de recibir un mensaje. Por el gesto que ponía mientras lo leía supe que fuese lo que fuese no me iba a gustar.

—¿Sucede algo, Matt?

—Acaban de arrestar a Donald Wilson. Phillips me pide que me reúna con él en las oficinas de la patrulla. Ya os lo había anunciado.

—Es un disparate —repliqué, cabreado.

—Quizá no. ¿Os venís conmigo?

—No, yo me quedo aquí —respondí.

Kemper hizo un gesto indicando que se sumaba a mi decisión. Consideré que estaba completamente de acuerdo conmigo en que la detención del novio de Gladys Scott era una necedad y que el tiempo pondría a cada cual en su sitio.

—No nos quedaba otra salida. Al menos esta tarde podremos dar una rueda de prensa y la opinión pública dejará de molestarnos. Y de todos modos ese Wilson no es ningún santo. Que pase unos días en el calabozo no va a hacer ningún mal a nadie.

No pude evitar ponerme en pie y ubicarme junto al detective. Con mi dedo índice le señalé la mesa, donde descansaban todos los listados que habíamos ido obteniendo.

—No voy a ir a perder el tiempo, Matt. El nombre de nuestro asesino está ahí. Ya lo tenemos enfrente de nuestras narices y cualquier distracción lo único que consigue es demorar su captura.

## Capítulo XXXII

Al día siguiente decidí que lo mejor era no acudir a las oficinas de la patrulla estatal de Nebraska. No estaba de humor para encontrarme con Cooper y soltarle de malos modos lo que opinaba respecto a la detención de Wilson. Yo sabía que el exnovio de Gladys Scott no era precisamente un ángel y que había ocasionado problemas en el pasado y los tendría en el futuro. Pero de ahí a ser el asesino en serie obsesivo, traumatizado e intelectualmente genial que buscábamos había un largo trecho.
De tal modo que convertí mi habitación en The Cornhusker en un despacho y me puse a trabajar duramente con mi portátil y con mis cuadernos. Había mantenido una charla con Liz para cambiar impresiones que no fue demasiado útil. Ella estaba obcecada en que en el trauma relacionado con las piernas estaba la clave del éxito de mi misión, pero se hallaba a muchas millas de distancia y no había mantenido contacto alguno con los sospechosos. Sólo eran hipótesis proferidas entre una autopsia a un cadáver y la siguiente que ya le esperaba. Tom por su parte estaba

indagando acerca de Lewis, a ver si sacaba algo en claro del especialista en criptografía. Aunque el tipo no me gustaba tenía pocas esperanzas en que de aquello saliese una evidencia que nos alumbrara el camino. Mark trabajaba en paralelo en lo mismo que los chicos de la División de Identificación Criminal, intentando obtener la máxima información posible en el mínimo tiempo acerca de los nombres que teníamos en los listados. Todos aquellos nombres, impresos sobre las hojas que Peter me había entregado, descasaban sobre la mesa de mi habitación. Los repasaba una y otra vez y me mortificaba que ninguno estuviese al mismo tiempo en la de la asociación, en la de los expedientes académicos y en la de las compañías de osteotecnia. Creía firmemente que tenía al asesino frente a mis ojos, bailando entre aquellas letras, casi mofándose de mi desesperación. Pero era consciente de las mil circunstancias que podían hacer que su nombre no estuviera en uno de los listados, o en dos, o incluso en ninguno de ellos. Podía haber nacido después, pues no era probable que tuviese más de 40 años pero quizá sí menos de 35. Podía haberse criado en otra ciudad, más pequeña, o en un pueblo. Era imposible que lo hubiera hecho en otro estado. Nebraska formaba parte de sus obsesiones. Y también era factible que hubiese aprendido a limpiar huesos en cualquier parte, o vete a saber si estudiando la carrera o a través de algún manual bajado desde Internet. Aunque los expertos me habían advertido de que los restos habían sido tratados con gran pericia.

Lewis demasiado joven, Wilson demasiado inepto y Carter demasiado bueno. Taché una vez más sus nombres, y de nuevo me quedaban sólo Kemper y el profesor Martin sobre el papel, casi resplandecientes, con sus perfiles bastante ajustados al del asesino. Pero yo mismo había descartado a mi colega y Tom había desechado con sólidos argumentos al antropólogo. La cabeza me dolía a rabiar. Sentía que estaba en una montaña rusa y que a mi alrededor toda la investigación, todas las pesquisas, todas las elucubraciones concebidas hasta el momento pasaban a mi lado a gran velocidad, sin que pudiera hacer nada por aprehenderlas.

¿Podría Kemper haber estado jugando con todos nosotros desde el primer día? ¿Llevaría años colaborando con la patrulla estatal de Nebraska para apartar de él cualquier mínima sospecha? ¿Habría sido capaz de planear los asesinatos con tanta anticipación? ¿Era posible, como Tom sugería, que el profesor Martin contara con un aliado para llevar a cabo sus macabros crímenes, sentando un precedente inaudito en criminalística? ¿Podía realmente satisfacer sus fantasías más terribles el antropólogo con ese modus operandi tan peculiar?

Preguntas y más preguntas que me acuciaban y que no tenían una respuesta clara. Además estaba la teoría de Liz: "olvídate de todos esos sospechosos porque tu hombre será la pieza final del puzle, esa que da sentido a todo el conjunto".

Continuaba sumergido en mi particular pesadilla cuando llamaron a la puerta con suavidad. Era Clarice Brown. El día todavía podía ir a peor.

—¿Qué es lo que quieres? —pregunté, de la forma más desagradable que fui capaz.

—Sabía que no has abandonado el hotel en todo el día y pensaba que a lo mejor no has comido aún —contestó, mostrando una bolsa con hamburguesas, patatas fritas y bebidas.

—No tengo nada que hablar contigo —dije, comenzando a cerrar la puerta, aunque el pie de la periodista me lo impidió.

—Venga, que ni siquiera me has escuchado. No traigo un menú cinco estrellas, pero la carne te garantizo que es de primera.

Me quedé contemplando a Clarice, plantada delante de mí con su mejor sonrisa, y por un instante recordé a Vera Taylor, que de vez en cuando me mandaba algún mensaje al móvil invitándome a ir a Kansas para hacerle una visita. No sabía cómo mi mente había realizado aquella estrambótica asociación, pero la cuestión es que dejé pasar a la reportera.

—Almorzamos en diez minutos y me dejas en paz seguir trabajando.

Antes de que hubiese terminado la frase Clarice estaba sentada en mi cama disponiendo a duras penas sobre el colchón la comida que había traído consigo.

—Las cosas no van del todo bien, ¿me equivoco?

—Si has venido a tocarme las narices será mejor que lo dejemos ya mismo —respondí, malhumorado.

—Tengo algo para ti.

—No empecemos de nuevo, Clarice. No pienso llegar contigo a ningún trato.

—En Kansas todo salió bien…

—No deseo cometer los mismos errores que hace casi un año. Me comporté como un necio.

—Un titular.

—¿Qué?

—Sí, venga, no te cuesta tanto. Yo te echo una mano y tú me la echas a mí. Es más, ya me he portado bien contigo. Te anticipé lo del fémur, ¿lo has olvidado ya?

Eso me hizo pensar en Cooper. Y después en Lewis. Y en las portadas de los periódicos. Y también en la remota posibilidad de que de debajo de las piedras heladas de cualquier sitio olvidado de Nebraska surgiese un maldito imitador.

—Imposible olvidarlo.

—Entonces…

Recordé a las chicas, tal y como las había visto con vida en varias fotografías. Alegres, jóvenes y con la posibilidad de encarar un futuro plagado de oportunidades. Recordé mis breves encuentros con los padres de Jane y de Melinda.

—¿Quieres un titular a cinco columnas?

—En fin, yo trabajo para la CBS, una cadena de televisión, pero veo que has pillado el concepto. Sí, más o menos.

—Los cadáveres no sueñan —dije, pronunciando cada palabra muy despacio.

—No entiendo nada, Ethan. ¿Me estás tomando el pelo?

—En absoluto. Va muy en serio.

—¿Qué significa? ¿Has descubierto lo que simboliza la inscripción en el fémur?

—No, Clarice. Es lo que me dijo el padre de Melinda Clark mientras me hablaba de los planes de futuro que compartía con su hija,

esos proyectos que ya jamás podrá llevar a cabo. ¿Te gusta el titular?
La periodista se puso en pie, indignada, y tiró a la basura su hamburguesa, a la que sólo le había dado un pequeño bocado.
—Eres un memo. Yo no soy de ese tipo de personas. No vengo buscando porquería. Sólo quiero ayudarte y a cambio te pido que me eches una mano. Nada más. No creo que me merezca un trato como el que me acabas de dar. Te salvé el culo en Kansas y luego en mis reportajes te concedí todo el mérito. ¿Esta es tu manera de agradecer las cosas?
Me quedé durante unos segundos mirando a Clarice, que estaba realmente indignada. En la perorata que me acababa de soltar había mucho de verdad. No era una periodista tan detestable como otros con los que había tenido relación.
—Lewis, el chico que han detenido, no es culpable.
La reportera cambió su rictus de inmediato y volvió a tomar asiento, entusiasmada.
—En tal caso, ¿por qué lo han metido en el calabozo?
—Bueno, hay dos razones de peso. Una es que hay motivos para sospechar de él, pero su perfil está muy alejado del que hemos elaborado.
—Y la otra…

—Por vuestra culpa.

—¿Nuestra culpa? Ya empezamos de nuevo, Ethan.

—La prensa, la opinión pública, el Gobernador… El Capitán está soportando mucha presión y parece que si no arrestas a alguien, aunque sea inocente, no estás haciendo nada. De hecho alguno de tus colegas es lo que han sugerido en sus artículos. Es muy sencillo opinar de estas cosas sentado delante de un ordenador mientras te zampas un café con rosquillas.

—Yo no me comporto así. Creo que ya deberías conocerme mejor.

—No tengo tiempo para ver la televisión. Te pido disculpas —murmuré, irónico.

—De todos modos comprendo la situación. Es verdad que hoy, tras la detención de ayer, todo parece más tranquilo.

—Pero no hablamos del daño que se causa al inocente. No es que el tal Wilson me parezca un tipo que merezca la compasión de nadie, pero tampoco es justo endosarle tres crímenes horrendos. Cuando todo se aclare, y lo aclararemos, a ver quién repara el perjuicio que le hemos causado…

Clarice ladeó levemente la cabeza, creo que simulando una conmiseración que en realidad no sentía. Un segundo después volvía a clavarme sus ojos traviesos y avispados.

—En tal caso puedo, digamos, especular con la posibilidad de la inocencia de Wilson debido a que no coincide con el perfil creado por el FBI.

—Ni se te ocurra mencionar al FBI.

—En fin, con el perfil elaborado por los expertos.

—Así está mucho mejor.

—Si lo meditas bien, en el fondo le estaremos haciendo un favor a Wilson.

—Lo sé, por eso ese es el titular que quiero que saques —manifesté, aunque había otra razón: cobrarme una especie de venganza con Cooper. Despreciable por mi parte, pero así me manejaba en aquella época.

—Esta misma noche saldrá en las noticias —dijo la periodista, entusiasmada.

—Y tú, ¿qué tenías que contarme?

El rostro de Clarice se ensombreció. Tuve la impresión de que mantenía charlas discretas con todos los implicados en el caso y que sabía más que ninguno de nosotros. Era muy lista. Ya entonces sabía que llegaría muy lejos.

—Jayson Carter no os ha contado toda la verdad.

—¿Cómo? He ido a ver a ese hombre y al cabo de un rato tenía claro que es inocente; han registrado su casa y hasta ha pasado la prueba de polígrafo, aunque a mí no me merezca demasiada confianza.

—Yo no estoy diciendo ni que haya mentido ni que sea culpable. Yo sólo sé que hay algo de su pasado que no conocéis y que a lo mejor merece la pena que investigues.

## Capítulo XXXIII

Clarice Brown no quiso revelarme ni sus fuentes ni lo que había averiguado, sólo me prometió que me daba una ventaja de 72 horas para que yo hiciese las pesquisas que considerase oportunas. Muy poco tiempo. Decidí que lo mejor era ir directamente al grano y no andarme con rodeos. Esa misma noche, mientras en la CBS hablaban de la más que posible inocencia de Donald Wilson yo telefoneaba primero a Carter para citarme en su casa al día siguiente por la mañana y después a Tom para que viniese a recogerme al hotel. Pasé la madrugada en vela: entre mis libretas, Internet y los malditos listados que me llevaban de cabeza.

A las nueve recibí la llamada del Capitán, que estaba de bastante mal humor.

—Ha sido usted, ¿verdad, hijo?

—No entiendo qué he podido ser yo —respondí, en un alarde de hipocresía que rayaba en lo grotesco.

—Usted conoce a esa joven presentadora de la CBS, lo sabemos. Nadie más ha podido decirle que Wilson quizá sea un inocente metido entre rejas debido a las presiones de la comunidad.

—Señor, tengo una reunión y mi colega de Washington está esperándome en la puerta del hotel. Es importante.

Noté la respiración agitada de Cooper a través del teléfono. Como en otras ocasiones, intentaba templar sus nervios.

—Haga lo que tenga que hacer, pero deseo mantener una reunión con usted. De momento esto quedará entre los dos, a fin de cuentas yo también he utilizado a la prensa. No llamaré a su jefe, pero necesito una explicación sólida y convincente o solicitaré su relevo inmediato de la investigación. ¿Me ha comprendido?

—Perfectamente señor —respondí, con toda la humildad y serenidad que fui capaz de reunir.

En el hall del hotel ya me aguardaba Tom, impaciente. Su coche, nuevamente, estaba mal estacionado justo delante de la puerta de The Cornhusker.

—Jefe, ¿cuándo vas a aprender a ser puntual?

—Y tú cuándo narices vas a respetar las normas que un agente federal no debe saltarse…

—No me hables de normas, precisamente tú. Bueno, ¿dónde vamos?

—A la casa de Jayson Carter.

Tom se llevó la mano a la cabeza pero no replicó. Durante el trayecto le dije que aparcase el vehículo a dos manzanas de la vivienda de Carter, pues quería encontrarme con él de nuevo a solas. Por algún motivo, inexplicable, que todavía hoy sigue sin respuesta lógica, recordé las advertencias que Juliet me había dejado escritas en una nota, de modo que le pedí a mi colega que si al cabo de un par de horas no daba señales de vida pidiese refuerzos y entrase al domicilio usando la fuerza.

—Jefe, no me gusta un pelo esta historia. Lo que hicimos en Kansas no estaba del todo bien, pero al menos no nos jugábamos el pellejo. Si tienes serios recelos sobre ese tipo será mejor que te acompañe.

—Tom, no sé ni lo que tengo. Ando perdido entre listados, conjeturas, una médium, sospechosos descartados y periodistas reservados. Apenas he descansado los últimos días y siento que el cerebro dobla el tamaño de mi cráneo, ¿te haces una idea?

—Pues no, para qué engañarte.

—Encima hace un rato Cooper ha amenazado con retirarme de la investigación.

—Menos mal que tenemos un día precioso. Imagina que además estuviese nevando —musitó mi colega, con esa capacidad suya para poner al peor tiempo buena cara.

—Tienes razón, si nevase todo sería una auténtica mierda. Estamos salvados.
Cuando me bajé del coche las piernas me temblaban. Hacía muchos meses que no estaba tan nervioso, quizá años. Pese a todo en cuanto Carter me abrió la puerta de su casa me relajé. Aquel hombre irradiaba paz y sosiego. No podía ser el asesino, ¡era inverosímil!
—Me alegro de volver a verle. Ya le dije que estaba a su disposición para lo que necesitase.
Me invitó a entrar en su domicilio y nos sentamos en el salón. La casa era maravillosa, una de esas que sólo se ven en las revistas de decoración. O él, o su esposa, o posiblemente ambos, tenía un gusto exquisito; además, por descontado, de una posición económica bastante desahogada.
—Me encanta el salón. Yo no saldría de esta casa jamás —murmuré, tratando de no resultar demasiado adulador pero amable.
—Muchas gracias. Es una pena que mi mujer y los niños no estén para escucharle. La primera se halla trabajando y los críos en la escuela.
—Casi mejor así. Vengo a preguntarle sobre un tema delicado.
—Le escucho.

—No me andaré con rodeos. Sé que nos oculta alguna información. Algo relativo a su pasado.

Carter sacudió la cabeza. Se puso en pie y entre su envergadura y la expresión de su mirada no pude evitar sentir un cierto desasosiego. Eché de menos no llevar un arma encima.

—Sigo en su lista de sospechosos, ¿me equivoco?

—No, en absoluto. Ni siquiera estoy sugiriendo que nos haya mentido. Me ha llegado cierta información y sólo necesito contrastarla con usted.

—¿Tiene que ver con la época en la que era sólo un niño?

—Sí —respondí, aunque no tenía la menor idea de qué se trataba. Me estaba tirando un farol y ya no había otra opción que seguir jugando la partida hasta el final.

—No me gusta hablar demasiado de mi infancia, imagino que lo comprenderá.

—Entonces, ¿está dispuesto a sincerarse conmigo?

—Primero será mejor que le prepare algo. Deseo que ambos estemos cómodos. ¿Qué quiere?

—Cualquier cosa me sentará bien a estas horas. Lo dejo a su antojo —respondí, por cortesía, aunque inquieto.

—Vuelvo enseguida.

Carter me dejó a solas en la estancia. Al cabo de un minuto lo escuché trasteando en la cocina, que debía ser la pieza contigua de la vivienda. Contemplé mis manos y descubrí que estaba temblando. Imaginé que la sugestión provocada por las premoniciones de Juliet generaba estragos en mi ánimo.

Para que el tiempo pasase de una forma más acelerada en lugar de quedarme sentado contemplando la chimenea me paseé por el salón y me puse a curiosear. Fotografías de la familia, libros, un juego de té fabricado a las afueras de Londres y colecciones de cajas de galletas antiguas adornaban las estanterías. De algún modo llegué hasta una mesita de nogal, ubicada junto a un confortable sillón de lectura, y descubrí que sobre ella descansaban algunas fotografías sin enmarcar y libros cuya encuadernación desentonaba con los que había en los anaqueles. En la primera instantánea aparecía una mujer de unos treinta y pocos años acompañada de dos niños, uno rubio y espigado y otro moreno y más fornido. La joven tenía una expresión ausente y severa, mientras que los chavales sonreían a la cámara. Ella se apoyaba con su mano derecha sobre un bastón.

Arrastrado por el instinto aparté las fotos y cogí los libros que había justo debajo para consultarlos. Mientras lo hacía un frío que surgía de lo más profundo de mis entrañas me helaba la sangre del cuerpo. El primer tomo era una edición barata de la trilogía completa de El Señor de los Anillos; el segundo un breve manual, con encuadernación de librería y con el sello de la compañía de osteotécnia de Newton, sobre cómo llevar a cabo la limpieza de huesos de animales para su posterior exposición; y el tercero una copia de la Biblia Satánica de LaVey, en cuya portada negra había dibujado un pentagrama en rojo rodeado por dos circunferencias. En el interior de este hallé varios dibujos hechos mano, la mayoría de ellos encabezados por la cruz satánica. Debajo de los mismos estaban cada una de las denominadas *declaraciones satánicas*, que en total eran nueve. Mis dedos, que apenas respondían a mi voluntad con diligencia, extrajeron la declaración número cinco, pues estaba subrayada varias veces, con un trazo frenético, en un color púrpura bastante singular. Rezaba así: «¡Satán representa la venganza, en lugar de ofrecer la otra mejilla!». Apenas había terminado de leer aquella sentencia tan contundente como escalofriante Carter apareció en el salón portando una bandeja en la que había varios sándwiches y un par de vasos con refresco. Se me quedó mirando, casi extasiado, y yo comprendí por primera vez en toda mi existencia el significado de la palabra pánico.

## Capítulo XXXIV

—¿Qué se supone que está haciendo, Ethan?
Apenas escuché la voz de Carter se me escaparon de las manos el libro y los dibujos, que quedaron esparcidos por el suelo. Estaba a solas con un asesino de mayor envergadura que yo y no llevaba pistola encima con la que amedrentarle.
—Jayson, no cometa ninguna estupidez. Tengo un compañero del FBI aparcado enfrente de la casa y ya vienen refuerzos en camino. Lo mejor es aceptar las cosas como son y no empeorarlas más todavía.
Carter me miraba con los ojos muy abiertos. Pese a todo, tuvo la sangre fría de posar sobre la mesa la bandeja con absoluta parsimonia. Entretanto yo lamentaba mi bisoñez y la poca capacidad de reacción frente a un momento de tensión como el que estaba viviendo. Tampoco había sido formado para ello. Los agentes especiales de la Unidad de Análisis Conducta elaboramos perfiles, expresamos opiniones, visitamos escenas del crimen, leemos informes y expedientes y realizamos interrogatorios en espacios seguros, como oficinas de policía,

instalaciones del FBI o penitenciarías; pero nunca, jamás, nos dedicamos a detener a cualquier sospechoso.
—¿De qué está hablando? —preguntó Carter, que como actor no tenía precio, pues parecía realmente desconcertado.
—Lo sabe perfectamente. Aunque no lo crea, lo conozco mejor de lo imagina. Estos dibujos, esas fotografías y los libros le acaban de delatar. Cometí un error garrafal al tacharlo de mi lista, pero el destino ha querido que todo encaje de una maldita vez. Es usted el responsable de al menos tres asesinatos horribles, y quién sabe si de alguno más. Tendremos tiempo para hablar de ello. Ahora le ruego que se siente mientras realizo una llamada —dije, con la absurda esperanza de que todo saliera bien, de que no surgiese ningún contratiempo y de que mi seguridad personal no corriese riesgo.
—Puede telefonear a quien le plazca. No tengo absolutamente nada que ocultar. Y, sinceramente, no comprendo qué pueden significar esas cosas que ha encontrado en la mesilla, pero por lo pronto le advierto de que no me pertenecen.
—¿Qué insinúa con eso de que no son suyas?
Supuse que Carter, desesperado, intentaba desviar mi atención, pergeñar una última treta con la que ganar tiempo.

—Son de mi hermano, me las dejó aquí anoche y me pidió que se las guardase durante unos días. Son recuerdos de los que no quiere deshacerse y me comentó que estaba pensando en mudarse y que nadie mejor que yo para tener las cosas de mamá a salvo de cualquier percance.

—¿Su hermano? Jayson, usted no tiene ningún hermano… ¡Está delirando! —exclamé, tentado de salir corriendo. Ya lo había contemplado, pero no conocía bien la puerta y tenía muy claro que Carter podía darme alcance. Hubiera percibido mi acción como una amenaza directa y no hubiese dudado en matarme usando sus propias manos.

—¿Nos podemos sentar? Deme sólo cinco minutos y luego haga su llamada. Precisamente era lo que estaba a punto de contarle antes de que usted perdiese la cabeza.

Opté por seguirle el juego. Sabía que las manecillas del reloj corrían a mi favor y que lo que en un momento determinado no era otra cosa más que un engaño en breve se convertiría en realidad: decenas de agentes irrumpirían en aquel salón y todo estaría arreglado.

—Conforme. Le escucho —murmuré, tomando asiento a la vez que él.

—En realidad no es mi hermano, aunque durante mis años de infancia lo tomase como tal. Efectivamente yo soy hijo único, pero mi madre digamos que adoptó temporalmente al hijo de una amiga con los mismos problemas que ella o quizá peores. Lo que iban a ser sólo unos meses se alargó. Jamás volvimos a saber de ella.
—¿Adoptó? Puede explicarse mejor, Jayson. Todo lo que me está contando no parece más que un montón de patrañas sin pies ni cabeza.
—Le he dicho que es una forma de hablar. No fue una adopción legal. Cuando Brian tenía siete años se vino a vivir con nosotros. Yo por entonces contaba con once, de modo que lo recibí encantado.
—Y esas fotografías son de ustedes…
—Sí, unas pocas en las que estamos juntos. A mi madre no le gustaban las fotos. A mi madre, la verdad, le gustaban pocas cosas.
—¿Su madre era coja?
—Sí. Sufrió un accidente doméstico, uno de los muchos días en los que estaba completamente borracha, y se rompió los ligamentos de la rodilla. Lo dejó pasar y para cuando quiso arreglarlo ya era demasiado tarde.
Mientras escuchaba hablar a Carter me repetía una y otra vez que no podía caer en

la trampa de un hábil manipulador. No estaba adiestrado para la lucha cuerpo a cuerpo ni para realizar un arresto, pero sí para no dejarme embaucar. Muchos asesinos en serie organizados, con un alto cociente intelectual, se valen de su ágil imaginación y fluida verborrea no sólo para seducir a sus víctimas sino también para manejar a su antojo a todo el que se le ponga enfrente.

—Comprendo. Y, ¿qué me dice de los libros?

—Sus obsesiones: El Señor de los Anillos y esa dichosa Biblia Satánica. En casa había varias cruces repartidas por las habitaciones. Decía que nos protegían del mal. Ethan, la personificación del mal, por desgracia, era ella; y Brian, que tenían un carácter más rebelde que yo, sufrió las consecuencias.

—¿Y el manual? ¿También se dedicaba a la taxidermia?

—No. Ayer le eché sólo una ojeada. El manual no pertenece a mi madre. Imagino que será de Brian y le tendrá un aprecio especial. Jamás lo había visto antes.

—Jayson, sabe una cosa, creo que se lo está inventando todo para salir airoso de esta —dije, pese a que todo su relato encajaba con la realidad de una manera tan asombrosa que me parecía completamente verosímil.

—Le estoy siendo franco. Ahora ya usted decide qué hacer, pero si cree que soy el que mató a esas pobres chiquillas está equivocado.

Carter resultaba tan convincente que me hizo dudar. Su rostro no reflejaba ni un atisbo de ira, al contrario: se compadecía de mí. Opté por darle una oportunidad.

—¿Dónde vive su hermano, o lo que sea, Brian?

—En Des Moines.

Cuando escuché el nombre de la capital de Iowa di un pequeño respingo. Era absolutamente imposible, salvo que tuviese un infiltrado en la patrulla estatal, que su fértil creatividad pudiera estar encajando las piezas del rompecabezas con tanta exactitud. Pero incluso en el caso de que conociese a algún agente, ¿cuántos en verdad estaban al corriente de la teoría de Des Moines?

—Jayson... ¿Cómo se llama su hermano? —pregunté, estremecido por la emoción, mientras en mi cabeza se agolpaban los montones de nombres que había en los listados. Los había memorizado tan bien que sería capaz de relacionarlo de inmediato.

—White, Brian White.

No pude reaccionar. De súbito la puerta de la vivienda de Carter era echada abajo por un grupo de agentes especiales de operaciones de Omaha, que precedían a Tom. Mi colega, preocupado, no había agotado el tiempo pactado y a la media hora había lanzado un aviso de emergencia.

## Capítulo XXXV

Hay algo que tardas años en aprender en esta profesión, y es que la suerte también juega un papel en la resolución de un caso. No es protagonista, pero en ocasiones resulta crucial. Desde luego sin haber trabajado con denodado esfuerzo, sin haber dedicado horas y horas a pensar y sin la colaboración inestimable de las decenas de personas implicadas en una investigación aunque la fortuna te ponga delante de las narices una evidencia trascendental no serás capaz de atar los cabos.

Yo no estaba en la casa de Jayson Carter por casualidad; yo no me quedé atónito al descubrir las fotografías, los dibujos y los libros por casualidad; y muchísimo menos yo no relacioné de inmediato el nombre de Brian White con el listado de alumnos que habían asistido a un curso de osteotecnia en el estado de Iowa por mera casualidad. En absoluto: todo era fruto de semanas dejándonos la salud para evitar que una nueva joven viese su futuro cercenado de cuajo. Pero sí que el azar había jugado a mi favor seguramente sólo por unas horas:

llegué a la vivienda de Carter justo la mañana después de que White le hubiese confiado a su *hermano* los objetos que lo vinculaban con el perfil que Kemper y yo habíamos elaborado y con el símbolo satánico que con tanto acierto Mark había desvelado. Quizá, y sólo quizá, si me hubiese retrasado unos minutos Jayson ya hubiera guardado aquellas cosas en un armario y como su casa ya había sido registrada nunca los habríamos hallado. O podía haber ido la tarde anterior, sólo momentos antes de que estuvieran sobre la mesita del salón. Sí, el destino había sido generoso conmigo y con la vida de muchas chiquillas inocentes.

Jayson Carter no fue ni tan siquiera esposado, ni detenido. Colaboró desde el primer segundo. Llevaba años sin mantener apenas contacto con aquel hermano de singular adopción que había sufrido en sus carnes la cólera y la frustración de una mujer alcoholizada, inmersa en una profunda depresión, entregada a un panfleto satánico que le devolvería la dicha de mejores tiempos. ¿Qué había vuelto a unir a ambos? En septiembre de 2015 Carter telefoneó a White para comunicarle que su madre había fallecido y que si lo deseaba podía asistir a su entierro. Y acudió. Contrariamente a lo que debiera haber sucedido los fantasmas horrendos del pasado de Brian despertaron enfurecidos: la fantasía que había engendrado en la niñez de acabar con aquella madre cruel, que lo encerraba constantemente en una habitación a oscuras, apenas iluminada por una cruz satánica que desprendía un tenue destello rojizo, que lo maltrataba física y psicológicamente y que se negaba a admitir que el pequeño era una especie de genio en ciernes, se desató con inusitada violencia. Era el estresor que habíamos andado buscando y que no hallábamos por ninguna parte.

Carter invitó a su compañero de infancia a acudir a su asociación, tanto para superar el pasado como para disfrutar de la paz interior que el ayudar a los demás concede. Un arquitecto de éxito como él, que residía en una maravillosa casa a las afueras de Des Moines, en compañía de una esposa adorable y de dos hijos estupendos, que había sido capaz de sobreponerse a un trauma terrible, sería un ejemplo para muchos de los desdichados que asistían a las reuniones. Pero White se tropezó al poco de incorporarse con las mismas mujeres de lo que él consideraba eran la reencarnación de la señora Carter: chicas de la misma edad que ella tenía cuando se quedó embarazada, con los mismos problemas de drogadicción y que tenían planeado ser madres a corto o medio plazo. No podía permitirlo: tenía que acabar con ellas para evitar el sufrimiento de niños indefensos que podrían transformase en monstruos parcialmente adaptados a la sociedad, pero bestias al fin y al cabo que detestaban a todos los seres humanos.

White, como muchos asesinos en serie de características semejantes, bien asesorado por un abogado de prestigio, se declaró culpable y llegó a un acuerdo con la fiscalía. Sabía perfectamente que gracias a nuestras leyes algo laxas, creadas para fomentar la reinserción de los presos y para proteger a los inocentes de los improbables fallos del sistema, en diez o doce años, mostrando un comportamiento intachable, podría estar paseando en libertad por las calles de Des Moines. Dada su situación, una perspectiva de ensueño.

La gente de Cooper no tardó en localizar unos terrenos pertenecientes a la familia de la esposa de White, funcionaria, como habíamos predicho, y los peinaron palmo a palmo. Gracias al uso de georadares fue relativamente sencillo hallar los huesos de las tres víctimas y algunos trofeos: sus tarjetas de identificación y alguna prenda personal. Yo, como debía hacer, me mantuve al margen. Cooper y yo hicimos las paces y

ambos recibimos las felicitaciones del Gobernador, del director del FBI, de toda la comunidad y de la prensa local, estatal y nacional.
Clarice Brown volvió a dedicarme elogios desproporcionados en el informativo de la CBS, recordando que Ethan Bush ya había sido decisivo en Detroit primero y en Kansas después. Ahora había dado caza al «asesino del fémur». Hablaba de mí como de un héroe de película, con una fotografía sobreimpresionada que me habían tomado cuando abandonaba por fin, tras una larga estancia, The Cornhusker. Ella también había vuelto a ser decisiva. Tom, que tanto me había dado al indagar acerca de Jane Harris, se había relajado, como temía, husmeando en el pasado de Jayson. La periodista no: le había llegado el chivatazo de que al menos durante siete u ocho años otro niño había compartido la casa de los Carter, un chiquillo introvertido pero muy inteligente. White tenía unas calificaciones excelentes, había cursado estudios de primaria y secundaria en Omaha y había tenido conflictos con profesores y alumnos, llegando a la agresión física. Sus problemas de adaptación social habían sido muchos y de diversa índole. Pero jamás realizó un test de inteligencia: su madre adoptiva se negaba

en redondo, pues creía que eso no valía para nada; además consideraba a Brian un inútil que no hacía otra cosa que amargarle la existencia y leer como un poseso todo lo que caía en sus manos. Un engendro que sólo merecía ser sacudido una y otra vez hasta que se comportase como era debido.

La prensa sensacionalista fue menos complaciente con nosotros y publicó reportajes en los que se nos tildaba poco menos que de ineptos por haber tardado tanto en dar con el culpable de los crímenes. Ya lo he comentado varias veces en estas memorias y suelo recordarlo en los cursos que imparto: resolver un caso se parece mucho a explicar un truco de magia, una vez lo has desvelado todo parece sencillo y casi ridículamente obvio. White era arquitecto y se había pasado años trabajando en los alrededores de Halsey, Wayne y Geneva, precisamente los sitios en los que habían sido abandonados los restos. Datos que pudimos corroborar a posteriori, cuando ya teníamos su nombre sobre la mesa y sólo estábamos terminando de rematar el puzle. También algunos asistentes a las reuniones del "Centro para la recuperación del espíritu" declararon, imagino que a cambio de unos pocos dólares, que Brian llevaba tiempo viéndose con las víctimas y que incluso quedaba en ocasiones con ellas. Hubiera sido genial que esa información nos la hubieran facilitado a nosotros antes. Para rematar la jugada un par de compañeros de clase de primaria a los que Brian había violentado, vete a saber los motivos, señalaron que para ellos era evidente que de mayor se convertiría en un asesino y que la policía debía ser más contundente con los preadolescentes que cometían faltas graves. Analizar los hechos mirando por el retrovisor siempre es demasiado fácil.

Una vez todo hubo terminado solicité mantener una entrevista con Brian White. Emulando a los agentes de la antigua Unidad de Ciencias del Comportamiento a los que más admiraba, deseaba poder conocer a fondo la mente de los criminales a través del contacto directo y personal con ellos y enriquecer tanto mi experiencia como la base de informes detallados de la UAC. Me llevó cerca de un mes obtener el permiso por parte de Peter Wharton, mi jefe, pero finalmente lo conseguí.

White cumplía condena, para mi desgracia muy benévola, en la Penitenciaría Estatal de Nebraska, ubicada al suroeste de Lincoln. Cuando lo tuve delante de mí, separados sólo por una mesa anclada al suelo, descubrí a un hombre de cabello oscuro, piel bronceada, mirada astuta y modales exquisitos. Nada que no imaginase de antemano. Nos presentamos y le expliqué el motivo de mi visita y no tardó en aceptar colaborar conmigo y con el FBI. No tenía demasiado claro si sólo deseaba jugar un rato o por el contrario de allí obtendría datos valiosos de cara al futuro, pero no había nada que perder.

—Me atrapó. Es usted tan inteligente como yo, Ethan. Nos parecemos.

—Brian, no nos parecemos absolutamente en nada. Yo no voy por ahí matando a unas pobres jóvenes.

—He librado a la sociedad de un mal seguro. Deberían estar agradecidos, en lugar de tenerme entre rejas.

—¿De un mal seguro? Así es como justifica sus crímenes…

Mi tono no era desafiante, pues yo quería que hablase y cualquier impertinencia o agresión por mi parte provocaría que se cerrase en banda. Pero tampoco era condescendiente.

—Así es como mucha gente justifica sus crímenes. Alguien entra en su propiedad en mitad de la noche y usted tiene derecho a pegarle un tiro. Quizá sólo iba en busca de algo que otro amigo había lanzado al jardín medio en broma y en lugar de molestar a los propietarios intentó recogerlo por sus propios medios, sin más. Da igual.

—Las cosas no funcionan así.

—Claro que sí. ¿Por qué invadimos países? ¿Por qué lanzamos dos bombas atómicas sobre Japón? La respuesta es sencilla: porque deseábamos evitar un mal mayor. Al menos eso se supone, ¿no? Yo sólo he salvado a unos niños que hubieran tenido una vida tan horrible como la mía.

—¿Desde cuándo fantaseaba con matar a su madre adoptiva?

White me miró casi un minuto, en silencio. Sus ojos transmitían ira y sabiduría al mismo tiempo, algo extraño y fascinante.

—Al cabo de unos meses ya la odiaba. Me trataba como un perro. Me pegaba sin motivo y destrozaba alguno de los libros que sacaba de la biblioteca o que me habían prestado los dos o tres amigos con los que contaba. La respuesta a mi ira la hallé en su maldita Biblia Satánica, en la declaración número cinco: «¡Satán representa la venganza, en lugar de ofrecer la otra mejilla!»

Recordé el instante en que descubrí los libros en la mesilla de la vivienda de Carter. Y también, debo admitirlo, pensé en Juliet. Seguía siendo un misterio cómo había sido

capaz de vaticinar algunos sucesos relacionados con la investigación.
—Y después, ¿qué ocurrió?
—Conseguí alejarme de ella. Seguía teniendo pesadillas y seguía deseando matarla, pero no lo hice. Estaba lejos y ya no martirizaba a nadie. Bueno, salvo a ella misma.
—Y entonces su hermano, digamos, le telefonea y le cuenta que ha muerto y que van a enterrarla…
—Sí, ahí comenzó nuevamente mi vía crucis. Qué irónico, ¿verdad?
—¿Por qué eligió a esas chicas?
—Porque eran igualitas a ella.
—¿Por qué se detuvo?
—Porque no encontré a ninguna más. También medité acerca de la posibilidad de cambiar de asociación. Jayson, aunque fuera complicado seguirle el rastro, les podía conducir hasta mí. No me equivoqué…
—Entonces, la cadencia mensual, ¿fue fruto de la casualidad?
—No, en absoluto. Estaba planeado así. Pero tampoco podía acabar con la vida de una joven a la ligera. Sólo debía hacerlo con las que se lo mereciesen, de modo que hasta que no encontrase a otra no pensaba actuar. También está relacionado con todo el proceso de limpieza de los huesos, que no es sencillo. Pero no soy un degenerado.

Aquel tipo me revolvía las tripas. Pese a todo, sus ademanes estudiados y elegantes y su voz pausada y tenue resultaban horriblemente agradables.

—¿Hubiera seguido matando?

—Seguro que sí. Cometí algunos fallos. Imperdonable. Hubiera mejorado. Enterrar los restos en la finca de mis suegros o entregarle mis cosas a Jayson fueron errores vulgares, impropios de alguien como yo. Me di cuenta con el paso de las semanas de que aquellos terrenos no eran el lugar más indicado, pero ya era tarde. Medité la posibilidad de cambiarlos de sitio, pero la llegada del invierno complicó las cosas. Jayson me había puesto al corriente de que habían registrado su vivienda, de modo que consideré que ningún agente volvería a molestarle. No contaba con un tipo tan sagaz como usted.

—Así son las cosas, Brian. Nadie es tan inteligente… Lo impredecible, el caos, forma parte de nuestra existencia.

—Lo sé. Por eso detesto a la humanidad. De un superdotado puedes esperar con más o menos certidumbre qué hará, pero de un imbécil jamás.

—¿Acaso se insulta a sí mismo?

—No me haga reír. Sabe a lo que me refiero.

—Su mujer y sus hijos están destrozados, ¿no le afecta?

—Vagamente. Puedo soportarlo.

—¿Qué significaban esas inscripciones en los fémures?

—Nada. Un entretenimiento. Ella sólo leía dos malditos libros: la trilogía de 'El Señor de los Anillos' y la Biblia Satánica. Ya ve, toda una heroína. La inscripción era para despistarles, pero también un homenaje.

—¿Y dejar así los huesos, formando la cruz satánica con ellos?

White volvió a clavar sus pupilas en mi rostro. La pregunta le había herido en su orgullo, que no conocía límites.

—Otro lamentable fallo. Me martiriza. Ya he leído sobre ello. Algunos psiquiatras hasta me han escrito para que les comente aspectos relacionados con ese patrón. No lo he hecho. Me asquea. No sé ni cómo lo hice. Colocaba los huesos de una manera determinada, era evidente, pero jamás lo vinculé con la maldita cruz. Aquella bruja me dejó marcado más de lo que yo mismo tengo asumido.

—¿Por qué los limpiaba tan a fondo?

—Cuando era niño nos llevaron a un museo a ver esqueletos. Tras eso siempre que me encerraba en el cuarto me la imaginaba desmembrada. Deseaba hurgar en su rodilla maltrecha. Me obsesioné con los huesos. Hice el curso de osteotécnia y después me dediqué a mejorar el oficio por mi cuenta. Además, también sabía que les complicaría la labor. No se lo iba a poner tan fácil.

—¿Por qué limpiar con tanto esmero los huesos y después dejarlos en lugares en los que sabía que más pronto que tarde serían hallados?

—En alguna parte tenía que dejarlos, ¿no cree? Eso carece de importancia.

—Pero, insisto, los abandonó en Halsey, Genava y Wayne, sitios en los que había prestado sus servicios. ¿Qué pretendía?

—No me va a creer —respondió Brian, en un tono de voz distinto; más suave, más confidencial.

—Pruebe.

—Una parte de mí deseaba que me apresasen. Igual que ella me metió a satán en el cuerpo creo que Jayson consiguió dotarme de algo de compasión. Había un conflicto en mi interior. No me arrepiento de lo que he hecho, pero no sé qué pensará ahora él de mí.

—¿Ha vuelto a mantener contacto con su hermano?

—No. Lo ha intentado, pero me he negado. Quizá más adelante.

—Y Melinda, ¿cómo copió la cruz satánica en su libro de maternidad?

—No lo sé a ciencia cierta. Ya ve, otra estupidez. Un par de veces llevé conmigo la Biblia Satánica a las reuniones e imagino que le llamaron la atención los dibujos. En realidad no tengo la menor idea.

—¿Por qué secuestró a Jane Harris en su pueblo y sin embargo a Gladys y a Melinda a la salida de las reuniones?

—Corría menos riesgos. Jane fue la primera y quizá podía haber sido la última si se hubiesen empleado a fondo.

Encajé la repugnante observación sin inmutarme. Sin embargo, de buena gana le hubiera soltado un puñetazo allí mismo.

—Tenemos claro que las secuestraba, sin usar la fuerza, y que después las reducía, las mataba y las desmembraba. Más tarde limpiaba los huesos, abandonaba una parte y otra la enterraba en la finca de sus suegros, junto a otros enseres de las víctimas. Pero, ¿dónde hacía todo eso? En los terrenos no hemos hallado nada más.

—Es fascinante, ¿verdad?

—No, no lo es. Pero resulta relevante para el informe que pretendo elaborar.

—Tendrá que pensar.

—No estoy aquí para perder el tiempo.

—Pues hoy no le voy a dar ese gusto, Ethan. Así, si algún día le interesa, tendrá que volver a visitarme. No crea que por aquí hay muchos individuos tan interesantes como usted. Me han encerrado con escoria. Sólo me quedan los libros…

Disgustado, estimé que la entrevista había llegado a su fin y me despedí con sobriedad de Brian White. No deseaba volver a cruzarme con él el resto de mi vida, pero por desgracia el destino me tenía deparada una terrible sorpresa.

# Capítulo XXXVI

A finales del verano de 2016, y después de haber participado con éxito como asesor a distancia en un par de casos en los que se requería elaborar un perfil a partir de distintas escenas del crimen y de otras evidencias poco precisas, consideré que había llegado el momento que tanto tiempo había postergado: reunirme con Wharton para hacerle una petición insólita.

—No, Ethan. Ese no es tu cometido, ni el de la Unidad de Análisis de Conducta, ¡ni tan siquiera el del FBI! —exclamó mi jefe, malhumorado.

—Peter, he cumplido. He trabajado duro y esta división ha tenido una publicidad bastante ventajosa gracias al esfuerzo de mi equipo.

—No tienes equipo. Deja de hablar como si fueras el jefe de alguien. Eres un agente especial excepcional, con todo lo bueno y lo malo que comporta, pero nada más.

Wharton intentó ponerme en mi sitio, pero no me conocía. Era verdad, Brian tenía su parte de razón, y en el fondo había rasgos de nuestra personalidad que estaban conectados.

Uno debido al maltrato y yo, por el contrario, a causa de unos mimos excesivos, de una vida plácida en la que casi siempre había conseguido lo que había deseado.

—En tal caso no sé si estoy en condiciones de continuar —murmuré, seguro y firme.

—¿Qué clase de sandeces estás diciendo?

—Tengo pesadillas. No soy capaz de superarlo. No quiero tomar pastillas, no quiero vivir drogado. Creo que la única forma de dejar este asunto atrás es zanjándolo, resolviéndolo de una vez. Si no es con el FBI me convertiré en detective privado y lo investigaré por mi cuenta.

—Estás perdiendo tu sano juicio…

—Puede ser. No lo descarto —musité, como el niño malcriado e inmaduro que seguía siendo.

—Además, Ethan, nosotros no podemos reabrir el caso de Sharon Nichols, ¿comprendes? No está ni siquiera en mi mano. Sé razonable y no te comportes como un idiota.

Yo no deseaba, ni de lejos, abandonar el FBI. Estaba allí por mi padre, era una manera de mantener vivo su recuerdo y de vengar cada día su muerte, su pérdida. Pero descubrir quién había acabado con la hija de Patrick también. La mente humana es compleja, única, y las relaciones de causa y efecto que se establecen en cada individuo son en ocasiones insondables, mucho más para uno mismo.

—Peter, no hace falta que el FBI reabra el caso para que yo me implique en él.

Wharton se sentó en el borde de su mesa y soltó un largo resoplido. Estaba agotado, posiblemente cansado de mí y de mis estupideces. Pero no quería perderme.

—Explícate, por favor.

—Sólo es preciso que alguien en Kansas lo haga y que desde allí soliciten la colaboración de la agencia. Entonces sólo tendrás que autorizar mi intervención. Nada más.

—¿Qué diablos estás maquinando?

—No quiero una pregunta, Peter; necesito una respuesta antes de contestarte.

—Está bien. Si sucede tal y como me lo acabas de contar te daré esa dichosa oportunidad. No me estás dejando otra salida.

Me quedé sonriendo, porque mientras hablábamos ya había conseguido trazar un plan tan disparatado y absurdo como formidable.

—Gracias. De verdad que te lo agradezco. En menos de un mes tendrás lo que precisas y podremos saber de una vez por todas quién mató a Sharon Nichols.

**LIBÉLULAS AZULES**

Ya disponible la tercera entrega de
La serie Ethan Bush
¿Quién mató a Sharon Nichols?
Cómprala AQUÍ:
relinks.me/B0174Z1RQO

# LOS CRÍMENES AZULES

Disponible la primera entrega de Ethan Bush

**Cómprala AQUÍ:**

rxe.me/X7NA0XO

# GRACIAS LECTOR

*Si te ha gustado la novela, el mejor favor que puedes hacerme es dejar un comentario positivo en la página del libro en Amazon. Estarás contribuyendo a la difusión de la Literatura, y me estarás ayudando a seguir escribiendo nuevos libros.*
*Con afecto,*
***Enrique Laso***

# RELATO REGALO

Por fin había dado con el lugar soñado. Quizá dejase atrás de una vez por todas sus problemas, esos malditos *problemas* que llevaban acuciándole desde hacía unos años. La casa estaba en lo alto de una pequeña colina, justo a las afueras del insignificante pueblo. Era una maravillosa construcción de estilo victoriano, preciosa y alejada del bullicio. Exactamente lo que necesitaba para recuperar el sosiego y regresar a su profesión: la arquitectura.

—*Se nota que lleva un tiempo abandonada, pero no está en mal estado* —le dijo, animoso, el agente inmobiliario, un tipo grueso, simpático y dicharachero.

—*Bueno…* —musitó él, como para decir algo.

—*Está bien: le rebajo el alquiler 200 dólares, me encargo del equipo de limpieza y asunto arreglado* —declaró el agente, tendiéndole la mano.

—*Es una oferta irrechazable.*

Firmaron los papeles del arrendamiento sobre la mesa de la amplia cocina. El agente estaba exultante, porque llevaba más de un año tratando de *colocarle* la casa alguien. Su ubicación no había ayudado en nada, pero aquel forastero parecía que era justo lo que estaba buscando. El precio desde luego que era una ganga, pero más valía eso que seguir teniéndola completamente vacía.

—*Es un auténtico chollo.*

—*¿No estará encantada?*

El agente negó con la cabeza, forzando una sonrisa. Aquella extraña pregunta no le había parecido una broma, pero prefirió encajarla como tal. Era un tipo singular, pero... ¡qué diablos, le acababa de entregar en efectivo seis meses por adelantado!

El arquitecto regresó con sus cosas un par de días después. El agente había cumplido con su promesa y la casa estaba impecable. Sí, esta vez las cosas irían bien.

Pronto estaba haciendo contactos por la zona para tratar de recibir encargos. No había muchos arquitectos por allí, de modo que aunque no saldrían muchos trabajos tampoco habría mucha competencia. El dinero no era un gran problema para él, de momento, pero sí el aburrimiento.

Por suerte pronto hizo buenas migas con un tipo algo huraño pero bastante culto que solía pasear con su perro por la colina en la que se asentaba su casa. Se llamaba Tyler, pero todos en el pueblo le llamaban *Lonely*, porque siempre andaba solo de un lado para otro. En tiempos había escrito un libro que le había reportado bastante fama y beneficios, pero el éxito temprano acabó con su carrera, con su inspiración y con sus sueños. Se había retirado a vivir de las rentas en aquel lugar olvidado de la mano de dios.

Aquella tarde lo vio llegar con su perro, *Daddy*, un Beagle nervioso y que siempre andaba husmeando alrededor de su casa y que no dejaba de ladrarle en cuanto se aproximaba a menos de dos metros del *chucho*.

—*¡No le caes bien!* —exclamó con una amplia sonrisa *Lonely*, mientras se acercaba para estrecharle la mano.

—*No, la verdad. Creo que nunca he simpatizado con los perros; pero lo mío con Daddy es ya un divorcio de los de verdad* —replicó él, resignado.

—*No te preocupes, arquitecto. Te acabará cogiendo cariño.*

Solían pasar un rato charlando. En ocasiones Tyler pasaba al interior de la casa y compartían un par de cervezas, mientras departían sobre la vida, el paso del tiempo y buena literatura. En otras se animaban y los acompañaba en su largo paseo alrededor del pueblo, para hacer algo de ejercicio y estirar las piernas.

Todo parecía tranquilo, al fin había encontrado el lugar adecuado. Pero no. Tenía que *volver* a suceder. Dos meses después de haberse instalado en aquella casa bonita, cómoda y amplia regresó *su pesadilla*. Como siempre a altas horas de la madrugada. *Alguien* estaba aporreando la puerta. Bajó las escaleras y llegó hasta la entrada con la esperanza de que sólo fueran una pandilla de críos aburridos: era sábado por la noche y en aquel pueblo diminuto una pandilla de adolescentes no encontraría mejor manera de pasar el rato.

—*¡Quién es!* —gritó, para darse ánimos, y para intentar infundir algo de respeto.

Los golpes cesaron repentinamente. El arquitecto se acercó lentamente hasta la puerta de entrada. Sabía que había alguien al otro lado. Escuchaba su respiración entrecortada. La reconoció de inmediato. La había tenido que oír más de mil veces a lo largo de su vida. Era como el jadeo de una niña de unos 12 o 13 años. Sin embargo, los golpes que acababan de sacudir su puerta sólo los podía haber asestado un hombre joven, fuerte y corpulento.

—*¿Qué quieres? ¡Déjame en paz de una vez por todas!*

La respiración que escuchaba se hizo ahora más inaudible, casi imperceptible. Como otras veces, se aproximó a la mirilla y comprobó que no había nadie afuera. La luz amarillenta del porche apenas alumbraba unos metros, pero los suficientes como para detectar a cualquier intruso.

De súbito sintió un escalofrío de terror y se apartó de la puerta como impulsado por un resorte. *Alguien* acababa de tapar la mirilla de la puerta, mientras él estaba tratando de descubrir quién diablos estaba al otro lado.

—*Voy a abrir. Llevo una pistola y no dudaré en usarla* —mintió.

El arquitecto temblaba de pies a cabeza. Sacando fuerzas de sus entrañas se alzó y giró con violencia el picaporte. Nadie. Absolutamente nadie.

Pasaron las semanas y, como le venía sucediendo desde hacía años, cada madrugada se repetía la misma terrible experiencia, que estaba devastando su ánimo. De cuando en cuando pensaba en que la solución era volver a huir: al menos contaría nuevamente con uno o dos meses de cierta tranquilidad. Pero en contadas ocasiones se le pasaba la idea del suicidio por la cabeza.

—*Eso jamás. Es la última de las posibilidades. Antes hay que agotarlas todas, hasta las más descabelladas* —sentenció Tyler, al que le había terminado confiando su terrible secreto.

—*Pero es que me fallan las fuerzas.*

—*Bueno, pero ahora me tienes a mí para intentar sostenerte.*

*Lonely* había encontrado un amigo después de muchos años, y no deseaba que el arquitecto dejase el pueblo. Se había acostumbrado a su compañía, a los paseos agradables tarde sí tarde no, y a las interminables charlas sobre libros.

—*Sabes que apenas me hablo con nadie, pero tengo un sobrino en Nueva York con el que mantengo contacto a través de Internet. Es un chico espabilado, y adora a su viejo y huraño tío. Es psicólogo. Le pediré que investigue sobre lo que te viene sucediendo…*

—*Gracias…*

Sólo unos días más tarde, casi al anochecer, Tyler estaba delante de la casa de la colina con rostro serio, acompañado del bueno de *Daddy* y con un puñado de papeles en la mano.

—*Arquitecto, hay muchas cosas de tu pasado que no me habías contado. Yo soy un auténtico patán, pero mi sobrino es un genio de la informática y me ha mandado un buen puñado de noticias sobre ti* —dijo *Lonely*, nada más cruzar el umbral de la casa.

Los dos hombres se sentaron y repasaron juntos los papeles que Tyler había traído consigo. La mayoría eran escaneos de recortes de periódicos, pero también había algún que otro reportaje digital y un par de entradas de dos conocidos Blogs dedicados al cotilleo. Casi todos informaban de la muerte en un incendio de la hija de una famosa actriz casada con un reputado arquitecto. Luego contaban que la actriz no había soportado el dolor y se había terminado quitando la vida a los pocos meses.

—*No me gusta ir contando mi vida a nadie. No es un plato agradable. Y tampoco me gusta recordar…* —se excusó el arquitecto.

—*Tranquilo, lo entiendo. He venido a pasar la noche contigo. Mi sobrino piensa que puedes estar sufriendo episodios psicóticos, y lo mejor sería que te pusieras en mano de un profesional. Mientras, estaré a tu lado. Bueno, estaremos a tu lado. Daddy también se queda. Por cierto, ¡desde que he llegado no te ha ladrado ni una sola vez!*

Los dos hombres se dispusieron a descansar. El arquitecto estaba más sosegado que nunca. No se arrepentía en absoluto de haberle contado todo a Tyler. Quizá era lo que tenía que haber hecho desde un principio. La idea de estar sufriendo de episodios psicóticos no le hacía la menor gracia, pero quizá dejarse ayudar era lo mejor que podía hacer… de una vez por todas.

Decidieron dormir en el salón, porque había dos amplios sofás que les permitirían estar el uno cerca del otro, sin la incómoda obligación de tener que compartir la única cama de la planta superior. La primera parte de la noche transcurrió con tranquilidad, pero ya entrada la madrugada unos golpes despertaron de forma abrupta a los dos hombres.

—*¿Lo has oído?* —inquirió el arquitecto, con ansiedad.

—*¡Cómo diablos no voy a haberlo escuchado! Me acabo de llevar un susto del demonio* —replicó Tyler, contrariado.

*Daddy* también se había despertado, y ladraba como un poseso a la puerta. El arquitecto se dirigió hacia la misma, y sin dilaciones la abrió. Nadie.

—*¿Lo ves? ¡Nunca hay nadie al otro lado! Y ahora no podemos hablar de que esté loco… Tú también lo has oído, ¡hasta Daddy lo ha escuchado!* —exclamó el arquitecto, cerrando de un portazo.

—*Desde luego amigo… O algo muy raro sucede, o tu locura es contagiosa* —bromeó *Lonely*, intentando quitar yerro al asunto, aunque estaba bastante preocupado.

Pasaron algunos minutos de incómodo silencio. Los dos hombres reflexionaban, intentando sacar conclusiones de lo recién acaecido. Mientras *Daddy* no dejaba de gruñir y resoplar. Y entonces una tanda de nuevos golpes los sobresaltó.

—*¡Espera, no abras!* —dijo el arquitecto, sujetando el brazo de Tyler que ya se dirigía hacia el picaporte con rabia.
—*¿Qué quieres decir?*
—*Un momento…*
El arquitecto se acercó a la mirilla y observó. Nadie estaba en el porche exterior. Al cabo de unos segundos pudo sentir aquella respiración agitada e infantil que tanto le perturbaba.
—*¿La oyes?*
Tyler asintió. No comprendía nada. Quizá en realidad estaba durmiendo plácidamente en su cama, e influenciado por todo lo que su sobrino le había mandado estaba siendo presa de una terrible pesadilla. Pero no, sabía que era real. Al otro lado de la puerta alguien, o *algo*, estaba respirando. Era escalofriante.
—*Déjame que me asome a la mirilla* —sugirió *Lonely*, impulsado por un repentino y extraño presentimiento.
El arquitecto franqueó el paso a su amigo, pensando que no sabía bien cuáles eran sus intenciones pero que poco o nada tenía ya que perder. Tyler aproximó lentamente su ojo a la obertura circular de la puerta. Sintió que su corazón se desbocaba, sintió los latidos hinchando las venas de su garganta, que se aplastaban contra el cuello de la camisa de grueso algodón. Y al fin pudo

contemplar el exterior… Un relámpago de terror incendió sus entrañas. Frente a la puerta una niña con la ropa y el cuerpo casi carbonizados por completo tenía sus cuencas sin ojos clavadas en la mirilla… *¡Le estaba retando desde el porche!* Y parecía realmente enfadada.

# Índice

Made in the USA
Las Vegas, NV
19 May 2023

72307117R00246